Femdom

Femdom

Laura Garmendi

www.librosenred.com

Dirección General: Marcelo Perazolo
Diseño de cubierta: Laura Gissi

Primera edición en español - Impresión bajo demanda

© LibrosEnRed, 2019
Una marca registrada de Amertown International S.A.

ISBN: 978-1-62915-416-9

Para encargar más copias de este libro o conocer otros libros de esta colección visite www.librosenred.com

Capítulo I

Hace ya dos años que mi esposo me contó cuáles eran sus fantasías con una mujer. De hecho, fue durante un juego de sinceridad que practicamos una tarde de domingo en la que estábamos aburridos y se nos ocurrió buscar en Internet juegos de entretenimiento. Nos topamos con uno que nos pareció interesante e inquietante al mismo tiempo. Medio en broma, medio en serio, nos pusimos a ello. Las instrucciones eran sencillas: se trataba de coger quince tarjetas a modo de cartas y escribir en ellas el tema sobre el que quien la eligiera debía contar algún secreto desconocido por su pareja. Todos los temas eran peliagudos: mentiras que habías dicho alguna vez, incumplimientos o escaqueo en el trabajo, fantasías sexuales, engaños a tu pareja, consumo de drogas anterior, descripción de la primera experiencia sexual, manías neuróticas que nadie conociera, supersticiones personales, dudas religiosas, sentimientos racistas escondidos, deseos agresivos o vengativos contra alguna persona, y algunos otros que no recuerdo.

Una vez escritas las tarjetas se debían barajar y, vueltas del revés sobre la mesa, por turno, se elegía una y se procedía a contar el secreto. Si conseguías sorprender a tu pareja y te creía, lo cual era un poco subjetivo, te apuntabas dos puntos. Si solo le parecía interesante, pero mentira, un punto. Y si no conseguías contar nada al respecto, cero puntos.

Aburridos como estábamos, no nos pareció mala idea intentarlo. Fui a coger de mi escritorio quince tarjetas de visita y mi marido escribió con buena letra en el dorso todos los temas propuestos. A mí me pareció que se estaba poniendo algo tenso, pero quizás en realidad era simple desgano o mal humor por el tedio de aquella tarde de domingo.

Total, que empezamos a jugar; por mi parte, sin demasiado entusiasmo. Él sacó una moneda y lo echamos a cara o cruz. Me tocó a mí la primera. La tarjeta elegida era "Deseos agresivos o vengativos contra alguna persona". Después de pensarlo un rato, me animé a contar mi primer secreto:

—De pequeña —empecé a decir—, llegué a sentir verdadero odio hacia mi padre.

Solo pronunciar estas palabras, me empezó a temblar la voz y estuve a punto de inventar una excusa cualquiera para no contar los verdaderos motivos de este profundo desafecto, pero algo me indujo a continuar y lo solté todo. Nunca se lo había contado a nadie, pero era algo de lo que siempre me había querido liberar y en ese momento, con la excusa del juego, tenía la oportunidad de desahogarme como quien no quiere la cosa y así lo hice.

—De pequeña —dije—, odiaba a mi padre hasta el punto de que, en mi imaginación, a veces me entretenía pensando en cómo cambiaría mi vida si él se muriera. Que tuviera un accidente, un cáncer fulminante o algo así. Las razones ahora me parecen triviales, pero en su momento fue una verdadera obsesión enfermiza. Simplemente, sentía celos por la manera en que mi padre trataba a mi hermano con manga ancha, disculpando todas sus faltas, y en cambio a mí me reñía por la mínima. Llegué a pensar que no soportaba que fuera chica. De hecho, también trataba muy mal a mi madre, aunque nunca le puso una mano encima. Era un auténtico machista —remarqué—. Este sentimiento de odio, de forma más atenuada, lo conservé mucho tiempo, creo que hasta que te conocí a ti. Tú eras todo lo contrario, porque fuiste el primer chico que no pretendía imponerme su criterio y porque fuiste el primer hombre que me valoró positivamente, sin ningún tipo de críticas ni desprecios… Bueno, ya está dicho —finalicé, con cierta sensación de alivio y nervios al mismo tiempo—. Ahora te toca a ti puntuarme. Y no hagas trampas.

—Vale —dijo él— ¡Vaya historia! ¿Por qué no me lo has contado nunca hasta hoy? No puedo negar que has parecido sincera, y aunque solo sea por lo bien que has hablado de mí, te doy los dos puntos. La verdad es que no sabía nada de todo esto.

—No sé por qué no te lo había contado. Supongo que es algo que quiero olvidar. Y si alguna vez te lo he querido contar, no he encontrado el momento oportuno. Además, me daba vergüenza, pero la verdad es que ahora me parece una chorrada no haberme sincerado antes. No está mal este *jueguecito* para sacar los trapos sucios. ¡Venga!, tu turno. A ver si eres capaz de ser tan transparente como he sido yo.

—Vale, vale, ya voy. A ver qué me sale.

Volteó la tarjeta y, echándose para atrás, dijo:

—¡Ostras! ¡Justo la más jodida de todas! Paso. Cojo otra.

—¡Ah, no, mi amigo! —contesté—. Eso no vale. Las reglas son las reglas. La suerte ha elegido por ti y me parece que hay tema o gato encerrado, como se dice. Venga, cuenta. ¿Qué te ha salido? Déjame verla —con un rápido movimiento, se la arranqué de la mano—. ¡Guaauu! Lo siento, pero no te queda otra que contarme una fantasía ignorada por mí. Y no vale contarme cualquier tontería, que ya sé que tienes mucha imaginación. ¡Venga! Empieza a largar.

—En realidad, es una tontería— empezó, después de hacerse el remolón durante un buen rato, y titubear y carraspear un par de veces—. Solo es pura fantasía erótica sin ninguna pretensión de realización real. Pero…

Se estaba poniendo nervioso y a mí esto me produjo una cierta inquietud al no saber qué me iba a contar. A ver si ahora iba a resultar que le gustaban los hombres o algo así.

—Bueno, a veces sueño o me imagino, mientras estoy en duermevela, que… ¡Bah!, es una chorrada. Pensarás que soy idiota y en realidad solo son ideas que me pasan por la cabeza sin más. No vale la pena ni que te lo cuente. Dejemos esto, que es un aburrimiento.

—¡No, señor! Yo he cumplido. Ahora, tú. No seas como el machista de mi padre, que siempre nos hacía acatar su voluntad en todo.

—En realidad, creo que mi fantasía demuestra todo lo contrario. No creo que sea una fantasía nada machista. Al revés. Verás: a veces, solo a veces, repito, me imagino que tú eres la que manda absolutamente en esta casa y que yo soy como tu esclavo, que acata todas tus órdenes y todos tus deseos; y que en la cama eres tú la que lleva completamente la iniciativa, hasta el punto de decidir en qué momento puedo correrme. Y me obligas a lamer tus pies durante horas y después tu coño, hasta que alcanzas dos o tres orgasmos para finalmente ordenarme que me masturbe delante de ti... ¡Vale!, ya está contado. Es solo una fantasía. ¿Puntuación?

—No, no. No me lo cuentas todo. Seguro que hay mucho más. Y más que una fantasía, me parece... ¡Venga! ¡Sigue! Ahora ya has empezado. ¿Qué más imaginas? ¿Qué es lo que realmente deseas en tus sueños?

—¡Uf! ¡En qué lío me he metido! Te lo cuento, pero no te rías. Antes de conocerte, tuve una experiencia sexual con una profesional del sado y me dejó una especie de impronta en mi imaginación. Esa señora, o como quieras llamarla, me trató como su esclavo: me hizo lamer sus botas, me ató a una cruz en forma de aspa —de San Andrés, la llaman—, me dio fustazos bastante dolorosos, me sodomizó y no sé cuántas cosas más. Y la verdad es que me excité muchísimo y acabé en un orgasmo brutal cuando me dio permiso para ello. Y desde entonces me imagino, de tanto en tanto, que tú te conviertes en esa ama y me haces lo mismo que ella me hizo a mí, pero no un día, sino de forma habitual.

—O sea... A ver si lo he entendido bien. A ti te gustaría que yo fuera para ti tu dueña y tú, mi sirviente personal. Que te castigara con una fusta por cualquier cosa o para demostrarte quien manda, que estuvieras sexualmente a mis órdenes, que decidiera sobre tu placer sexual, etcétera.

—Pues sí, esto es lo que me imagino. Pero es eso: imaginación, pura fantasía. Es la carta que me ha tocado y no me ha quedado otra opción que contártela si quería empatar la puntuación.

—Olvídate del jueguecito. Creo que es algo más que imaginación pura y simple. Te voy a hacer una pregunta y me vas a decir la verdad verdadera. Si tu sinceridad me convence, te doy el resto de los puntos en juego y tú ganas la partida. Piénsalo antes de contestar, porque a partir de hoy nuestra vida en pareja puede dar un giro de 180 grados: ¿es pura imaginación o realmente te gustaría que yo me convirtiera en la persona de tus sueños, es decir, en tu ama? No contestes todavía. ¿Quieres que yo sea tu dueña y que tú tengas que estar a mis órdenes en todo; que te castigue de mil formas, que te conviertas en mi esclavo sexual para mi satisfacción e incluso…, yo que sé; que, por ejemplo pueda tener relaciones sexuales con quien me apetezca porque yo soy la dueña de mi vida y la tuya, y tú aceptas todo lo que yo decida libremente? ¿Es eso lo que realmente te gustaría?

—Creo que sí. De hecho, lo pienso a todas horas. No es solo fantasía esporádica como he dicho antes por vergüenza, sino un auténtico delirio que no me deja vivir en paz conmigo mismo por falta de realización. Lo siento, es así. He intentado mil veces quitarme esas ideas de la cabeza, pero soy incapaz. Incluso, he pensado en visitar a un psiquiatra para que me dé calmantes o lo que sea. Pero es que no puedo más. Y si quieres que te diga toda la verdad, hasta he pensado en separarme de ti para buscar en otra persona la realización de estas fantasías. Y si no he ido más adelante es porque te quiero demasiado y no sería capaz de abandonarte por esa razón. Pero la verdad es que sufro psicológicamente. Me siento, no sé, frustrado. ¡Sí, eso es! ¡Muy frustrado!

—¡Ostras! ¡Qué fuerte! No sé qué decir. Me has dejado de piedra. Sabía que eres más bien sumiso y que en general te resulta más cómodo aceptar lo que yo propongo, pero, de esto y a este nivel, no tenía ni idea. Ahora mismo no puedo pensar con claridad. Tengo que digerir todas tus palabras una por una y cuando lo tenga más claro volveremos a hablar. Creo que con esta historia ya no tiene sentido seguir jugando. Ningún otro secreto podría superarlo. Has ganado. Me voy a dar una vuelta. Tengo que pensar. Lo siento. Ahora mismo no sé qué decir. Ya hablaremos… ¡Hasta luego! En la nevera hay sobras del mediodía si quieres cenar. No sé si estaré una hora o más fuera. ¡Adiós!

Capítulo 2

Estaba en estado de shock. No sabía qué pensar. Daniel no era la persona que yo conocía. Tenía una vida secreta, aunque solo fuera en su imaginación, y me acababa de proponer una forma de relación totalmente distinta de la vivida durante los quince años de matrimonio que ya llevábamos. Me decía a mí misma que ya nada podría ser igual y que, seguramente, si no aceptaba eso, todo se iría acabando entre nosotros. Ya no podríamos continuar como si nada hubiera pasado. De hecho, él ya se había planteado dejarme. Y si lo había considerado era porque nuestra vida en pareja se había convertido para él en una farsa. Me estaba acostando con alguien que estaba deseando todo el tiempo estar con otro tipo de mujer. Yo no era en absoluto esa mujer dominante de su mente. Más bien, todo lo contrario: siempre pendiente de sus necesidades, de sus deseos. ¿Cuántas veces había hecho el amor con él sin demasiadas ganas solo porque él lo deseaba? Y resulta que, mientras tanto, yo solo era la sustituta de sus auténticos apetitos. Ahora me parecía que nunca había estado realmente conmigo en la cama, sino con la otra, con la mujer de sus sueños: con esa súper dómina de su juventud. Todo había sido un fraude. Me sentía rabiosa, celosa, destrozada. ¿Cómo había podido ocultarme una cosa así? ¿Por vergüenza? ¿Por temor a que lo dejara? Bueno, esto último no era tan malo. Por lo menos había tenido alguna razón para continuar conmigo a pesar de todo. ¿Era por amor? ¿Por miedo al rechazo?, ¿a la soledad? No sabía qué pensar. Estaba confundida. Y..., por otra parte, algo se había removido dentro de mí. Mientras me estaba contando sus fantasías, yo me había sentido... No sé. Por un breve instante, me había imaginado a mí misma siendo esa mujer que me describía y creo que hasta me había medio excitado. Tenía que aclararme y necesitaba tiempo.

Al volver a casa, Daniel ya estaba durmiendo y yo tardé muy poco en acostarme, pero aquella noche casi no pude dormir. Me despertaba a cada momento con sueños extraños que nunca había tenido antes. Soñé con mi madre, con mi hermano, con Daniel. Todos aparecían y desaparecían en mis sueños, diciéndome cosas inauditas. En uno de tantos, mi madre aparecía vestida de gran dama del sado, asegurándome que Daniel tenía que ser castigado por sus mentiras, y que si no lo castigaba yo, lo haría ella. Detrás de ella, aparecía mi padre arrodillado con un collar de perro y las muñecas atadas con una cadena a sus tobillos, que limitaba su movimiento. "Pídele perdón a tu hija, ¡machista!", le decía mi madre. "Lo siento, Laura", contestaba mi padre. "Yo solo quería que fueras más decidida. Que fueras más echada pa' lante, como tu hermano. Te quería tanto o más que a él. Eras tan tímida que no lo soportaba. ¡Lo siento de verdad! ¡Te he hecho mucho daño! ¡Lo siento! Todavía puedes cambiar. Mírame a mí cuánto he cambiado. Por fin he entendido a tu madre y ella me ha ayudado un montón. Ahora es ella la que manda y yo estoy a sus órdenes. A ti te falta lo que a mí me sobraba: autoridad. ¡Mucha suerte, mi niña! ¡Guau! ¡Guau!".

Me desperté sobresaltada, sin estar segura durante unos instantes si todo era real o una pesadilla.

"¡Qué barbaridad!", pensé. "¿Cómo puedo soñar cosas tan absurdas? Estoy desquiciada. ¡Maldita tarde de domingo y maldita la hora en que se nos ocurrió la idea de jugar a esa tontería!".

Malhumorada, me fui directo a la ducha. Todavía era muy pronto, pero no quería volver a dormirme y correr el riesgo de tener otra pesadilla. Mientras caía el agua caliente sobre mi cuerpo, pensé en qué le diría a Daniel cuando se despertara. Decidí darme más tiempo antes de darle una respuesta definitiva. Le diría que todavía no me había aclarado y que me dejara en paz unos días; que enseguida que lo tuviera claro le comunicaría mi decisión al respecto. Eso era exactamente lo que iba a hacer, me repetí y, curiosamente, tomar esta decisión me relajó al instante.

Cuando fueran las 8, llamaría al despacho para decirle a mi secretaria que anulara todas las entrevistas concertadas porque me sentía indispuesta, lo cual no era del todo mentira. Había dormido fatal y tenía la cabeza embotada. No estaba en la situación mental de afrontar un día normal de trabajo. Además, tendría tiempo para informarme en Internet sobre este tipo de relaciones de pareja tan poco convencionales. Sobre sadomasoquismo, solo sabía lo que había captado de alguna que otra película, como *Historia de O*, *Belle de jour* y *50 sombras de Grey*. La última era la que recordaba mejor, porque mi marido la había bajado de Internet tan solo hacía un par de meses. "Vaya", pensé, "Daniel de alguna manera ya intentaba llevarme al huerto cuando insistió en que viéramos esa película. A mí la verdad es que me había dejado bastante fría, pero sí recuerdo que me llamó la atención el que mi marido aquella noche me hiciera el amor de forma más apasionada que de costumbre. Ahora me daba cuenta de que le habían excitado las escenas sadomasoquistas. Quizás en su imaginación se sustituyó por la protagonista y a Grey, por una mujer. Por mí, supongo. Tenía que investigar ese mundo más a fondo.

Por fin se levantó Daniel y nada más verme reabrió el tema en cuestión.

—¡Buenos días! Parece que no has pasado muy buena noche. Te has estado moviendo todo el rato y murmurabas palabras extrañas. ¿Qué te pasa? ¿Es por lo que te conté? Ayer regresaste tardísimo. Casi estuviste tres horas paseando. ¿Puedo saber qué has pensado de todo ello?

—No me presiones, Daniel. Ayer descubrí una persona totalmente diferente a la que he creído conocer durante todo el tiempo que llevamos casados. No tengo ninguna respuesta por ahora. Tengo que pensar muchas cosas y replantearme todo contigo. No sé en qué acabará todo o si esto acabará con nuestra relación… Quiero decir, con la manera en que nos hemos relacionado hasta ahora.

—No habrás pensado dejarme…

—No he dicho esto. Te recuerdo que eso en todo caso lo has pensado tú. Solo digo que tengo que pensar cosas. Déjame unos días en paz y ya te diré. No te impacientes que cuando lo tenga claro seré totalmente sincera, y no como tú hasta ahora, por cierto.

—Veo que estás enfadada. Lo siento. Olvídalo todo. Es una tontería. Podemos seguir nuestra vida igual que hasta ahora. Tampoco nos ha ido tan mal.

—No. No me pidas que lo olvide. Después de ayer ya nada puede ser igual. Tú me has escondido algo demasiado importante para ti durante mucho tiempo y... En fin, no quiero seguir hablando de esto ahora. Ten paciencia conmigo. ¿De acuerdo?

—Vale, de acuerdo. Permaneceré calladito y a la espera. Me voy al curro. Si puedo, volveré pronto. No creo que haya mucho trabajo. El proyecto de diseño que llevo entre manos ya está prácticamente acabado. ¿Traigo algo para la cena?

—No te preocupes, ya saldré a comprar algo. A lo mejor voy al súper. Estamos agotando las provisiones y tus caprichos ya te los has zampado todos.

—Pues nada, me voy. Un beso.

—¡Va! ¡Vete ya! Y déjate de besuqueos, que no está el horno para bollos.

—Estás enfadada. Lo estás y no lo puedes disimular. Haz un esfuerzo aunque sea pequeñito para olvidarte de la tarde de ayer, ¿vale?

—Sí, pesado. Solo te pido un poco de tiempo, nada más. ¡Adiós!

Capítulo 3

Mientras conducía de camino al trabajo, no paré de insultarme a mí mismo. Seré gilipollas. ¿Por qué le habré confesado mis fantasías secretas a Laura? Soy un idiota perdido. Con ella no tengo ninguna posibilidad y lo sé desde siempre. Maldito gin-tonic y maldito juego. En cuanto bebo un poco se me empieza a soltar la lengua y no digo más que chorradas. Ahora me verá como un pervertido. Podría haberme estado callado. Pero no, marqué la tarjeta con un puntito azul casi invisible para saber cuál tenía que elegir y soltarle el rollo. Siempre he querido contárselo, pero el miedo al fracaso me lo había impedido. Ahora se siente engañada. Y con razón está enfadada. Qué fácil era haber continuado con mis fantasías en secreto y seguir masturbándome con los vídeos porno sadomasoquistas a sus espaldas cuando no aguantaba más imaginando situaciones imposibles entre ambos. Siempre me siento relajado al hacerlo y, durante unos días, la cabeza me deja en paz. Podría haber seguido igual un montón de años…

Por otra parte, finalmente he sido honesto y le he revelado quién realmente soy, pero ¿a qué coste? Es capaz de abandonarme por no ser capaz de asumir esto y eso sería un desastre. Laura es la mujer de mi vida y sin ella no sería capaz de soportar la vida en soledad. Y, además, ¿qué posibilidades tengo de encontrar a alguien que coincida en gustos con mis caprichos? A lo máximo que puedo aspirar es a tener contacto con profesionales y este tipo de relación, aparte de dejarme arruinado, no es en absoluto lo que quiero. Quiero a Laura. Esta es la única verdad y tengo que convencerla de alguna manera para que se olvide de todo. Quizá pueda decirle que estaba borracho, pero ella sabe que no es verdad. Solo me había tomado un gin-tonic y normalmente aguanto tres sin perder el control. Solo me coloco un poco y cuento chistes malos. La verdad es que todo es culpa mía y solo mía. El jueguecito que aparentemente encontré en Internet por casualidad ya lo había planeado hacía un par de semanas. "A ver, vamos a jugar a algo divertido", sugerí. "Déjame buscar en el ordenador", le dije, y a continuación fui directo a la página que ya tenía localizada. Todo una farsa. Una excusa para ser capaz de soltar mi mierda. Soy un fraude. Y encima le cuento que he pensado en dejarla cuando no es ni siquiera verdad para dar más credibilidad a mi historia. Eso se lo tengo que aclarar, aunque ya dudo que me crea una palabra. Bueno, esperaré unos días a que las cosas se calmen y cuando ella me comunique su decisión, que no puede ser otra que la lógica, ya intentaré aclararlo todo. De momento, no me queda otra que respetar el pacto de silencio si no quiero acabar de empeorar las cosas…

¡Qué feliz sería si ella accediera a mi propuesta! Solo con imaginarme que ella se convierte en mi *mistress* y yo en su sumiso me pongo a cien. Le daría masajes en todo el cuerpo para su exclusivo placer, le lamería los pies, especialmente el culo y el coño, y durante todo el tiempo que ella me lo ordenara. Aceptaría sus normas de conducta, acataría sus órdenes, fueran las que fueran; sus castigos, sus fustazos; aceptaría llevar un cinturón de castidad para no tener sexo sin su permiso; me correría solo cuando ella me lo autorizara. Me gustaría que me follara con un arnés y sentir su poder penetrándome. Sería feliz viviendo entregado a ella, siempre pendiente de sus deseos. Yo no sé por qué me siento así, pero es la pura verdad. Necesito a alguien que ponga orden en mi vida. Alguien a quien entregarme. Sentir que le proporciono placer. Tampoco pretendo que sea una relación 24/7. Eso es una exageración. Pero ¿qué mal hay en vivir eso en los momentos de intimidad?

¡Va! Ya estoy otra vez empalmado con mis pensamientos. Eso se tiene que acabar. Iré a un psicólogo, haré psicoterapia, lo que sea, pero tengo que acabar con estas fantasías de una puta vez. ¡Joder!

CAPÍTULO 4

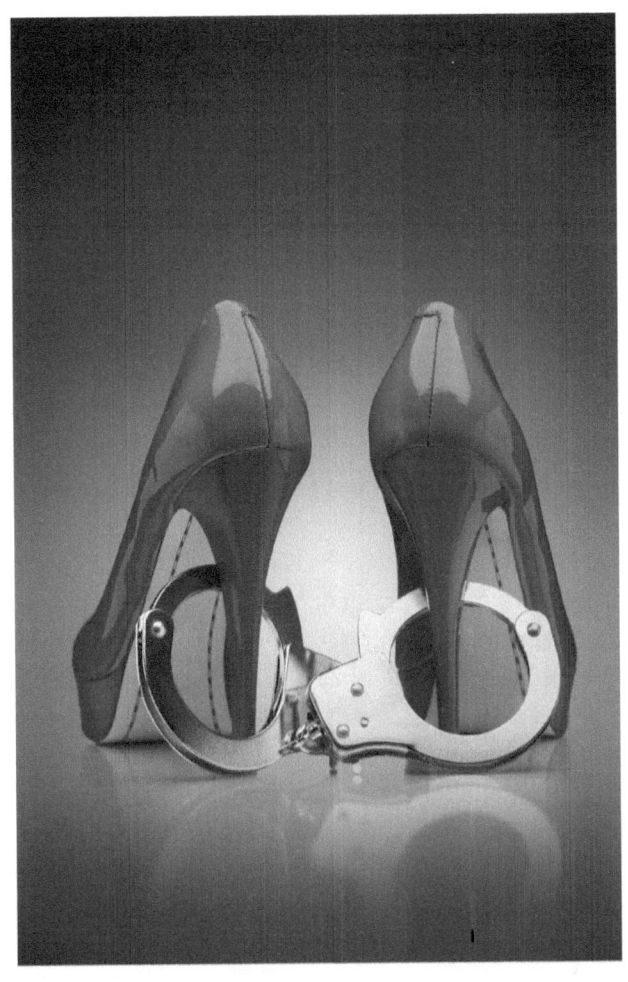

Los días siguientes fueron más o menos parecidos: yo, hecha un lío, y Daniel, inquieto, revoloteando a mi alrededor. Se le notaba impaciente. Más de una vez le sorprendí mirándome de soslayo, pero como mínimo respetaba el acuerdo de silencio en torno al maldito tema. Yo aprovechaba cualquier momento libre que tuviera para consultar un montón de páginas web sobre la cuestión de la dominación femenina o *femdom*, como me enteré que se llamaba en inglés. En casi todas ellas se hablaba de la superioridad femenina, de la inversión de papeles en el sexo tradicional, de tomar la iniciativa, etcétera. Muchas cosas que leí me parecieron exageraciones totales, sobre todo aquellas en las que se proclamaba la superioridad natural de la mujer sobre el hombre. No es que considerara que los hombres eran superiores a las mujeres, pero tampoco lo contrario. Es verdad que estaba completamente en contra del machismo. Ya había probado sobradamente esa medicina en casa de pequeña y no tan pequeña con mi padre. Pero la solución al problema no podía consistir en una inversión de los papeles, sino en igualar los derechos de unos y de otros. Por aquí no iba a pasar. Yo no era superior a nadie por el hecho de ser mujer. Simplemente era un ser humano igual que cualquier otro y tenía exactamente los mismos derechos. No estaba nada de acuerdo con muchas cosas que decía una tal Elise Sutton en su blog *femdom*. En cambio, otras páginas me parecieron más moderadas y asimilables. Presentaban el tema como un juego erótico en que, de forma totalmente autónoma y libre, un miembro de la pareja decidía someterse al otro por el simple deseo de hacerlo, y el otro aceptaba ser la parte dominante. Incluso se hablaba de contratos que podían ser rotos en cualquier momento por parte de cualquiera de los firmantes, ama o sumiso, y también de límites acordados. Esto ya entraba mejor en mis esquemas mentales y la verdad es que, poco a poco, de alguna manera, me empezó a seducir la idea de probar convertirme en un ama dominante, dado que eso era lo que deseaba mi marido. Ventajas, para mí tendría muchas. Yo tendría todos los derechos sobre él. En un momento dado, me sorprendí a mí misma diciéndome cosas como las siguientes: "Podré exigirle masajes, todo el sexo oral que quiera, colaboración estrecha en las tareas de la casa de las que nunca se acuerda o, mejor dicho, ni ve, o siempre tiene algo más prioritario que hacer y yo, como una tonta, me adelanto casi siempre. Todo esto puede cambiar en un plis plas".

Tras esa manifestación de mis deseos inconscientes, volví a tomar el control racional y continué reflexionando sobre todo lo leído y visionado.

Me acordé de que en todas las páginas web dedicadas al tema se daba mucha importancia al control de la castidad. Todas las dominantes consideraban esencial hacer practicar a sus parejas la semicastidad para mantener su atención sobre ellas. Solo cuando el ama lo autorizaba podía el sumiso eyacular y el ama debía mantener al sumiso excitado durante todo el tiempo mediante la estimulación genital, pero sin dejarle llegar al punto de no retorno. Y, por otro lado, según la confesión de muchos sumisos, esta situación, en lugar de ser desagradable, resultaba de lo más motivadora. Ser autorizados a descargarse después de un largo período de abstinencia les llevaba al cielo y lo consideraban como un premio libremente otorgado por sus amas. Algunos sumisos se autocontrolaban y otros eran enjaulados por sus amas con aparatos de castidad, pero todos, sin excepción, aceptaban la situación con agrado. Los días de denegación del orgasmo, había leído, podían ser incrementados como castigo por faltas diversas o hasta que fueran enmendadas determinadas conductas no deseadas por sus amas, tales como fumar, beber, no ser suficientemente atentos o, por el contrario, descuidados, etcétera. Un artículo me llamó especialmente la atención. Se titulaba "Las reglas del juego". Las reglas eran para ambos: la parte dominante y la parte sumisa, porque la finalidad de este tipo de relación era la satisfacción plena de ambos. No solo de la parte dominante. El sumiso debía obedecer en todo a su ama y aceptar todas sus imposiciones y castigos en los términos previamente acordados. Pero el ama también tenía sus obligaciones: estar pendiente de su sumiso mandándolo a esto o lo otro para que se realizara como tal, castigarle regularmente con el mismo fin y, sobre todo, haciendo que la sirviera sexualmente con la frecuencia que se le antojara. De lo contrario, la relación acabaría por enfriarse con el tiempo y perdería todo su sentido. Si un ama acepta a alguien como sumiso, este debe comportarse como tal, leí en otro blog de una tal Mistress Terry. Pero si un sumiso decide entregarse a su ama, también espera de ella que lo sea realmente. Si no es así, el juego se acaba y llega el momento de romper el contrato y a otra cosa. O sea, a una relación vainilla de toda la vida —otro término que ignoraba—, o cada uno por su lado en busca de mejores sumisos o amas.

Y en cuanto a los castigos, había para todos los gustos: desde la ya citada abstinencia sexual prolongada en el tiempo hasta latigazos, pinzas, tortura genital, etcétera. En algunos vídeos que visioné incluidos en las citadas páginas se contemplaban auténticas torturas extremas que consideraba imposible alguien pudiera disfrutar sin estar completamente enfermo de la cabeza. En otros, en cambio, las cosas eran mucho más normales. Se empleaban fustas, gatos de siete colas, cañas de bambú, pero eran utilizados con una fuerza moderada, y aunque producían enrojecimiento en la piel, no la laceraban ni dejaban marcas perpetuas, cicatrices ni cosas por el estilo, aunque seguro que dolían lo suyo. Un eslogan que se repetía en muchos lugares y que me pareció especialmente acertado era: "Consentido, sano y seguro".

En fin, creo que ya tenía toda la información que necesitaba y lo cierto es que cada vez me sentía más tentada de aceptar la propuesta de Daniel. Confieso que, una tarde, recostada en el sofá, esperando a que Daniel volviera del trabajo, hasta me masturbé imaginando una escena de dominación con él calcada de un vídeo porno de entre los muchos que vi. Pero aunque ya no estaba enfadada con Daniel y empezaba a entenderlo al compararle con la forma de pensar y sentir de los sumisos que me habían *hablado* desde los blogs de Internet, aún tenía dudas sobre si no sería una locura dar el paso.

Dejé pasar un par de días más hasta que por fin se me ocurrió consultar a una psicóloga sobre el tema. Si me decía que esto era una parafilia peligrosa o que podía llevar a un desarreglo mental, pararía en seco y le explicaría a Daniel la razón. Ya se verían las consecuencias. Si, por el contrario, me decía que eran fantasías normales de personas con vida sexual alternativa, pero no una enfermedad mental, pues, entonces... creo que casi estaba ya decidida a decir que sí: que lo probáramos durante un período de dos o tres meses a ver qué pasaba, y si funcionaba, pues, adelante.

Pero ¿a quién consultar?... De repente me acordé de Cristina, una amiga de la facultad que compartía piso con una estudiante de psicología con la que apenas coincidí en un par de fiestas. Susan se llamaba y era un terremoto de persona, pero muy abierta y simpática. Los chicos iban de cráneo tras ella. En cambio, ella solo se enrollaba con quien realmente le apetecía. Parecía muy segura de sí misma. Reconozco que a mí me intimidaba un poco tanto desparpajo y tanta desenvoltura. Yo era un poco el otro extremo: tímida, insegura y con complejo de no gustar a nadie. En realidad, no sé muy bien por qué, ya que físicamente no estaba nada mal y en la actualidad, con cuarenta años recién cumplidos, me mantenía dignamente. Decidí buscar en mi agenda el número de Cristina y, con la excusa de una consulta para otra amiga, conseguir el teléfono de Susan. Sabía que había montado un despacho de psicoterapia, porque en una fiesta de posgrado no paró de contárselo a todo el mundo y hasta me había dado una tarjeta que ya no conservaba. La tarjeta me había llamado la atención por el título, algo así como "Centro de Psicología y Sexología. Terapia sexual. Terapia de pareja".

"Caramba con la Susan", recuerdo que pensé en aquel momento. "Experiencia personal no le va a faltar. Se ha acostado con media universidad".

Ignorando su apellido, no sabía cómo localizarla. Ni siquiera sabía si mantenía el consultorio. Pero con probar no perdía nada, así que llamé a mi amiga Cristina.

—¡Hola, Cristina! ¿Me conoces? ¿Te acuerdas de mí? Soy Laura Garmendi, compañera tuya de facultad.

—¿Laura? Claro que sí. ¡Qué sorpresa tan agradable! ¿Qué es de tu vida?

—Pues bien. Sigo trabajando donde siempre, en el despacho de abogados que abrí, y muy a gusto.

—Sigues con Daniel, supongo.

—Sí, claro. Todavía lo aguanto.

—¿Aguantar? Si erais la envidia de todo el mundo. La pareja ideal. En cambio, yo voy por el segundo matrimonio. Con David todo se fue al garete a los cinco años de convivencia y desde hace nueve años estoy casada con un funcionario de hacienda, muy requetebién. Luis, se llama. Y tenemos dos hijos fantásticos, que son una delicia.

—Te felicito. Nosotros no hemos tenido descendencia. Siempre decíamos que más tarde y al final, pues ya se nos han pasado las ganas, pero estamos muy a gusto los dos solitos.

—Pero dime cómo se te ha ocurrido llamarme después de tanto tiempo. Casi no sé de ti desde los años de facultad. La última vez que nos vivos fue en tu boda. Por lo menos, antes nos llamábamos por teléfono para charlar un rato y ponernos al día, pero poco a poco lo fuimos dejando y ya hace un montón de años que no oigo tu voz. Lo último que me contaste era que estabas montando tu propio despacho, pero desde entonces, nada.

—Es que el tiempo pasa sin que te des cuenta y vas perdiendo el contacto con todo el mundo. Te llamo para que me hagas un favor. Bueno, el favor en realidad no es para mí. Tengo una compañera de trabajo que busca un psicólogo de estos que se dedican a asesorar parejas en crisis y me he acordado de aquella compañera de piso tuya, Susan. Pero no sé cómo localizarla ni si todavía se dedica a estos temas. ¿Sabes algo de ella?

—Por supuesto que sé. Comemos juntas una vez al mes. El primer jueves de cada mes, para ser más precisa. Y sí, sigue con su despacho de sexóloga. Le va genial y todo el mundo queda encantado, o por lo menos esto es lo que ella me cuenta. Ya sabes que es el optimismo en persona. Pero creo que es verdad, que para esto vale. Se la puedes recomendar tranquilamente. Hacemos una cosa. En cuanto cuelgue, te envío un mensaje, o un WhatsApp mejor, y te doy el teléfono, la dirección y hasta su blog de consultas online. Pero antes de eso me gustaría quedar un día para recordar viejos tiempos. ¿Qué te parece si quedamos para comer la semana que viene? El día que quieras. Yo ahora estoy sin trabajo. Con la crisis, despidieron a media plantilla de la editorial y yo fui una de las afortunadas. Me puedo ajustar a tus horarios sin problema.

—¡Vaya! Lo siento. Por lo del despido, quiero decir. Pero perfecto, quedamos. Me hace mucha ilusión. Mira, la semana que viene no me va muy bien, pero la otra… Espera que mire mi agenda… Sí, mira, no tengo ninguna cita ni el martes, ni el viernes. ¿Cuándo te va mejor?

—Me da igual. Bueno, mejor el martes, porque Luis suele salir pronto los viernes y a lo mejor quedamos para hacer algo. ¿Te va bien? Podemos quedar en el bar-restaurante de la universidad como hacíamos tantas veces durante nuestros años universitarios. Así volveremos al campus después de tanto tiempo. ¿Qué te parece?

—Allí estaré. Nos pondremos al día. Será divertido.

—Perfecto. Ahora mismo te mando lo dicho. Un beso, Laura.

—Otro para ti. Y hasta el martes de aquí a dos semanas. ¡Adiós!

—¡Adiós, guapa! Ha sido un placer reencontrarte. Hasta el martes.

"Bueno, ahora ya estoy atada de pies y manos", me dije. "Tanto si quiero como si no, tendré que llamar a Susan, porque de lo contrario Cristina le contará nuestra conversación y será ella la que me llame a mí. Mejor no darle más vueltas y tirar pa' lante. Y cuanto antes, mejor. Ya estoy harta de comerme el coco".

Ese mismo día llamé a Susan. Ella dijo que no se acordaba de mí. Mejor. Hasta era posible que ni me reconociera al verme. Pensé que así todo sería más fácil. Quedamos en que iría a su despacho el jueves por la tarde, a las 6. Hasta entonces, decidí aparcar el tema por completo y no calentarme más los sesos, y la verdad es que, para mi propia sorpresa, lo conseguí bastante.

Y por fin llegó el día de resolver todas mis dudas y tener claro hacia dónde quería ir. A Daniel le puse la excusa de que me iba de compras. Que necesitaba ropa interior. Sabía que no soportaba ir de tienda en tienda y así me aseguraba que no se ofreciera a acompañarme. Total, que me marché hecha un flan a soltar mis neuras a la psicóloga.

Efectivamente, Susan parecía que no se acordaba casi nada de mí y esto me alivió. La verdad es que habíamos tenido muy poco contacto en el pasado. Me recordaba como una amiga de Cristina, pero poca cosa más. Bueno, en realidad, se me ocurrió la idea de que quizá fingía un poco a modo de estrategia para poder realizar su trabajo conmigo mejor desde una postura más distante.

—Siéntate, por favor, y cuéntame qué te trae por aquí —me dijo, mientras me hacía pasar a su despacho—. Y, por supuesto, no empieces con la consabida historia de que vienes para ayudar a una amiga tuya como me vienen todas. Lo digo para ahorrar tiempo. Los nervios te delatan. Siento ser tan directa, pero te aseguro que es mejor empezar abiertamente desde el principio.

"¡Toda mi estrategia tirada por los suelos desde el primer momento!", pensé. "¡Y qué autoritaria, demonios! En una décima de segundo, estaba a su entera disposición y con ganas de salir corriendo de allí, pero después de unos momentos de vacilación y titubear unas cuantas palabras inconexas, me rehíce y respondí:

—De acuerdo. El problema es mío. Supongo que es una tontería fingir otra cosa. Pero antes tengo que estar segura de que todo lo que te cuente es absolutamente confidencial y que no contarás nada de nada a nuestra amiga en común. Como ya te dije por teléfono, conseguí tu dirección a través de ella con el pretexto de la falsa amiga. Ni siquiera sé si se lo tragó.

—Eso por descontado. Podrías denunciarme al colegio de psicólogos si hiciera lo contrario y, evidentemente, no estoy interesada por razones obvias. No debes albergar la más mínima duda. Soy muy profesional y nunca sale una palabra de mí de lo que oigo en este despacho.

—¡Vale! Te creo, pero no sé cómo empezar. Bien, la verdad es que el problema me lo ha originado mi marido, y si he venido hasta aquí es por tu especialidad en relaciones de pareja y... En fin, que desde que me contó una cosa estoy hecha un lío.

—Te ha engañado con otra.

—No exactamente, pero sí me ha estado ocultando algo muy importante para él durante todo el tiempo que llevamos juntos.

—Que también le gustan los hombres.

—No, nada de eso. Dice que le gustaría que yo me comportara con él de una forma totalmente diferente. Que me convirtiera en su ama, en su dueña. Una especie de ama del sado o algo así. Fantasea con esas cosas y dice que sufre por no poder llevar a cabo sus fantasías conmigo.

—¡Interesante! Te refieres a Daniel, supongo.

—¡Pero bueno! Hace dos minutos me has dicho que no te acordabas de mí y ahora resulta que te acuerdas hasta del nombre de mi marido. ¿De qué va eso?

—No te enfades. Es pura técnica psicológica para facilitar la sinceridad inicial del paciente. Pero en este caso no tiene sentido seguir fingiendo. Pues claro que me acuerdo de ti. Cristina y tú erais inseparables. Y tú y Daniel me dabais auténtica envidia. Erais una monada de pareja. Si no podíais acabar de otra manera. Casados, me refiero. A ver, cuéntame más. ¿Por qué dices que estás hecha un lío?

—En primer lugar, porque me fastidia la poca confianza que ha tenido durante todos estos años para contarme esto y, en segundo lugar, porque ya no sé qué soy para él ni cómo acabará nuestra relación. Él, según me confesó, hasta se ha planteado dejarme para buscar en otra ese tipo de relación.

—Bueno, bueno. Vamos a verlo con distancia. Tú quieres a tu marido y él te quiere a ti como demuestra el hecho de que no ha roto contigo a pesar de esta fuerte pulsión que siente desde hace tanto tiempo.

—Sí, supongo que sí.

—Pero tú no estás en absoluto dispuesta a acceder a sus deseos, ¿o me equivoco?

—Tampoco es eso. Llevo días planteándomelo y hasta me he estado informando mucho sobre eso que llaman *femdom*, y la verdad es que me siento tentada de acceder a su propuesta, pero me da miedo pensar en volverme neurótica y caer en una parafilia sexual que hasta el día de hoy no he necesitado para nada.

—Bueno, esto de las parafilias como término equivalente a perversiones ya está pasado un poco de moda. Todo depende de cómo se enfoquen las cosas. Hasta hace poco, la homosexualidad era considerada una desviación, y no hablemos del cambio de género, y en cambio hoy todo se ve de otra manera. Hay que ir por partes.

—¿Quieres decir que el sadomasoquismo no es una desviación sexual?

—¿Según qué escuela? Todo es muy relativo, como todo. Si se convierte en una adicción exclusiva y uno no es capaz de disfrutar del sexo de ninguna otra manera que no sea recibiendo latigazos, seguramente. Pero también puede pasar lo mismo con los videojuegos, con el juego, con los chats online y, por supuesto, con las drogas y el alcohol. Si se convierten en adicciones obsesivas, son un problema.

—¿Entonces qué me aconsejas?

—Yo no puedo decidir por ti. Si tienes ganas de probar ese tipo de relación y crees que puedes disfrutar de ella, adelante. Si solo lo haces para complacerle a él, no. Ni se te ocurra. Le dices que a ti esto no te viene de gusto y punto. Y si con el tiempo esto acabara en una separación, pues ¿qué remedio? Habréis descubierto algo que os hace incompatibles.

—No sé qué decir. ¿Cuál sería el riesgo de obsesionarse con el tema?

—En principio, poco. Se trataría de acceder a realizar determinados juegos de dominación sin excederse. Huir de las exageraciones que se ven en los vídeos de este tipo. Una cosa es atar a tu pareja, vendarle los ojos, darle unos azotes, hacerle vestir de determinada manera en un momento dado e incluso sodomizarle con un vibrador o un arnés, y otra muy distinta, coserle a latigazos, despreciarlo de forma absolutamente humillante durante todo el tiempo, incluso frente a terceros, etcétera. Los juegos de dominación pueden ser un fantástico estímulo en las relaciones de pareja, pero las llamadas relaciones 24/7 son pura fantasía, y si se llevan a cabo, son un tipo de relación que poco tiene que ver con la convivencia normal entre dos personas, basada en el amor mutuo. Podéis jugar y al mismo tiempo mantener una relación de pareja convencional el resto del tiempo, porque supongo que no estás interesada en que tu marido se convierta en una especie de felpudo que no puede tener ninguna iniciativa sin tu permiso, incluso ni para ir al baño, que tiene que estar callado todo el rato, con la mirada baja, etcétera, etcétera.

—No, claro que no. Yo no deseo en absoluto perder a mi marido tal como lo conozco. Quiero seguir riéndome con sus ocurrencias, que son muchas, que me cuente cosas del trabajo, que hablemos de política, de lo que sea, que me escuche cuando estoy deprimida. Alguien con quien compartir la vida. Poder contarle mis problemas.

—¿Entonces?

—Pues que me tienta su propuesta un montón, pero no tengo ni idea de cómo empezar a llevarla a cabo.

—Aquí es donde puedo ofrecerte una solución. Le propones un contrato de sumisión con todas las normas que él debe seguir de forma habitual: orden, aseo, tareas domésticas que le corresponden, obligación de hacerte masajes, manera de satisfacerte sexualmente y todo lo que tú le harás en caso de incumplimiento como castigo: azotes, denegación de orgasmo, *bondage*, reclusión, etcétera. Le dices que seguiréis estas normas por un tiempo determinado para ver qué tal os va. Por ejemplo, durante dos o tres meses, y si al final del período ambos estáis contentos con la nueva situación, se prorroga o se revisa el contrato. ¿Qué te parece?

—Suena bien. Creo que esto es lo que haré.

—Así me gusta, decisión y ganas de probar cosas nuevas. Mira, te voy a hacer una confidencia. No lo hago con ningún paciente, pero tu caso es diferente, ya que, aunque no se puede decir que seamos amigas, nos conocemos desde hace mucho tiempo y hemos compartido momentos muy divertidos.

—Te escucho.

—Justo este tipo de relación es la que yo tengo con mi pareja actual, y nos va de maravilla. Pero no pongas esa cara. Aparte de psicóloga, soy una persona muy vital y necesitada de vivencias intensas y, además, aquí, en mi trabajo, he tenido la oportunidad de conocer todo tipo de relaciones y finalmente me he inclinado por esa alternativa. En mi caso, fui yo quien se lo propuso a mi pareja actual, aunque ya conocía sus gustos por una razón que ahora no viene al caso, y nos va divinamente. Si quieres, puedo contarte muchas cosas y aconsejarte en los detalles, y mira…, incluso estoy dispuesta a que participes conmigo en alguna sesión de dominación con mi sumiso para que lo tengas más claro.

—Bueno, eso sería fantástico. Vaya coincidencia. Pero no. Gracias. Sería engañar a mi marido dominar a otro hombre antes que a él, que es quien me lo ha propuesto.

—Evidentemente, tendría que ser con su consentimiento. Nada de engaños. ¿Por qué no se lo propones como una manera de iniciarte? Al fin y al cabo, el beneficiario final será él.

—Bueno, no sé. Primero tendría que hablar con él. Si acaso, te llamo y te doy una respuesta definitiva.

—¡Estupendo! Sigues siendo la persona responsable y honesta que conocí. Yo era mucho más loca. Menos mal que con el tiempo me he ido aquietando, aunque sigo siendo algo alternativa, como ves. Quedamos así entonces. ¡Ah! Algo más en lo que te puedo ayudar. En mi ordenador de casa tengo el contrato que hemos firmado yo y mi sumiso, Hugo. Si me das tu correo, te lo mando con un *password* para que lo leas solo tú; Femdom, por ejemplo, y así seguro que te acuerdas. Te lo miras por si te sirve de inspiración para elaborar el vuestro. ¿Te parece?

—¡Fantástico! Si me dejas un papel y un bolígrafo, te anoto mi dirección y no te enredo más. Me has aclarado mucho las ideas. Te lo agradezco. Y si tú misma practicas esas cosas siendo experta en estos temas, me quedo mucho más tranquila. Me siento realmente aliviada. Dime qué te debo.

—Nada, querida. Un placer haber podido ayudar a la mejor amiga de mi compañera Cristina. Todavía conservo la amistad con ella. ¿Lo sabías?

—Sí, lo sé. Me contó que vais a comer una vez al mes para estar en contacto. Y, de verdad, muchas gracias por la consulta gratuita. Te debo una.

—Nada, nada. Un gustazo. Que os vaya muy bien. Y no te olvides de llamarme. Estaré encantada de hacer de maestra de ceremonias, si te decides. Ja, ja, ja.

—Sí, no te preocupes, que te llamo tanto si es que sí como si es que no. Te lo debo. Hasta luego.

—¡Adiós! ¡Adiós!

Salí de la consulta exultante de alegría. Por fin había aclarado mis dudas y ya había tomado una decisión. Mis neuras de las últimas semanas se estaban diluyendo. Decidí volver andando para sosegarme un poco antes de llegar a casa y acabar de pensar qué le iba a decir exactamente a Daniel. Absorta en mis pensamientos, pasé sin prestar atención por delante de un sex-shop, pero se ve que mi inconsciente lo había captado perfectamente y decidí volver sobre mis pasos y entrar. Era la primera vez que visitaba una tienda así y la verdad es que me quedé boquiabierta al ver la cantidad de artículos que se exhibían en sus vitrinas. Nada más cruzar la puerta se me acercó la dependienta, una mujer más o menos de mi edad, bastante alta y muy bien vestida. Parecía extranjera, cosa que me confirmó su acento. Alemana, pensé. Llevaba una blusa muy ajustada con un amplio escote, pero elegante, y una minifalda bastante mini por la que asomaban unas piernas bien torneadas con unas medias de encaje de fantasía. Su altura se veía incrementada por los altos tacones que calzaba. Muy amablemente, me preguntó en qué me podía ser de ayuda.

—Buenas tardes, señora. ¿En qué puedo ayudarla? Acaba de entrar en el mejor sex-shop de la ciudad, como puede ver. Tenemos todo tipo de artículos para satisfacer cualquier fantasía y hacer del sexo algo realmente agradable. ¡Mire todo lo que quiera! Y cuando encuentre algo de su gusto, aquí estoy para asesorarla.

—¡Gracias! En realidad, no sé si quiero nada, pero si me permite echar una ojeada se lo agradezco.

—Claro que sí. Faltaría más. Supongo que no está muy acostumbrada a entrar en ese tipo de tiendas. Pero, por favor, con toda tranquilidad. Estoy por aquí.

Deambulé un buen rato por toda la estancia observándolo todo como una colegiala llena de curiosidad. Seguro que desde la distancia la dependienta pensaba que era una novata total. Creo que mi rostro reflejaba fascinación y sorpresa en partes iguales, y hasta creo que me estaba excitando. Me paré delante de una vitrina con todo tipo de vestimenta erótica, desde lencería de lo más sugerente a vestidos completos de cuero o vinilo, y también disfraces de todas clases: de enfermera, criada francesa, dominatriz, etcétera. Decidí preguntar por el precio de un conjunto integrado por medias de encaje con liguero adosadas a un *body* adornado con figuras de encaje casi transparente muy llamativo. Lo tenían en rojo y en negro.

—Esta combinación sale por 49 euros —dijo, mientras se acercaba parsimoniosamente—. La calidad es insuperable. Las traigo de Holanda y ahora la tengo con un 30 por ciento de descuento.

—Vale, pues si tiene mi talla, me la quedo. Normalmente visto una 42 o 44.

—Sin problema, tengo todas las tallas desde la S hasta la XL. Creo que una L será perfecta, pero mejor si se la prueba antes. Si la parte de arriba le viene bien, las medias son talla única, muy adaptables. Voy a sacársela, que estas del mostrador creo que son para chicas muy delgadas. Ahora mismo vuelvo.

Tardó unos minutos y, mientras volvía, aproveché para dar un vistazo, fuera de su mirada inquisitiva, a la sección de artículos de sado: fustas, látigos, correas, brazaletes, cinturones de castidad, pinzas para los pezones, cadenas, cuerdas de *bondage*, bozales, máscaras, un sinfín de vibradores, *plugs* anales, arneses con dildos de distintos tamaños, etcétera. Todo lo que había visionado en Internet sobre este mundo estaba allí reunido ante mi vista. Absorta como estaba, no la oí llegar por detrás de mí.

—Fascinante, ¿verdad? Si me permite decirlo, creo que está interesada en ese tipo de artículos. Por favor, no tenga ningún tipo de reparo. Estoy acostumbradísima y puedo asesorarla en cualquier cosa al respecto. De hecho, a mí me entusiasma todo este mundo y creo que a usted también le está picando la curiosidad. Este último año hemos vendido un montón de artículos de sado. Las *50 sombras de Grey* han despertado la imaginación de mucha gente. ¿Sobre qué quiere que le informe?

—Bueno, en realidad no tengo ninguna experiencia, pero el caso es que mi marido me ha sugerido jugar a ese tipo de cosas y yo he accedido, pero no sé por dónde empezar.

—Pues fácil. Lo primero que necesita es una buena fusta y un látigo de tiras de cuero, y quizá también un arnés con dildo incorporado. Unas pinzas, unos brazaletes para sujetar las muñecas y los tobillos, y poca cosa más. Un cinturón de castidad no estaría de más.

—Es demasiado por ahora. Creo que me conformaré con una fusta y un látigo. A lo mejor otro día envíe a mi marido a comprar algo más, pero primero tengo que hablar con él. No sé exactamente qué le gusta.

—Perfecto. Fíjese en estas fustas. Son de cuero. Las mismas que utilizan los jinetes. Antes las tenía de plástico, pero dejan marcada la piel horriblemente y el dolor que producen es todo menos agradable. Supongo que no pretende lastimar a su marido de buenas a primera.

—No, claro que no. No soy una sádica.

—Pues ¿cuál le parece que saque?

—Esa misma de la izquierda con el mango plateado me gusta.

—Buena elección. Le regalé una igual a mi compañero. Yo soy más bien sumisa y me encanta la sensación que me produce cuando la utiliza. Me pica, pero solo brevemente, a no ser que se pase, pero cuando ocurre pronuncio la palabra de seguridad y vuelve al tipo de azotaina que me produce placer. Una mezcla de placer y dolor que a mí me lleva al éxtasis. Alguna que otra vez he llegado al orgasmo solo con sus fustazos. Lo siento si soy demasiado sincera. Espero no haberla incomodado.

—No, no, Todo lo contrario. Estoy encantada de poder hablar abiertamente con usted. Nunca antes había compartido con nadie ese tipo de cosas y hoy ya es la segunda vez que lo hago.

—Con una amiga, supongo.

—Sí, más o menos.

—Si me permite decírselo, con solo verla entrar me he dicho a mí misma: "Ahí va una dómina". La experiencia que no falla. Llevo aquí muchos años y con el tiempo he aprendido a adivinar los gustos de los clientes antes de que abran la boca.

—No entiendo en qué me lo ha notado. Yo nunca he sido así.

—Pues a lo mejor lo ha sido siempre sin saberlo. Ocurre con frecuencia. Tiene la típica mirada de quien está acostumbrada a mandar y su andar denota decisión. Quizás hasta hoy solo haya puesto en práctica su carácter en su trabajo. Pero esos ojos negros tan penetrantes y ese mirar directamente a los ojos no revelan otra cosa, en mi opinión.

—Bueno, es verdad que tengo mucho carácter y estoy acostumbrada a llevar la voz cantante en muchas situaciones, pero esa mirada de la que me habla creo que es más una mirada de autoprotección para salvaguardar mis inseguridades que otra cosa.

—Puede ser, pero estoy segura de que con el tiempo irá descubriendo la dómina que hay en usted. Usted dé el primer paso y ya verá cómo detrás vienen muchos más. Y si tiene la suerte de compartir la vida con alguien que quiere ser dominado, el éxito está asegurado.

—¡Ojalá tenga razón! De lo contrario, el camino que estoy a punto de iniciar será un fracaso y la relación con mi marido puede acabar deteriorándose... En fin, no sé, ya se verá.

—Pues nada, le envuelvo esta. ¿Seguro que no quiere llevarse algo más? Todos los artículos están rebajados.

—No sé. Quizás un vibrador para mí no estaría de más.

—Exacto, era lo que estaba a punto de sugerirle. Mire, estos de aquí son unisex; en cambio, los del estante de arriba son más bien para mujer, ya que el terminal curvado que traen sirve para estimular el clítoris. Los que le indico tanto puede usarlos usted como utilizarlo para penetrar analmente a su marido. Debería llevarse también un lubricante anal que hace de dilatador. Supongo que al principio su marido tendrá el culo muy prieto. Más adelante ya vendrá a por uno más grande. Ya lo verá. Además, va sin hilos. La vibración se maneja a distancia con ese pequeño artilugio en forma ovalada que figura a su lado.

—Vale. Me voy a dejar un pastón, pero que todo sea por la causa.

—Muy bien. De regalo, le voy a poner una caja de preservativos. Conviene que lo use cuando lo sodomice. Siempre quedan restos desagradables y con un simple clínex se retira el preservativo y a la basura. Y también la voy a obsequiar con esos dos tangas para hombre. Conviene que su marido se vaya acostumbrando a vestir más a su gusto a partir de ahora. ¿No le parece?

—Pues sí, la verdad. Siempre somos las mujeres las que nos compramos lencería sugerente y ellos con los calzoncillos y los bóxeres de toda la vida. Eso también va a cambiar a partir de hoy mismo.

—No se olvide de probarse el conjunto que le he sacado a ver qué tal le sienta. Mire, allí atrás tiene el probador.

Fui al probador del fondo y la talla resultó irme a la perfección. "Vaya ojo el de la dependienta", pensé.

Recogí todos los artículos en una gran bolsa que cubría hasta la fusta y todo lo demás, y, después de pagar, me encaminé hacia la puerta de salida.

—Espere un segundo, por favor —me dijo la dependienta cuando ya estaba a punto de salir—. Le daré una tarjeta. Mi nombre es Judith y estoy aquí todas las tardes de lunes a sábado.

—Gracias. El mío es Laura. Ha sido un placer.

—Que pase un buen día. No se olvide de volver.

—Seguro. Ha sido muy amable. ¡Adiós!

Capítulo 5

—¡Hola, Daniel! ¿Daniel? Ya estoy en casa. ¿Dónde andas?

—Estoy aquí, con el ordenador, trabajando un poco. Has tardado mucho. ¿Cómo puedes tardar tanto tiempo para comprarte unos simples sostenes y un par de bragas? Seguro que te has recorrido todas las lencerías que conoces para acabar comprándote las que has visto en la primera que has visitado. ¿Entiendes por qué no me gusta salir de compras contigo?

—Pues te equivocas. Solo he ido a un sitio, pero me he entretenido un buen rato hablando con la dependienta. Además, ¿a ti qué te importa si estoy o no un par de horas comprando? No te hago venir conmigo.

—Solo es un comentario. No te enfades. Puedes estar todo el tiempo que te dé la gana. Simplemente es que no lo entiendo. Yo cuando tengo que comprarme algo me voy al Corte Inglés o a cualquier otro gran almacén que me caiga cerca y en menos de veinte minutos estoy servido. Ahora acabo. He comprado pescado para cenar, si te apetece.

—¡Vaya! Esto es una novedad. Tú pensando en la cena.

—Me apetecía un refresco y ya que estaba dispuesto a salir a por él he pensado que llevamos toda la semana cenando embutidos. Además, he decidido empezar a comer un poco más sano. Últimamente, estoy poniendo un barrigón que no veas.

—Los gin-tonics, amigo; los gin-tonics son los culpables.

—En eso también te doy la razón. Tengo que reducirlos al fin de semana. Mira, hoy no me he tomado ninguno. Solo cola cero. Me estoy reformando.

—Y más que te vas a reformar.

—¿A qué te refieres?

—Pues que vengo con novedades. A partir de hoy, las cosas van a cambiar entre tú y yo.

—¿Qué quieres decir? Me estás intrigando.

—Me refiero a que ya he tomado una decisión respecto al tipo de relación entre nosotros que me propusiste.

—Negativa, por supuesto, supongo. De esto quería hablarte hoy. Antes de que digas nada, quiero que te olvides de todo lo que te dije. Por favor. Solo son tonterías mías y he decidido acabar con ellas. Desde hoy mismo, voy a dar un cambio radical: me voy a poner a régimen, volveré al gimnasio y, si hace falta, a un psicólogo para acabar de una puñetera vez con mis fantasías obsesivas. Te prometo que todo volverá a ser igual que antes. Te quiero demasiado y no deseo que nada de lo que ocurre en mi cabeza se interponga entre nosotros. Hasta pienso dejar de fumar.

—¡Frena!, ¡frena! ¡No vayas tan deprisa! Me parece muy bien lo del régimen, lo del gimnasio y lo de dejar de fumar. Yo también he pensado en estas cosas, aunque todavía no he decidido nada. Mi decisión no va por ahí. Me refiero a que finalmente, y después de darle muchas vueltas, he decidido aceptar tu propuesta.

—No te entiendo. No quiero que hagas nada solo por complacerme. No sería auténtico. Estas cosas o salen de adentro, o no salen. He comprendido que este tipo de relación no se puede forzar. ¡Olvídate! Son chorradas mías.

—¡Que no!, que no me olvido. Y no estoy forzando nada. Ahora soy yo la que quiere probar. Me apetece intentarlo, y no sé si me sale de dentro o de dónde me sale, pero me sale.

—¡Ostras, la madre! —dijo, al tiempo que se incorporaba de la silla del despacho con una mirada de absoluta sorpresa.

—¡Explícate! ¿Qué has estado pensando para acabar tomando esa decisión?

—Me he estado informando y hoy mismo te he mentido al decirte que me iba de compras. En realidad, he ido a ver una psicóloga sexóloga para acabar de aclarar mis ideas y la verdad es que me ha ayudado un montón a despejar todas las dudas que me quedaban. Lo vamos a intentar.

—¡Vale! ¡De acuerdo! Pero ¿qué tienes pensado?

—Pues exactamente lo que me dijiste. Ser a partir de hoy la que manda en casa y tú, el que obedece.

—Pero...

—¿Pero qué?

—No sé... ¿Cómo vamos a hacerlo? ¿Qué quieres decir exactamente con que tú mandas y yo obedezco?

—¡Ay! Pareces tonto. ¿No quedamos en que tú deseabas que yo mandara? Pues eso, que yo mando.

—Perdona si no acabo de entenderte, pero yo te hablé de más cosas; de una forma de relación sexual y todo eso.

—Evidentemente. De eso se trata sobre todo: de llevar la iniciativa en las relaciones sexuales, pero no solo en ellas. Mira, te propongo lo siguiente. Yo te propondré un contrato de sumisión que todavía no tengo redactado y en él fijaremos de mutuo acuerdo todos los protocolos de nuestra relación. Me refiero a tus obligaciones como sumiso. La manera en que deberás satisfacerme sexualmente, las tareas domésticas que te corresponden, los castigos que recibirás si las incumples, la forma en que deberás cuidar tu cuerpo para ofrecer la mejor presencia ante mí, la periodicidad en que me darás masajes, etcétera.

—¡Guaau! Me dejas de piedra. Yo pensaba que me ibas a decir que no. Cada día que pasaba, estaba más convencido. Hasta he tenido miedo de que decidieras acabar con nuestra relación por haberte ocultado todo eso y ahora resulta que has estado pensando todo lo contrario. Estoy sorprendido. ¡Gratamente sorprendido!

—Pues no se hable más. Bueno sí, una cosa más. En absoluto quiero que te conviertas en un pelele. Nada de sumisión radical. Te quiero a ti tal como eres y quiero que sigas siendo igual: mi marido, mi apoyo, mi confidente. Solo cuando tengamos sesiones de sumisión debes comportarte como un esclavo, pero el resto del día, si tenemos que discutir, discutimos, y si tenemos que enfadarnos, nos enfadamos.

—Por supuesto. Una cosa no quita la otra.

—Lo probamos durante un tiempo. Si nos va bien, continuamos, y si no, pues lo dejamos y a otra cosa. ¿Te parece?

—Me parece.

—Pues vamos a empezar desde ahora mismo. Hoy, preparas la cena tú, que siempre con la excusa de que tienes trabajo dejas que la haga yo y después me entero de que estabas jugando a marcianitos. A partir de hoy, vas a dejar de comportarte como el machista complaciente que eres: muy amable, muy decir que crees en los derechos igualitarios, pero muy dejado en todo lo que concierne a la casa. ¿Enterado?

—Sí, mi ama.

—No te pases. Te acabo de decir que en la convivencia diaria eres mi marido, no mi esclavo.

—Era una broma. Lo he entendido a la perfección.

—Y esta noche nos vamos pronto a dormir para que me des tu primer masaje como sumiso. Estoy reventada. Y si se tercia, me harás el cunnilingus de tu vida y a mi ritmo. Yo te iré enseñando cómo me gusta, a ver si dejas de entrar a saco como es tu costumbre.

—Ya me has hecho empalmar.

—Pues date una ducha fría. He dicho que tú me practicarás sexo a mí, no que será a la inversa.

—Me excita lo mismo o más.

—Pues eso. Cuando quieras, podemos cenar. Me voy a la ducha mientras la preparas. O mejor, me voy a dar un baño caliente de relax total. Hoy lo necesito. Demasiada tensión acumulada durante estas últimas semanas.

—Y yo me voy directo a la cocina. Además del pescado, prepararé una ensalada de lechuga, tomate y lo que encuentre.

—Perfecto. Hasta una media hora más.

Capítulo 6

—¡Ostras, Pedrín! ¡La hostia! No me lo puedo creer. ¡Laura, convertida en mi ama! Es demasiado. Mis sueños por fin se van a cumplir. No le tengo que fallar. Debo cumplir sus órdenes a rajatabla. Tengo que conseguir que se sienta una reina. Si no, todo se irá al garete. ¡Me siento como nunca! ¡Estoy flotando! Se acabaron los vídeos porno, las masturbaciones en solitario, las fantasías irrealizables. No más fantasías. Ahora empieza la realidad. Ya no necesito nada de todo esto. Hoy empieza mi nueva vida. ¡Joder! Si estoy silbando. ¿Cuánto tiempo hacía que no salía un silbido de mi boca? Si ya creía que no sabía. Mañana hasta soy capaz de cantar en la ducha. Ópera voy a cantar. ¡No me lo creo! ¡No me lo creo! Parece un sueño. Pero no, es real como la vida misma. ¡Qué fuerte! ¡Ostras! ¡Que se me quema la parrilla! ¡Joder! ¿Y esto cómo lo apago? Con un vaso de agua… ¡No! ¡No! ¡Para!, que será peor. Una tapadera. ¡Aquí! ¡Uf! Ya está. ¡Vaya desastre! Es que no tengo costumbre. Laura tiene más razón que un santo. Siempre dejo todo el trabajo para ella, y como ella no protesta, pues… ¡Vale! ¡Solucionado! Ahora le doy la vuelta, sazono. Un poco de perejil y pimienta sin pasarse, y listo. Ahora, la ensalada. A ver qué hay en la nevera. Voy a poner la mesa. Eso sí que lo sé hacer sin problemas. Poner y quitar la mesa es mi especialidad. Y hasta sé fregar los platos. Si es que soy un genio. ¡Laura, cuando quieras! ¡La cena ya está casi hecha!

—Voy. Un minuto.

El minuto se multiplicó por diez y el pescado se estaba enfriando.

—Mejor lo devuelvo a la parrilla para que conserve la temperatura. Pongo el fuego al mínimo y lo saco en el momento justo antes de volverlo a servir.

—Ya estoy lista. Me he enredado con el pelo. Con esta humedad que hace no había manera de que se me acabara de secar. ¡Pero bueno! ¿De dónde sale tanto humo?

—Ha habido un pequeño incidente. La parrilla, que ha empezado a arder.

—¡Claro! La has puesto al máximo y te has ido a otra cosa, a ver la televisión o a ojear el periódico y... Es que eres un desastre. No se te puede dejar solo ni un momento. Pues nada. Apúntate diez azotes. Pues sí que empezamos pronto a anotar castigos. Ya te puedes agenciar una libreta para ir apuntando castigos pendientes. Creo que pronto estará llena. ¡Uy, la de cosas que van a cambiar en esta casa!

No me había ido a ninguna parte a ver nada, pero ya me estaba bien por distraído y en absoluto me molestaba la perspectiva de mi primera azotaina a manos de mi mujer.

Durante la cena, Laura me contó todo lo que había hecho durante las dos últimas semanas:

—Al principio, me sentí muy enfadada. No podía entender tu absoluta falta de confianza conmigo. ¿Por qué me has ocultado tus pensamientos durante tanto tiempo?

—Pues por vergüenza y por pensar que eran neuras mías y solo mías, y que con el tiempo desaparecerían. Y, además, pensaba que tú nunca podrías aceptar una cosa así. Lo siento. Ahora me doy cuenta de que ha sido una tontería ocultártelo, pero no me sentía capaz. Te aseguro que más de una vez he estado tentado de contártelo todo, pero siempre me cortaba en el último momento. Además, ni siquiera el otro día fui del todo honesto contigo.

—¿Qué quieres decir?

—Pues que el juego que te propuse ya lo tenía pensado desde hacía semanas y el domingo, con el aburrimiento que sentíamos los dos, se presentó la ocasión ideal.

—Serás capullo. Pero podríamos haber estado jugando toda la tarde sin que saliera la consabida tarjeta y habernos cansado antes de que lo hiciera.

—Yo sabía cuál era la tarjeta en cuestión. Piensa que las escribí yo y apunté una tenue marca en el dorso, casi invisible, para reconocerla después de barajarlas. El único riesgo es que la eligieras tú primero y quedase descartada. Las posibilidades eran de uno a quince.

—Eres un manipulador total. Veinte azotes más y ya van treinta. Vas a arrepentirte si sigues así.

—No te volveré a mentir en la vida. ¡Te lo juro!

—No jures tanto, que no te creo. ¡Mentiroso, más que mentiroso! ¡Y manipulador de las narices! Pues eso, que me enfadé como una mona, pero después me estuve informando en Internet y descubrí todo ese mundo tuyo, y poco a poco me empezó a seducir la idea, aunque estaba llena de dudas sobre si eso era sano y equilibrado. Pero estas dudas las he despejado esta tarde con esa sexóloga de la que te he hablado. Se trata de una antigua conocida de la universidad. A lo mejor te acuerdas de ella. Susan, la compañera de piso de mi mejor amiga de aquellos años, Cristina.

—Claro que me acuerdo. Si era una mujer de bandera, aunque a mí me intimidaba. Muy simpática, pero dominante a tope. Como le llevaras la contraria, te comía. En una ocasión se me ocurrió cuestionar la psicología como ciencia y me dejó a la altura del betún delante de mis compañeros. ¡Vaya risas se pegaron a mi costa! Que si me había dejado planchado, que cómo se me ocurría discutir con la líder de la dialéctica de toda la universidad, etcétera. A partir de aquel día, procuraba no encontrarme con ella ni en el metro.

—Pues yo la he encontrado de lo más accesible y no recuerdo que fuera tan dominante como dices. Por lo menos con las chicas.

—Exacto. Con las chicas, era la dulzura personificada, siempre dispuesta a ayudar en lo que fuera. Pero con los chicos era diferente. Si no le entrabas por el ojo derecho, te lo dejaba súper claro al momento. Y al contrario: cuando se encaprichaba con alguien, era igual si estaba saliendo con otra o no. Iba a por él y acababan enrollados en menos de lo que canta un gallo. Y al día siguiente o a los pocos días, si te he visto, no me acuerdo, y a por otro. *Devorahombres*, la llamábamos, o *Susantis religiosa*, en lugar de mantis. Esos bichos que devoran al macho después de hacer el amor.

—Bueno, el caso es que le he planteado todas mis dudas y me ha tranquilizado. Que no pasaba nada por llevar a cabo este tipo de fantasías, siempre y cuando no se convirtieran en una obsesión o excluyeran cualquier otro tipo de relación, o que se realizaran de forma extrema, causando lesiones de por vida. Más o menos eso de *consentido, sano y seguro*. Hasta me ha confesado que ella practica ese tipo se juegos con su pareja.

—¡Anda con la Susan! Pues al final resulta que era cierto que es una *devorahombres*. Lo digo en sentido figurado, por supuesto. Quiero decir que ya se le notaba el matiz dominante a los veinte años.

—Bueno. Según me ha dicho, descubrió esa manera de relacionarse en su consulta, escuchando a sus pacientes, y decidió probarlo en carne propia desde hace relativamente poco. Y, por cierto, me ha propuesto algo que no sé si aceptar. Depende de tu opinión por entero.

—¿Qué te ha propuesto?

—Pues que vaya un día a su casa y me enseñe cómo trata a su sumiso para que yo vaya aprendiendo. Iniciarme como dómina, en definitiva.

—Por mí, ningún problema. Al fin y al cabo, el beneficiario seré yo. Mientras no me sustituyas por su sumiso y me dejes a mí en la estacada, me parece fantástico.

—Bien. Lo pensaré. Son demasiadas decisiones para un solo día. Las cosas hay que dejarlas reposar. Si decido que sí, ya te informaré. Además, hoy he hecho otra cosa inusual.

—Cuenta.

—He entrado en un sex-shop por primera vez en mi vida y he comprado un par de artilugios y algo de ropa sexy. Ha resultado que la dependienta también es aficionada al tema.

Esto va a resultar que es una plaga. Ella misma me ha confirmado que durante el último año se ha hinchado a vender artículos de ese tipo. Ella lo atribuye al libro *50 sombras de Grey*, que ha leído media población femenina mundial. Dice que ha despertado la fantasía femenina.

—Eso dicen, aunque a mí el librito ese me parece bastante ñoño, y el Grey, un neurótico cargado de traumas infantiles. La protagonista es más una especie de princesa rescatada por un príncipe azul súper rico, súper poderoso y que con tal de complacerle es capaz de someterse a cualquier cosa.

—¡Ah! No sabía que lo habías leído.

—Me daba vergüenza leer ese tipo de literatura abiertamente. Así que le cambié la solapa de otro tocho y te hice creer que estaba leyendo la biografía de Aznar. Estaba seguro de que ni te acercarías a él. No es tu tipo de lectura.

—Otra mentira. Pues que sean diez más. En menos de una hora, ya llevas acumulados cuarenta azotes. Además, te voy a mostrar la fusta que me he comprado hoy y así te haces más a la idea. Ahora vuelvo.

Me fui a mi cuarto y rebusqué en la bolsa la fusta y los tangas. El resto de los artículos, los dejé donde estaban.

—¡Fíjate! ¿Qué te parece?

—Fantástica. Parece de buena calidad. Ya estoy deseando probarla, aunque… ¡Uf! Eso tiene que doler de cojones.

—¡Eh!, ¡eh! No digas palabrotas. Ya sabes que no me gustan los tacos. ¿O quieres que te lave esa lengua con jabón como si fueras un niño grosero y malcriado?

—*Sorry*. Se me ha escapado.

—También te he comprado unos tangas. Negro y rojo. Bueno, han sido un regalo de la dependienta por el gasto que he hecho y para fidelizar clientela, supongo. A partir de hoy se han acabado esos horribles calzoncillos que tienes. Tendrás que acostumbrarte a los tangas. Y ya puedes ir mañana a comprar media docena más. Si son de colores variados, mejor. A ver si me alegras un poco la vista y te veo ese culo más sexy. Siempre me ha encantado tu culo, ya lo sabes. Pero casi nunca tengo ocasión de vértelo al desnudo.

—De acuerdo. Al salir del trabajo, pasaré por el sex-shop ese que dices, si me das la dirección.

—En el bolso, tengo una tarjeta. Después te la doy, pero me la devuelves por si tengo que volver a comprar algo más o preguntar si tienen algún artículo o talla de algo que quiera.

—Vale.

—Venga. Basta de cháchara por hoy. Vamos a recoger esto y nos vamos a la cama prontito, que mañana tenemos que trabajar.

—Pensé que querrías ver tu programa favorito. Pero por mí, estupendo. A mí el "Súper estrellas" ese me aburre bastante.

—Hoy no hay tele. Y si sigo ese programa es más por aburrimiento que por otra cosa. Tampoco me gusta tanto como dices. Me entretiene un rato y nada más. ¡Venga!, levántate y ayúdame. Los platos ya los lavamos mañana. Los dejamos en remojo y ya está, pero a la parrilla sí que hay que darle un repaso, que después se pegan los restos y no hay manera.

—Voy. Me llevo esto y me pongo con la parrilla.

—¡Con cuidado! No la vayas a rayar.

Una vez que lo tuvimos todo en orden, nos encaminamos directo a la habitación de dormir.

—¡Venga! Mientras yo preparo una toalla grande para que no se manchen las sábanas con el aceite de masaje, tú te duchas y te repasas la barba del mentón por lo menos, que después me raspas cuando estás ahí abajo. Ya sabes.

—Estoy listo en un plis plas.

Al regresar del cuarto de baño, Laura estaba vestida con una indumentaria muy sexy: medias de encaje, *body* negro casi transparente, liguero y calzando unos tacones de infarto. Parecía toda una dama del sado, cosa que quedaba patente por la fusta que sostenía por el mango con su mano derecha y manteniéndola cruzada por delante de su pecho, dándose golpecitos en la palma de su mano izquierda.

—¡La ost...! Perdón. ¡Ostras! ¡Qué fuerte! ¡Estás increíble! ¿Dónde escondías ese atuendo?

—Es una cosa más que me he comprado hoy. ¿Te gusta?

—¡Me encanta! Estás divina.

—Pues ponte aquí, en el borde de la cama, y apoya las manos en el colchón, que voy a probar ese artilugio sobre tu culo. Ahí, muy bien, así está perfecto. Cuenta cada azote en voz alta y tras cada número dices: "Gracias por corregirme, mi ama". ¿Preparado?

—Estoy preparado.

—Bien, empezaré suave y poco a poco iré aumentando la intensidad hasta que te duela de verdad. Si me paso, me avisas. ¿De acuerdo?

—De acuerdo.

—¡Zas!

—Uno. Gracias por corregirme, mi ama.

—Habla más fuerte. Casi no te he oído. ¿Te ha dolido?

—No.

—"No, mi ama", se dice.

—Sí, mi ama.

—¡Zaas!

—Dos. Gracias por corregirme, mi ama.

—¿Sigo?

—Sí, por favor, mi ama.

—Así me gusta. ¡Zaaas!

—¡Ay! Tres. Gracias por corregirme, mi ama.

—Lo siento, te he dado de canto. No controlo muy bien la muñeca. A ver si el siguiente lo hago mejor. ¡Zaaas!

—Cuatro.

—Te has olvidado de darme las gracias. Se repite. ¡Zaaas!

—Cuatro. Gracias, mi ama.

—¡Zaaas! ¡Zaaas! ¡Zaaas! ¡Zaaaas! ¡Zaaaas!

Los azotes siguieron cayendo sobre mi culo hasta llegar a los treinta y ocho. Faltaban dos más y se habría acabado mi primer castigo. Mi culo ardía. Seguro que lo tenía completamente rojo, pero ya casi no notaba el dolor. Sentía una extraña mezcla de dolor y placer, y tras cada azote estaba deseando que cayera el siguiente. Mi pene estaba completamente enhiesto. Qué sensación más indescriptible. Me sentía trasportado a un mundo de ensueño. Ser regañado por mi mujer de esa manera era algo que había imaginado muchas veces, pero ahora por fin se había hecho realidad.

—Prepárate bien, porque los dos últimos te van a doler de verdad. A ver si te acuerdas de no volver a mentirme ni ocultarme nada jamás.

—Estoy listo, mi ama.

—Pues allá voy. ¡Zaaaaaaas!

—¡Ohhh! ¡Ay, mi ama! Treinta y nueve. Gracias por corregirme, mi ama.

—¿Volverás a ocultarme tus fantasías?

—No, mi ama. Jamás te ocultaré nada de lo que piense.

—Muy bien, pues allá va el último por hoy. ¡Zaaaaaaaaaaaas!

—¡Ahhh! ¡Ay, ay, ay! Este me ha dolido mucho. Perdona, mi ama. Me lo merezco por mentiroso y por tramposo, pero ¡ay!, ¡ay! Todavía me duele. Cuarenta. Gracias por corregirme, mi ama.

—Perdona. Me he pasado, pero es que se me ha vuelto a girar la muñeca y justo con el azote más fuerte que te he dado. Lo siento, no quería hacerte tanto daño.

—No pasa nada, mi ama. Ya está, ya se me calma.

—Creo que al final tendré que tomar unas lecciones de flagelación con la experta de Susan. Mañana o pasado la llamo y le digo que acepto su propuesta. ¿Te parece?

—Pues claro. Ya te dije antes que no tengo ningún inconveniente. Así seguro que después me azotas exactamente como quieres.

—Pues decidido. Ahora, vete a mirar al espejo del baño y comprueba lo que le pasará a tu culo cada vez que te castigue.

Fui al baño a mirarme y, efectivamente, observé lo que esperaba: las dos lunas de mi culo totalmente enrojecidas y con dos verdugones, uno por luna, que seguro correspondían a los dos azotes dados de canto. Tardarían una o dos semanas en desparecer, pero era gratificante ver mi culo así marcado por mi ama.

—¡Ponte algo para disminuir la inflamación! —gritó Laura desde la habitación—. Creo que en el botiquín hay un tubo de Thrombocid. Va bien para los hematomas y cosas así de circulación venosa.

—Ya me he puesto. Mi culo luce maravilloso. Gracias, mi ama.

Me sentía orgulloso de ver las marcas que mi ama había dejado en mi piel y haber sido capaz de aguantar la sesión de disciplina. Era una sensación de entrega y adoración. Me sentía muy feliz.

—Venga. No te entretengas más, que estoy esperando mi recompensa por haberme ocupado de ti.

—Ya estoy aquí.

—Perfecto. Ahora, vas a darme un masaje de ensueño, pero antes te arrodillas y me besas los pies para darme las gracias por los cuarenta azotes que te he dado y para pedirme perdón por todas tus mentiras y engaños.

—Sí, mi ama.

—Así me gusta. Me encanta verte así, arrodillado a mis pies. No llevo ni media hora ejerciendo de ama y ya me está gustando. Venga, vamos. Ahora, chúpalos. Muy bien, así. Un poco más suave, que me haces cosquillas. Eso es. Lame, lame como si fueras un perrito juguetón. Chupa. Entre los dedos también. Así, así… Lo haces divinamente. Ahora, pasa tu lengua por las plantas… Vale, ya es suficiente. Para y empieza con el masaje. Aquí tienes aceite. A ver si eres capaz de relajarme del todo, que hoy he tenido un día muy agitado. Empieza por mis pies, sin apretar demasiado, y después vas subiendo lentamente hasta mi nuca. Espera que me tumbo boca abajo. Lista. Cuando quieras.

Estuve masajeando a Laura durante algo más de tres cuartos de hora y por mi cabeza, mientras tanto, pasaron un montón de cosas. Tuve tiempo de hacer un repaso completo a toda mi vida en la forma de vivir las relaciones de pareja. La de hoy no tenía nada que ver con lo experimentado hasta entonces. Y era infinitamente más gratificante que la experiencia que había tenido con una profesional del sado. De hecho, había sido con una desconocida por la que no sentía el más mínimo afecto. En cambio, la de hoy estaba teniendo lugar con la mujer que amaba. No había parangón posible.

"¡Cuánto tiempo perdido!", me dije. "¿Por qué habré sido tan imbécil?".

Si se lo hubiera contado antes, todos los años de satisfacción sexual a medias no habrían existido. Pero ya estaba hecho. Al fin y al cabo, mi problema de toda la vida se había acabado y eso era lo que realmente contaba. "A partir de hoy, voy a ser realmente feliz", pensé, "y Laura también. Contra todo pronóstico, le está gustando, y nuestro matrimonio está a salvo. La rutina en la que hemos ido cayendo los dos en lo últimos años ha quedado interrumpida. ¡Magnífico! ¡Todo es fenomenal!".

—Vale, ya puedes parar. Me has dado un masaje de coña. ¡Ostras! Ahora soy yo la que digo tacos. Pero es que creo que hasta me has relajado el cerebro. En compensación, te perdonaré los dos próximos tacos que sueltes. Procura no gastarlos demasiado pronto. Bien, ahora quiero que acabes mi relax con una lamida de coño de campeonato. Ponte a ello. Espera, que me pongo un cojín en la espalda y así tendrás mejor acceso a toda la zona. Desde el ano hasta el clítoris. Así. Espera que me pongo el cojín un poco más abajo. Ahora… Ya está. Ya puedes empezar. Y empieza suave y con lentitud, que siempre te precipitas y aprietas demasiado. Eso es... Poco a poco, de arriba abajo. ¡Ahhh! Sigue así, que me matas. Mete la lengua en mi ano. ¡Empújala! Como si quisieras follarme el culo con la lengua. ¡Ahhh!, me encanta. Eso no me lo habías hecho nunca y tonta de mí que nunca me he atrevido a pedírtelo, a pesar de haberlo deseado un montón de veces. Solo era capaz de moverme de manera que rozaras como por casualidad esa parte. ¡Así!, ¡así! Sigue. Eres mi esclavo y tienes que lamerme entera, culo incluido.

—Sí, mi ama. Estoy en la gloria lamiéndote entera. Yo también he deseado hacer todo esto un montón de veces, pero temía incomodarte.

—Esto es lo que pasa cuando no se tiene confianza con el otro. También yo soy culpable. Pero no hables, que te paras. Sigue, por favor, que casi estoy a punto. Hasta soy capaz de correrme así con tu lengua en mi ano. ¡Ahhh! ¡Qué gustazo! Un poco más y después al clítoris directo, que me voy a correr. ¡Ya! ¡Ya! ¡Pasa al clítoris! ¡Eso es! Un poco más rápido y un pelín más fuerte. ¡Chupa! ¡Chupa! ¡Que me corro! ¡Ahhh! ¡Ahhh! ¡Ahhh! ¡Ahhh! ¡Uhhh! ¡Qué corrida! Ni recuerdo cuándo me había corrido así en la vida. Creo que nunca. Lo has hecho de maravilla. Te voy a dar un premio. Quiero que ahora te corras tú. Arrodíllate en el suelo y empieza a masturbarte delante de mí, que quiero ver cómo lo haces. Coge el aceite. Venga, arrodíllate aquí mismo mientras te doy golpecitos con mis pies en tus huevos. Ni se te ocurra derramar una gota en el suelo, que está recién fregado de esta mañana. Si te cae una gota, la vas a chupar con la lengua. Te viertes la leche en tu otra mano. Y no descarto que te la haga tragar enterita si no te corres justo cuando yo te lo diga. ¡Empieza ya!

—Voy, mi ama. Estoy muy excitado.

—Pues hoy te corres de milagro, que a partir de ahora te correrás solo cuando yo te lo diga.

—Sí, mi ama. Gracias, mi ama, por autorizarme hoy a descargarme. Ya empiezo.

—No tan rápido, que parece que tienes prisa. Poco a poco, de arriba abajo, lentamente, que quiero ver cómo va creciendo tu deseo hasta que ya no resistas más. Cuando eso ocurra, todavía tendrás que aguantarte un ratito hasta que te dé permiso. Y si te corras antes, te comes todo lo que salga de esa polla.

—Sí, mi ama. ¡Ay, esos golpecitos! Me matan.

—¿Te duele?

—No, me gustan. Me encantan. Me estás poniendo a cien. ¡No puedo más! ¡Voy a correrme!

—Todavía no te he dado permiso. Sigue un poco más. Disminuye el ritmo si lo necesitas, pero no pares. ¡Sigue!

—Sí, ya sigo. ¡Oh! ¡Oh! ¡Oh!

—Venga, córrete ahora. ¡Ya! Ahora mismo, ¿o es que quieres tragar tu leche?

—Ya me corro. ¡Ya me corro! ¡Ya me corro! Ya está. ¡Uf! ¡Arg! ¡Ostras! ¡Qué corrida!

—Así me gusta, que me obedezcas. ¡Pero fíjate! La primera sacudida te ha saltado por encima de la mano y ahora está ensuciando el suelo. ¿Qué te he dicho antes?

—Que tendría que limpiar el suelo con la lengua, mi ama.

—Pues venga, ¿a qué esperas? ¿Prefieres el postre helado o calentito como todavía debe estar ahora?

—Ahora estará más en su punto. Ya lo limpio.

—Así me gusta. Muy bien. Aquí queda un poco más… Perfecto. ¡Pero bueno!, no pongas esa cara de asco, que es tuya. ¿Qué te crees, que a mí me gusta que me dejes el coño pringado cuando te corres dentro de mí? Me gusta en el momento de salir caliente, notar los borbotes, pero aguantar el goteo del día siguiente no es ningún placer. O sea que, a partir de ahora, si te autorizo a correrte dentro de mí, a continuación deberás limpiar mi coño con tu lengua hasta dejarlo inmaculado, sin dejar el más mínimo resto. Ya puede irte acostumbrando. ¿O no es eso lo que querías de mí, que te ordenara cualquier cosa que me viniera de gusto?

—¡Sí, mi ama! Haré todo lo que me ordenes.

—Bien, no te apures. Cuando firmemos el contrato, ya fijaremos los límites de nuestra relación. Lo que estás dispuesto a aguantar y lo que no. Hoy la cosa solo ha ido de prueba. Y si me he pasado en algo, me lo dices y no repito. En esto, los dos tenemos que estar de acuerdo. De lo contrario, será cualquier cosa menos gratificante.

—¡Sí, mi ama!

—Basta de llamarme ama por hoy. Se acabó la sesión. Vuelves a ser mi Daniel de siempre hasta nueva orden. Venga, vente a dormir y abrázame, que me quiero dormir entre tus brazos. Que te quiero un montón.

—Yo también te quiero mucho, Laura, y quiero seguir siempre contigo tanto si esto que hemos empezado hoy nos va bien como si no. Buenas noches, mi amor. Pero no te vas a acostar así vestida, supongo.

—¡Ay! ¡Qué tonta! Si es que ni me lo noto puesto. Es de una tela suavísima. ¡Me encanta el tacto! Espera que me desnudo.

—Ven, mi sol, acurrúcate.

—Antes, dame un beso, cielo. ¡Buenas noches! Creo que voy a dormir como nunca después de tantos días inquietos. Y recuerda que mañana quiero que te pongas el tanga. Así, cuando te lo notes, te acordarás de quien te manda llevarlo. Creo que pensarás todo el día en mí, ya verás. Venga, a dormir, que se ha hecho tarde y mañana hay trabajo.

Capítulo 7

Daniel se durmió al instante, abrazándome, pero yo aún tardé un buen rato, dándole vueltas a todo el cúmulo de experiencias de esa tarde-noche. Me parecía mentira lo rápido que se había ido sucediendo todo. "¡Estás lanzada!", me dije a mí misma. Parecía como si siempre hubiera sido la dómina de las fantasías de Daniel. ¿A ver si era verdad que siempre había tenido ese carácter y no me había enterado hasta ahora? Empecé a repasar mi forma de ser en distintas etapas de mi vida y, como por ensalmo, empezaron a aparecer imágenes del pasado que apuntaban en esa dirección. Primero, me acordé de la relación con mis padres cuando era pequeña. Recordé la rabia que sentía cada vez que mi padre imponía su voluntad sobre mi madre y lo tonta que me parecía ella por aceptar todos sus caprichos resignadamente. Me acordé de una noche en que les oía discutir desde mi cuarto y cómo me alegraba de oírle decir a mi madre que ya estaba harta de ser su criada.

—Esto se tiene que acabar —le decía—. Me tratas como si fuera tu chacha. No me tienes ningún respeto. Hasta me insultas delante de los niños. Un día me voy a hartar de verdad y lo nuestro se va a acabar. Te lo advierto. No aguanto más.

—Tú te callas —le respondía mi padre— y haces lo que yo te diga, que para eso eres mi mujer. Ahora resultará que pretendes que yo me ponga a hacer tu trabajo. ¡Escúchame bien! El que trae el dinero a casa soy yo y tienes dos opciones: o te adaptas, o te amargas. ¿Quién te ha metido todas esas ideas en la cabeza? Seguro que son tus amigas del alma. Pero si son unas zorras liberales.

—¿Cómo que son unas zorras? ¿Estás loco? Son personas normales y corrientes. Te recuerdo que todas ellas están casadas y tienen hijos de los que cuidan igual que yo. Lo que sí es diferente es la relación que mantienen con sus maridos. Ellos no son igual que tú. Pero entre ellas y yo no hay ninguna diferencia.

—¿Qué quieres decir? ¿Que tú también eres una zorra?

—No me insultes, so cabrón —contestaba mi madre.

—¡Te voy a dar una hostia! A ver si aprendes a estar calladita. ¡Zorra! ¡Más que zorra! Ahora verás quién manda aquí.

—¡Suéltame, por favor! No me pegues, que nos van a oír los niños. ¡Perdóname! No quería enfadarte. Solo es que me gustaría que fueras más amable conmigo, como al principio de estar casados.

—Si no soy más amable contigo es porque tú eres una dejada. Ayer mismo no me habías planchado las camisas y me tuve que ir a trabajar hecho un adefesio. Hasta el jefe me hizo un comentario jocoso. Tú compórtate como Dios manda y todo será como antes.

—Sí, tienes razón. Se me olvidó planchártelas. Llevo demasiadas cosas en la cabeza: traer y llevar a los niños al colegio, la compra, la comida, la casa, la colada, acompañar a tus padres al médico, subirles la compra al cuarto piso sin ascensor. Hay veces que no llego a todo y se me olvidan las cosas.

—Este es tu trabajo. Yo ya hago el mío. Y se acabó esta discusión. La próxima vez que me contradigas, la hostia te la llevas de verdad. ¡Venga! ¡Se acabó! ¡A dormir! ¡Plas!

Sonó finalmente. Creo que fue una palmada en el culo de mi madre.

—¡Sí, ya voy! ¡Perdóname! Me esforzaré más —fue lo último que escuché.

Después de esto, recuerdo que estuve un rato pensando en que yo nunca me casaría por no aguantar una cosa así y, si me casaba, solo sería con alguien totalmente diferente; con alguien que fuera mi igual y no un machista de tres al cuarto como mi padre.

A continuación, me acordé de cómo era en la universidad: una chica tímida, más bien, pero muy atenta a cualquier manifestación de machismo en los chicos que intentaban acercarse a mí. Rehuí a más de uno, a pesar de que me gustara, solo por esa razón. Me acordé especialmente de un tal Fernando con el que salí en un par de ocasiones al cine y a cenar, pero al que puse excusas para volver a quedar tras una discusión sobre la manera de ser de las chicas modernas, según su manera de llamarlas. Me demostró ser un tradicionalista total que pensaba que eso de que las mujeres trabajaran y dejaran a sus hijos solos en casa iba a acabar con la civilización occidental, la que, en su opinión, había funcionado durante milenios. Me soltó un rollo sobre diversas formas de relación entre hombres y mujeres en sociedades diversas, tanto antiguas como modernas, estadísticas de divorcios en Estados Unidos, etcétera. En fin, un montón de teorías sociológicas y antropológicas que, según él, demostraban lo que pensaba. Hasta me sugirió que leyera no sé qué libro para que me convenciera de lo que decía. No volví a verle. Siempre que me llamaba, le ponía una excusa, hasta que finalmente se debió cansar y dejó de hacerlo.

Finalmente, mi memoria recaló en el momento en que conocí a Daniel. Desde el principio, me pareció que era totalmente diferente a los demás y en los dos años en que estuvimos saliendo hasta casarnos nunca manifestó el más mínimo atisbo de machismo. Que no tuviera ese defecto y lo amable y considerado que era siempre fue lo que me permitió decirle que sí a su propuesta de matrimonio sin temor a recaer en un tipo de relación como la de mis padres. Aparte, por supuesto, de estar completamente enamorada de él. Al fin y al cabo, mi padre, sobre todo, más que mi madre, había influido mucho en mi vida, aunque solo fuera de manera preventiva. Pero todo eso no me convertía en una mujer dominante ni por asomo. Tenía que ser otra cosa.

Simplemente, pensé, era algo nuevo en mí inducido por la propuesta de mi marido y por todas las lecturas y vídeos a los que había recurrido para informarme sobre el tema. Me habían abierto las puertas a otro mundo, a un mundo lleno de fantasía en el que las relaciones sexuales se vivían de una forma mucho más intensa, con una mezcla de sensaciones físicas y psicológicas muy potente. ¿Por qué me había producido placer ver a mi marido arrodillado a mis pies, entregado a su adoración? Lo cierto es que me había sentido como una diosa adorada por un devoto creyente que le suplicaba poder demostrarle su entrega total. Así se comportaba mi marido, como un feligrés arrodillado ante su diosa, pidiendo perdón por sus faltas y dispuesto a aceptar el castigo que le redimiera de su culpa. De hecho, tras el castigo al que le había sometido, había mostrado alivio y agradecimiento, y mucho más placer que dolor. El placer no había sido físico. Físicamente, le habían dolido los azotes. Los gemidos no habían sido fingidos. Pero el placer había sido psicológico. Todo está en la mente, como había oído decir a la dómina Zara en una entrevista de Buenafuente que encontré en YouTube. Y a mí me había pasado algo parecido. No había sentido placer por causarle dolor, sino por ser el medio a través del cual sentía cómo mi marido alcanzaba el éxtasis. Había buscado su realización como sumiso y yo misma había disfrutado de su entrega; y viendo su disposición a cumplir todos mis deseos, hasta había sido capaz de pedirle que me hiciera cosas aparentemente escabrosas, pero seguramente conectadas con la parte más instintiva de mi naturaleza animal. Una síntesis entre lo físico y lo psíquico, la mente y el cuerpo, el espíritu y el instinto. La dimensión religiosa del ser humano entremezclada con su ser sexual. A ver si la religión solo era una sublimación de los instintos animales inscritos en nuestro ADN; una transposición al mundo del espíritu de nuestra necesidad de ser dirigidos en nuestra vida por alguien superior que nos premiará y nos castigará eternamente por nuestra conducta. Hasta los primates tienen inscritas en su cerebro reglas de conducta grupal y castigan las desviaciones del individuo que las incumple —continué especulando—. También entre ellos hay líderes y miembros que acatan sumisamente su dirección. Quizá los humanos habíamos transferido esa necesidad de liderazgo a un ser divino y las actitudes humanas, para con ese dios, de servidumbre, sacrificio y necesidad de ser perdonados eran puro instinto animal metamorfoseado por nuestra imaginación superior y hecho posible por nuestra capacidad de hablar e inventar historias míticas. Yo era la diosa para mi devoto marido, pero yo misma me sentía como simple humana o primate decidida a asumir mi nuevo papel de líder de grupo, aunque en este caso fuera extremadamente reducido.

Medio dormida, pensé que estaba empezando a desvariar y no era capaz de llegar a ninguna conclusión definitiva. Finalmente, me dormí.

Capítulo 8

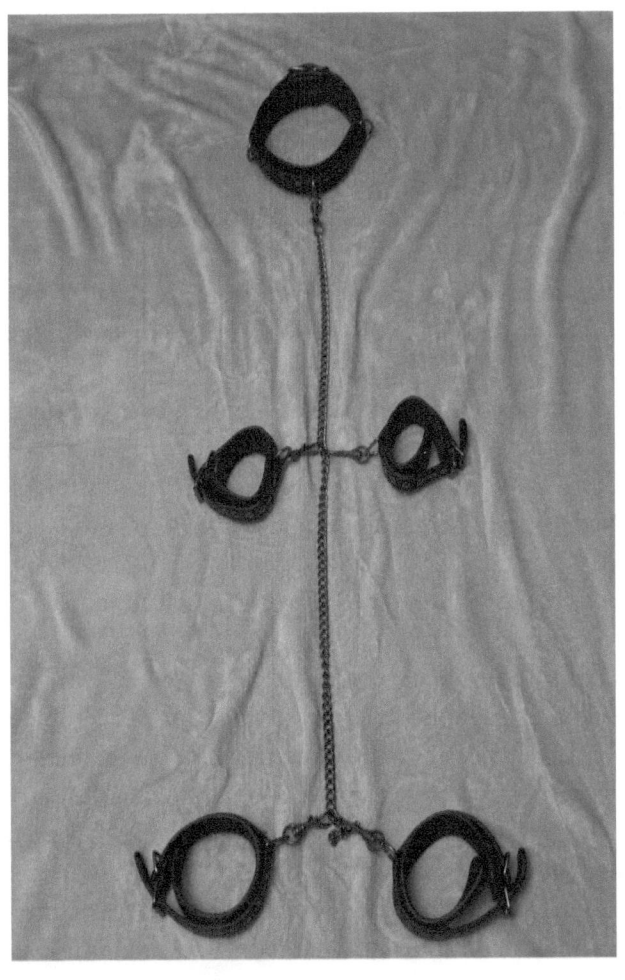

Al día siguiente, cuando me desperté, Daniel ya se había levantado.

—¡Buenos días! ¿Por qué no me has despertado? —grité desde el cuarto—. Voy a llegar tarde.

—¡Buenos días, Laura! No llegarás tarde. Ya tienes el desayuno preparado. Todavía son las 7.30 y media hora te sobra para ducharte, arreglarte y tomar tu desayuno. Seguro que a las 8 menos cinco ya estás en el despacho. Además, eres la jefa. Te puedes permitir llegar después de tus subordinados.

—Ya sabes que no me gusta. Ahora tendré que correr.

—Lo siento, pero es que dormías tan plácidamente que he preferido dejarte unos minutos más con tus sueños.

—La verdad es que hace semanas que no dormía tan bien y que no me despertaba de tan buen humor. Será que darte caña me relaja… Ja, ja, ja.

—Pues lo mismo digo. He dormido de un tirón. Por cierto, para tu información, llevo puesto el tanga y hasta el momento no he parado de acordarme de ti.

—Te acostumbrarás. No te preocupes, que llegará un día en que ni lo notes. ¿O es que ya te arrepientes de haberme cedido el poder?

—Nada de eso. Me encanta pensar que llevo la ropa interior que a ti te gusta.

—¡Ah, bueno! Entonces que lo sigas disfrutando. ¡Va! Me voy a la ducha.

Los dos salimos de casa a las 7.30, cada uno a su trabajo. El mío estaba a un par de manzanas y me fui a pie como de costumbre. El de Daniel estaba bastante más lejos, pero en metro tardaba casi lo mismo que yo, unos veinticinco minutos. Por el camino, consulté el correo en mi móvil. Había diez mensajes nuevos, nueve de propaganda y uno de Susan.

"¡Qué rapidez se ha dado en enviarme el contrato ese!", pensé. "Ya me lo miraré con más calma en casa", me dije.

La mañana transcurrió como todos los días en el despacho de abogados que llevaba mi nombre: "Laura Garmendi, abogada". Un montón de asuntos pendientes a medio resolver y problemas y más problemas acumulándose, pero yo con mi filosofía de siempre: "Tranquilidad y constancia, que todo acababa teniendo una solución".

Mi despacho estaba integrado tan solo por tres personas: Raquel, la secretaria; un joven abogado que había contratado como ayudante hacía ya más de tres años, cuando los clientes fueron aumentando y el trabajo empezó a asfixiarme, Raúl; y yo misma, por supuesto, que era quien lo había montado. La verdad es que no podía quejarme. Tanto Raquel como Raúl eran muy responsables y eficientes, y siempre podía confiar en ellos. A Raúl todavía le faltaba experiencia, pero tenía muchas ganas de aprender y se estaba convirtiendo en un experto en temas hereditarios. Yo prefería los casos de separación matrimonial, aunque a veces me implicaba demasiado emocionalmente y hasta parecía que era yo la que se iba a separar y no mis clientes. Vivía como propio el trauma que implica cualquier separación, incluida la más civilizada. Mis clientes casi siempre eran mujeres. Supongo que se había ido corriendo la voz.

La verdad es que me consideraba muy afortunada porque las cosas me iban muy bien. Cuando decidí montar el despacho tras seis años de trabajar para otro abogado que me había contratado el mismo año en que acabé la licenciatura, no las tenía todas conmigo, y los primeros dos años fueron muy duros. Pero después, los clientes habían ido apareciendo como atraídos por un imán.

A Raquel, la contraté a comienzos del tercer año de apertura y, aparte de ser extraordinariamente eficaz y ordenada, poco a poco nos habíamos cogido confianza y se puede decir que nuestra relación era ahora más de amistad que de jefa y subordinada. Ella era seis años más joven que yo, delgada, rubia y con unos preciosos ojos azul claro que invitaban a la confianza. Era muy abierta y me había contado muchas cosas de su vida. Yo también me apoyaba en ella cuando me sentía desbordada y hasta le había hecho referencia a la crisis que había estado sufriendo las últimas semanas con Daniel, aunque sin entrar en detalles, por supuesto. Quizás algún día le contaría más. Muchos días, salíamos a comer juntas al mediodía, y aunque la mayoría de las veces hablábamos de cuestiones banales, de tanto en tanto lo hacíamos de temas más relacionados con los sentimientos y las emociones. Me sentía muy a gusto con ella.

Aquella mañana, durante la pausa del mediodía, mientras Raúl y Raquel salían a comer, yo decidí quedarme en el despacho. Estaba impaciente por abrir el correo de Susan y no era capaz de esperar a llegar a casa para hacerlo. A cada momento me distraía pensando en cómo sería.

Me puse a ello sin más dilación. No sé por qué estaba nerviosa.

Querida Laura, o quizá mejor, ama Laura: te he adjuntado el archivo con el contrato de sumisión del que te hablé y otro con una encuesta para que la conteste tu futuro sumiso sobre cosas que le gustaría que tú le hicieras y otras que no. Recuerda que tú eres la dómina y no tienes obligación de hacer nada que no te apetezca, pero es una manera fácil de conocer exactamente cuáles son sus fantasías. Después, tú decides cuáles llevar a la práctica y cuáles no. Casi seguro que te propone cosas fuera de lugar, por lo menos al principio. Él lleva mucho tiempo fantaseando y tú, no te ofendas, eres una novata en estas cosas. Por cierto, mantengo en pie la oferta que te hice. Dime algo cuando lo hayas decidido.

¡Un beso!, que después de nuestras mutuas confidencias ya podemos considerarnos amigas.

Fdo.: Ama Susan

Empecé por abrir el archivo de la encuesta. La lista era larga. Empecé a leer:

Adoración del ama con la boca y con la lengua

- Besar y chupar los pies.
- Besar y lamer su vagina.
- Besar y lamer sus pechos.
- Besar y lamer su culo, e introducir la lengua en su ano.
- Besar y lamer todo su cuerpo, sin excluir ninguna parte de las señaladas anteriormente.

Azotes

- Con la palma de la mano.
- Con fustas y floggers.
- Con palmetas de cuero o de madera.
- Con látigos no rígidos.
- Con látigos rígidos muy dolorosos.
- Con cañas de bambú o varas de abedul.
- Con instrumentos que dejen profundas marcas en el cuerpo.

El resto de la encuesta, la leí en diagonal, fijándome solo en los distintos apartados escritos en negrita. En realidad, estaba impaciente por conocer los detalles del contrato de Susan con su sumiso, Hugo.

"Bueno", pensé, "espero que Daniel no me pida cosas demasiado extravagantes. Aunque es capaz de todo. Va muy salido".

A continuación, abrí el archivo del contrato de sumisión:

Modelo de contrato *femdom*, modificable según preferencias

1. Solo te permitiré correr como máximo cada cuatro o cinco relaciones sexuales (o más, a voluntad, o como castigo por no cumplir x).

Me encanta correrme yo y que tú permanezcas excitado por tiempo indeterminado, y cada día más excitado. Si te he castigado a no correrte durante determinado tiempo, no te levantaré el castigo por compasión.

2. Te llevaré al límite de tu resistencia y después te negaré la corrida. Si no consigues contenerte, serás castigado alargando el tiempo de corridas futuras.

3. Siempre que te lo ordene, deberás recoger tu leche de mi coño o de donde la hayas vertido con tu lengua (si es por masturbación, la vertida sobre mis pies, pechos, etcétera). Así expresarás la total adoración que me debes en tu condición de sumiso.

4. Me harás masajes en los pies y en todo el cuerpo siempre que te lo pida.

5. Te azotaré siempre que quiera para demostrarte quién manda o lo considere conveniente para castigar conductas inadecuadas (fumar, beber, incumplimiento de tus obligaciones). Algunos azotes pueden ser verdaderamente dolorosos para enmendar conductas reincidentes.

6. Tu primera obligación es proporcionarme el máximo placer sexual y, por tanto, lamerás y tocarás cualquier parte de mi cuerpo que me lo proporcione, especialmente mis tetas, mi coño, mis pies y mi ano.

7. También deberás cumplir todas las tareas domésticas o de otra clase que te ordene, y vestirás el uniforme que te ordene durante su realización. Si no las cumples, serás castigado con el fin de enmendarte.

8. Siempre que tengamos una sesión de dominación me darás el trato de ama, señora o dueña. Ejemplo: "Sí, señora", "Sí, mi dueña", "Gracias, mi ama", etcétera.

9. También te obligaré a llevar cinturones de castidad, *plugs* anales, ropa interior femenina, etcé-

tera, siempre que lo crea oportuno, con tal de que me demuestres tu total sumisión.

10. Si follamos, seré yo quien te folle a ti y a mi ritmo, a no ser que me apetezca lo contrario. También follaré tu culo siempre que me apetezca, utilizando o no el arnés, o te obligaré a que seas tú mismo quien se sodomice con un dildo y al ritmo que te marque.

11. Puedo usar cualquier otra técnica de dominación, tales como vendarte los ojos, inmovilizarte, ponerte pinzas en los pezones o genitales, atarte fuertemente los genitales para que no te empalmes o te sea imposible eyacular, ordenarte vestirte con la ropa que yo quiera, feminizarte (tratarte como a una puta), sodomizarte, lluvia dorada, etcétera.

12. Tengo derecho a entregarte a otras personas para que te dominen con o sin mi presencia, y a tener yo las relaciones sexuales con quien me apetezca, y tú deberás aceptarlas aunque te pongas celoso.

Contrato firmado en… día… mes… año…

Este contrato puede ser revocado a petición de cualquiera de las partes en cualquier momento.

Fdo.: El ama   Fdo.: El sumiso

"¡Vaya con la Susan!", me dije. "Incluye casi todas las prácticas posibles en ese contrato. Creo que, con pocas modificaciones, casi se lo puedo proponer a Daniel tal cual. Después ya veremos qué llevamos a la práctica y qué no. Voy a contestar su correo ahora mismo, no sea cosa que vuelva Raquel y vea lo que tengo plantado en mi pantalla de ordenador".

¡Hola, Susan! ¿O prefieres que te llame Ama Susan? Acabo de abrir tu correo y me ha parecido de lo más interesante. Muchas gracias por las molestias. No habría podido acudir a una psicó-

loga mejor. He tenido una suerte bárbara al reencontrarme contigo tanto tiempo después de los años de facultad.

Te confieso que ayer mismo tuve mi primera sesión como dómina con mi marido y la verdad es que me sentí en la gloria. Tan solo llegar a casa, entré a saco. Ya te contaré. Lo haré cuando quedemos para esa sesión-clase que me ofreciste ayer y a la que me invitas nuevamente en tu correo. Mi marido está totalmente de acuerdo, así que no hay problema por mi parte. Ya me dirás cuándo te place. Si pudiera ser un sábado o domingo, me iría de perlas, pero si te va mejor otro día, yo me adaptaré. Tengo verdaderas ganas de ver cómo lo hacéis, pues como tú dices, soy una auténtica novata, pero predispuesta a aprender. Te prometo ser una buena alumna, y si cometo errores, pues... me castigas. ¡Es broma!

¡Un beso, Susan! Espero impaciente tu respuesta.

—Enviar —pronuncié en voz alta mientras lo hacía. A continuación, cerré los archivos justo en el momento en que oí los pasos de Raquel acercándose a mi despacho.

—¡Hola, jefa! Ya estoy de vuelta. ¿En qué estás trabajando que no has salido ni a comer? ¿Te puedo ayudar en algo?

—Si no estoy trabajando. Me he entretenido contestando algunos emails pendientes que tengo desde hace días. Es que creo que tengo el vientre un poco revuelto y nada de apetito. Ahora me comeré una manzana a ver qué tal me sienta.

—A ver si has cogido un virus. Agua, mucha agua dicen que es lo mejor en esos casos. ¿No tendrás fiebre? Déjame ver —dijo, acercándose para tocar mi frente—. Creo que no. Será algo que te ha sentado mal. O nervios. Estos últimos días te noto muy estresada.

—Puede ser. Ya te conté que tenía problemas con mi marido, pero ya está todo solucionado. Ayer noche hablamos y pusimos las cosas en claro. Creo que todo nos irá bien a partir de ahora.

—Pues me alegro. Me tenías preocupada. A ver si hora que todo se ha solucionado un día me cuentas qué ha pasado entre

Daniel y tú. El otro día me dejaste intrigada. Me dijiste, pero no me dijiste.

—Nada, tonterías —respondí evasiva—. Problemas de comunicación. Que si él no se sentía satisfecho últimamente con nuestra relación, que le gustaría que yo fuera de otra manera. Total, que me enfadé por su falta de confianza en mí. Descubrí que me había estado ocultando cosas que quería de mí y que no se había atrevido a decirme nunca. Pero ya está todo aclarado.

—¿Ocultando cosas? ¡Guau! Esto me suena a deseos inconfesables de carácter sexual. Ahora sí que has despertado mi curiosidad morbosa. Venga, va, cuéntame más. Todavía tenemos un rato hasta que Raúl regrese.

—Te lo voy a contar, pero antes júrame que no le dirás una palabra a nadie de lo que estoy a punto de revelarte.

—Ni una palabra. ¡Te lo juro por mi madre! —respondió, haciendo correr la silla que había enfrente de mi mesa para situarse a mi lado—. Suéltalo todo, que siempre soy yo la que te cuento mis cosas y de tu vida privada solo me has ofrecido un cuadro abstracto.

—Porque no soy de las que todo el día andan contando su vida a los demás.

—Tú quejándote de no atreverse a contar las cosas. Pero si eres la persona más enigmática que conozco, aunque, eso sí, escuchar sabes un montón. Esto sí te lo reconozco. Empática, lo eres un rato. A mí me has ayudado mucho cada vez que he podido desahogarme contigo.

—Tienes toda la razón. Soy muy reservada y, en cambio, cuando consigo contar a alguien algo íntimo me siento muy aliviada. Y tú eres una de las pocas personas de confianza con quien he conseguido abrirme un poquito.

—¿Empiezas a largar o qué?

—Ya voy. ¿Tú has leído ese *best-seller* de las *50 sombras de Grey*?

—No, pero he visto la peli. ¡Una pasada! ¿Por qué me lo preguntas? ¿No me irás a decir que tu marido te quiere dar de hostias?

—Pues no. Todo lo contrario. Quiere que yo se las dé a él.

—¡Ostras! —exclamó, quedándose con la boca abierta y una mirada de total sorpresa e interrogativa al mismo tiempo.

—Así me quedé yo. Como tú, boquiabierta. Me contó que era algo que había deseado desde siempre: someterse a los caprichos de lo que se llama un ama dominante o una *mistress*, si lo quieres decir en inglés, y que soñaba con que yo fuera esa persona.

—Y tú, por supuesto, le dijiste que no, que de eso nada monada, y fue cuando se lió.

—No exactamente. Al principio, me quedé patitiesa. No sospechaba ni por asomo que mi Daniel tuviera ese tipo de fantasías y me sentí engañada. No entendía cómo podía haberme ocultado algo así durante tanto tiempo. Mi vida con él había sido una farsa, me decía, pero después, tras informarme mucho sobre ese tipo de juegos en Internet, empecé a verlo todo de otra manera.

—¿Y?

—Pues que me empezó a seducir la idea de ceder a su propuesta. Si lo hacía, tendría un sumiso a mis pies dispuesto a complacerme en todo lo que yo deseara y, por mi parte, tan solo debería comportarme como un ama dominante que da órdenes, impone castigos y, a cambio, disfruta del placer de ser adorada como una diosa.

—Total, que le dijiste que sí.

—No tan deprisa. La solución no fue tan inmediata. Primero estuve reflexionado durante días. Esos días en los que me has visto estresada. Por una parte, tenía ganas de decirle que sí, pero por la otra me asustaba iniciar una relación tan alternativa. No tenía claro si era o no una perversión sexual peligrosa.

Así que decidí consultar con una sexóloga, y resulta que fui a dar con una que me dio vía libre. Me aclaró que mientras no se convirtiera en una obsesión y fuera un juego controlado con reglas consensuadas no había peligro.

—O sea que le has dicho que sí.

—Pues sí, Raquel. He cedido a sus deseos y no lo he hecho solo por complacerle. En ese caso, sería yo la que se habría convertido en la esclava de sus apetencias. Le he dicho que sí porque me apetece a mí. Me apetece un montón. Ayer mismo tuvimos nuestra primera sesión *sadomaso* y fue absolutamente genial.

—¡La madre! ¡Qué fuerte! ¡Qué fuerte! ¡Qué súper fuerte! Me has dejado de piedra. Nunca podría haberme imaginado que los problemas con tu marido fueran estos. Yo pensé que a lo mejor te había engañado, que simplemente la relación entre vosotros pasaba por un mal momento o que incluso os estabais planteando separaros. Tú simplemente me dijiste que las cosas entre vosotros dos no iban muy bien últimamente, pero que preferías no hablar del tema de momento. Para nada me imaginé que se tratara de una cuestión sexual de alto voltaje. Me encantaría poder verte un día por un agujero en una de esas sesiones con tu marido. ¡No te creas!, a mí también se me ha pasado por la cabeza más de una vez poner a mi marido boca abajo sobre mis rodillas y darle una azotaina cuando se comporta como un niño malcriado, pero nunca, ni por asomo, se me ha ocurrido convertir mi fantasía en realidad. Y mira por dónde, tú...

—¡Calla, calla! Que acabo de oír el ascensor pararse en nuestro piso. Seguro que es Raúl. Otro día seguimos hablando; a lo mejor, me tomo en serio eso de que un día nos mires por un agujero y así te vas enterando de cómo tratar a los hombres. ¡Es broma!

—¡Eso! Hablamos otro día, pero lo del agujero va en serio.

—¡Ja, ja, ja!

—¿De qué os estáis riendo? —preguntó Raúl, mientras asomaba la cabeza por la puerta de mi despacho.

—De nada que te importe —le dije con una sonrisa. Cosas de mujeres. ¿Qué tal el menú de hoy?

—Como siempre, ¡delicioso! No sé por qué no venís nunca al restaurante que voy yo.

—Pues porque dan demasiada comida y nos pondríamos como focas en menos de lo que canta un gallo —respondió Raquel, quitándome las palabras de la boca—. A ti se ve que no te aprovecha. Sigues tan delgado como el primer día que entraste en este despacho.

—No es para tanto. Y si no engordo un gramo es porque cada día voy a correr un rato.

—Yo también debería hacer un poco de ejercicio —repliqué—. Ayer mismo estuvimos hablando del tema mi marido y yo. ¿Conoces algún gimnasio que esté bien y no sea demasiado caro?

—El que voy yo los sábados y domingos, y algún que otro día si puedo. Está en la avenida Portugal. No me sé el número, pero es al principio de la avenida, enfrente de Zara.

—Ya sé cuál me dices. Pues no está lejos de mi casa.

—Si te decides, diles que te lo he recomendado yo, que por cada cliente nuevo que recomiendas te hacen descuento en la factura mensual o te dan un bono, y al nuevo cliente no le cobran la matrícula. Yo pago 59 euros al mes y lo incluye todo. Está súper bien.

—Vale, iré de tu parte, pero supongo que no bastará con dar tu nombre.

—En cuanto vaya yo, me pedirán que lo confirme y ya está. No es complicado. Yo ya he recomendado a tres amigos y me han hecho un bono de descuento de dos meses. Contigo puede caerme el tercero o reducirme la cuota, aunque creo que necesito cinco clientes para obtener esto último. Si vas con tu marido, ya los tengo.

—No te ilusiones tan rápido, que aún no hemos decidido nada. Pero ¡va! ¿Qué pasa hoy, que nadie tiene nada que hacer? ¿No tenéis trabajo pendiente?

—Un montón —contestó Raquel.

—De los gordos —añadió Raúl.

—Pues ¿a qué esperáis? ¿O es que este mes no queréis cobrar? —dije bromeando—. ¡Venga! A trabajar.

—Eso, eso, al rico trabajo —contestó Raúl jocosamente.

El resto de la tarde fue como todas las tardes. Cada uno ensimismado con sus papeles hasta que llegó la hora de finalizar la jornada laboral.

Antes de irme para casa, y una vez que ya se habían marchado Raúl y Raquel, me bajé los archivos de Susan y los imprimí, pero justo después de hacerlo rompí los tres folios que abarcaban porque pensé que quizás introduciría algunas modificaciones antes de enseñárselos a Daniel. En casa tendría tiempo de revisarlo todo con más calma y modificar lo que considerara oportuno. Metí los pedazos en el bolso y salí. No quería que la mujer de la limpieza o Raúl se dedicaran a recomponer los pedazos y llegaran a intuir mi implicación personal en el tema.

Capítulo 9

Por fin era sábado, el día en que Susan y yo habíamos quedado por WhatsApp para tener nuestra primera sesión conjunta como amas de su sumiso, Hugo. Me notaba inquieta e ilusionada a partes iguales. Seguro que hoy iba a aprender un montón de cosas y esto me ayudaría a ser más imaginativa en mis sesiones con Daniel. El miércoles, habíamos tenido nuestra segunda sesión y yo me corté de forma reiterada. No se me ocurría ordenarle qué hiciera y al final solo se me ocurrió estimularlo sexualmente con mi mano y prohibirle que se corriera cuando estaba llegando al límite de su resistencia.

—¡Se acabó por hoy! —le dije—. Ya tienes suficiente. Y ni se te ocurra levantarte por la noche para aliviarte. ¿Queda claro?

—Sí, mi ama —contestó—. Solo me correré cuanto me lo autorices y no me volveré a masturbar en mi vida sin tu permiso.

—Pues venga, a dormir. Ya veremos si mañana te dejo o no. De momento, no has hecho nada para merecértelo. Dijiste que dejarías de fumar y que te pondrías a régimen, y hoy cuando he llegado estabas con tu gin-tonic de siempre y un cigarro en la boca, aparte de las colillas que he encontrado en el cenicero de tu despacho esta mañana. Por cierto, lo has dejado toda la noche sin tapar y tu despacho tira pa' tras del pestazo que hace. Prometiste reformarte, pero yo no he notado nada hasta el momento. Tú sigue así y verás cómo tus pelotas se van hinchando progresivamente. ¡Venga! Date la vuelta y procura relajarte. ¡Buenas noches!

Empezaba a pensar que mi dominio sobre Daniel se estaba limitando a los momentos de intimidad y yo pretendía que tuviera algún efecto más allá de las paredes de nuestra habitación. Seguramente, Susan podría aconsejarme sobre cómo conseguir resultados positivos en este sentido.

No tenía claro cómo vestirme para la ocasión. Susan me había dicho por WhatsApp que me pusiera algo sexy y provocativo para entrar más fácilmente en el rol de ama dominante. El conjunto que me compré en el sex-shop me parecía exagerado. Finalmente, tras rebuscar en el cajón de mi ropa interior, me decidí por un *body* negro bastante discreto y mucho más opaco que el otro. Me lo puse y, tras mirarme en el espejo, me convencí de que era el adecuado, pero contrastaba demasiado con mis piernas blancas. Todavía era primavera y no había tenido ocasión de broncearme. El moreno del verano había desaparecido por completo. Recurrí a unas medias de rejilla también negras. Ahora, lucía mucho mejor. Solo faltaba el atuendo de calle. Pensé en la falda y la chaqueta de cuero.

—¿Será demasiado? —me pregunté.

Las descolgué del armario y me vestí con ellas. Volví a mirarme en el espejo...

—¡Bueno, no está nada mal! —me dije.

Solo faltaban los zapatos. Los de charol granate podrían dar la nota de color que faltaba. Volví al espejo con el atuendo completo y me gustó lo que vi. Ahora, un poco de maquillaje y ya estaría lista para salir. Sombra y lápiz de ojos, perfilador de pestañas y labial rojo pasión. Finalmente, un poco de colorete y se acabaron los preparativos.

—¡Estoy divina! —pronuncié en voz alta, mientras me veía reflejada en el amplio espejo del recibidor justo antes de salir—. ¿A ver dónde digo que voy tan peripuesta si me encuentro a algún vecino? Boda o comunión no va a colar. Puedo decir que voy a un pase de moda. Será mejor que coja el abrigo para taparme y coja un taxi para no llamar la atención por la calle.

Dicho y hecho. Llamé a un taxi y esperé a que me devolvieran la llamada para confirmar su llegada al portal antes de bajar.

Susan vivía en un chalet a las afueras de la ciudad. En media hora estaba delante de su puerta llamando al timbre exterior.

—¿Quién es? —preguntó Susan.

—¡Soy Laura! —contesté.

—¡Hola! Pasa. Te abro.

—¡Hola! ¿Qué tal? —dije mientras nos saludábamos con dos besos sin llegarnos a tocar para no estropearnos el maquillaje que ambas portábamos.

—¡Estás estupenda! —exclamó ella, admirando mi indumentaria.

—Pues no digo nada de ti —dije yo al verla embutida en un seductor traje de cuero que mostraba más de lo que ocultaba.

Llevaba un corsé negro muy ajustado atado a la espalda con un cordón del mismo color trenzado en zigzag y acabado en una lazada justo encima de su coxis. Delante, los pechos se insinuaban desnudos por encima de las minicopas de cuero ribeteadas con clavos plateados. Mirando desde arriba hasta se le entreveían los pezones. El corsé estaba adornado con cadenas plateadas que colgaban de ambos lados de la parte delantera debajo de su pecho. Un tanga con una raja ovalada abierta sobre su sexo y unas altas botas de charol también negras que le llegaban hasta medio muslo completaban su indumentaria.

—Tú sí que estás fascinante —le dije sin poder apartar la vista de ella—. Vistes muy seductora. Yo no estoy a la altura.

—¡Estás perfecta! Y eso que solo te veo de calle. Déjame ver qué llevas debajo.

—No tengo nada tan sexy como eso tuyo, pero he hecho lo que he podido —dije mientras desabrochaba los botones de mi chaqueta.

—¡Magnífica! —exclamó—. ¡Toda una dómina! La indumentaria ayuda mucho a meterse en el papel. Te hace sentir poderosa, adorable y seductora.

—Supongo que tienes razón. Y por cierto, vives en una casa maravillosa, con su jardín y todo. ¡Vaya salón! Si hasta tienes chimenea. Es muy acogedor.

—Gracias por el cumplido. La verdad es que Hugo y yo nos encontramos muy a gusto aquí. Pero vamos a sentarnos en el sofá mientras esperamos. Tendremos que aguardar un poco para iniciar la sesión. Supongo que no vienes con prisa.

—No, ninguna. Daniel se ha ido a jugar al tenis con un amigo y después irán a comer por ahí. Tengo prácticamente el día completo para mí sola.

—Hugo ha tenido que acompañar a su madre al médico. Nada grave. Subidas de tensión que le dan de cuando en cuando por no tomarse las pastillas cuando toca, pero me acaba de llamar y dice que en media hora estará aquí. Aprovechemos para hablar un poco. ¿Qué tal te va con Daniel? —preguntó mientras nos acomodábamos en el sofá.

—Bien, supongo. Aunque a veces me siento un poco cortada.

—Bueno, por eso no te preocupes. Todo es cuestión de práctica. Una no se hace dómina en dos días. A mí también me costó al principio, pero poco a poco vas cogiendo el tranquillo hasta que te sueltas del todo y sale rodado.

—De momento, lo tengo en castidad. He leído en todas las páginas que he consultado en Internet que esto es básico.

—No lo dudes. Los hombres son muy diferentes a las mujeres. Ellos en cuanto se han vaciado pierden el interés por nosotras. La mayoría después de descargar se gira y se duerme al instante, y hasta que no recargan ni nos miran.

—Tienes toda la razón.

—Si quieres tener a tu hombre pendiente de ti, cortejándote todo el tiempo, intentando complacerte y seducirte, y haciendo todo lo que le mandes para tener una mínima posibilidad de satisfacer su deseo, tienes que mantener su motor al ralentí. Solo debes permitirle que se corra de tanto en tanto. Una vez cada quince días como máximo, e inmediatamente después de que lo haga, demostrarle de alguna manera que sigues ejerciendo tu poder sobre él.

—¿Cómo?

—Puedes darle unos azotes de castigo con cualquier excusa. Por ejemplo, por haber vertido poca leche o por no haberse corrido justo en el momento en que se lo ordenabas, etcétera. Aunque no sea verdad, tú se lo dices. Al fin y al cabo, se trata de un *role play*. Tú juegas a estar enfada y él, a sentirse culpable y con la necesidad de ser perdonado por sus faltas. También puedes ordenarle que recoja toda su leche con su lengua y que la trague por asqueroso, o por haberte ensuciado a ti. Que no quieres ver una gota de ella sobre tu cuerpo o sobre el suelo si la ha derramado en él.

—Justo eso fue lo que le hice hacer la primera vez. Me dio un poco de reparo obligarle a hacer tal cosa, pero me limité a seguir las instrucciones que había leído en un relato *femdom*.

—¡Ajá! Leer relatos de ese tipo te puede servir de inspiración para cuando no se te ocurra qué hacer.

—Sí, dan ideas, pero en los relatos todo parece fácil y la cosa va rodada, pero en la vida real tienen otro ritmo y aparecen dudas, inseguridades, y yo me corto.

—Ten en cuenta que, en ese juego, el sumiso acepta cualquier cosa que le pida su ama con tal de complacerla. De hecho, disfruta de ser humillado porque así se realiza como sumiso. Este es su papel, y como el actor de una obra de teatro, solo se siente satisfecho cuando ha podido representar su personaje de forma creíble para el público. Y en ese caso, su público eres tú. Compañera de reparto y público al mismo tiempo, y también al revés. Tú te sentirás realizada como dómina en cuanto veas que le emociona tu personaje, cuando tu actuación resulte creíble para él. Tú público para ti es él. Es como un juego de espejos múltiples. El objetivo es conseguir una imagen nítida. Si te cortas e interrumpes tu actuación, la imagen que verás estará deformada. Será como la de los espejos cóncavos de la calle del gato de los que hablaba Valle Inclán. Una imagen grotesca, un esperpento. Por eso es tan importante meterse en el papel desde el principio, empezando por el ropaje del personaje que representas, aunque no siempre es necesario. Aparecer desnuda ante tu sumiso o vestida de ir por casa también es una opción en otras ocasiones.

—¿Y cómo consigo que esa obra de teatro de la que hablas siga representándose después de acabar una sesión de dominación, que trascienda las paredes de nuestra habitación?

—¿En qué sentido lo dices?

—Pues en el sentido de que si mi sumiso me dice que quiere que yo le domine y que quiere adaptarse a mis deseos para hacerme la vida más fácil y promete cambiar su comportamiento, pero después no lleva nada a la práctica de todo eso, me da la impresión de que la cosa se convierte en una farsa, al tiempo que disminuye mi sensación de ser su dueña.

—¡Ah, mi amiga! Eso poco a poco. No cambiarás a tu marido en dos días. Lleva toda una vida comportándose así. Solo a base de premios y castigos, y denegación de satisfacción sexual, podrás conseguir que vaya cambiando progresivamente. Lo importante es no desanimarse a la primera de cambio.

—Sí. Supongo que no puedo confundir mi fusta con una varita mágica.

—Tiene poderes, pero sus efectos solo se notan transcurrido el tiempo; y como dicen los psicólogos conductistas, la conducta se modifica a base de premios y castigos. Los premios sirven para reforzar las conductas deseables y los castigos, para inhibir las contrarias. Pero si quieres tener éxito, tienes que ser constante. No puedes castigar unas veces sí y otras no las mismas conductas. Él tiene que saber a qué se expone en cada caso, y lo mismo con los premios. Simplificando: si incumple una norma acordada, lo castigas sin contemplaciones y de forma proporcionada, y si cumple un deber, lo premias generosamente. Aplicar solo castigos no sirve. No es motivante, porque una vez que se acostumbre a ellos su única satisfacción en la vida consistirá en seguir haciendo lo que le dé la gana. No se sentirá motivado a hacer las cosas bien si con ello no obtiene ningún beneficio.

—¿A qué clase de premios te refieres?

—Pues a decirle que estás contenta con él porque has notado que se está esforzando mientras le besas o le abrazas cariñosamente. Esto le llenará de orgullo. O a premiarlo con permitirle que tenga acceso a determinadas partes de tu cuerpo que tenía vetadas por mal comportamiento, o hasta hacerle una felación o dejar que te folle si te viene de gusto, con corrida incluida.

—En muchos blogs de dominación femenina se dice que la dominante no tiene que hacer ese tipo de cosas si quiere conservar su posición de superioridad.

—Una absoluta tontería. A ver si ahora vamos a ser nosotras las que vamos a privarnos del placer de ser folladas o tener una buena verga en nuestra boca. ¡Chorradas, Laura! Estos juegos han sido inventados para disfrutar más, no para reprimir nuestros instintos naturales. Cosa diferente es el de la dómina que hace eso solo porque le apetece a su marido. ¿A ti te gusta?

Asentí, moviendo la cabeza afirmativamente.

—Pues sin problema. En todo caso, lo ideal es aplicar el castigo de forma inmediata. Decirle, por ejemplo, que se baje los pantalones al momento allí donde estáis y darle unos cachetes o mandarle a buscar la fusta para una azotaina más intensa. Pero esto no siempre es posible ni nos coge siempre predispuestas. Pero por lo menos sí anticiparle, de viva voz, cuántos azotes recibirá en la próxima sesión que tengáis por su falta. Le puedes decir que se haga con una libreta para irlos apuntando.

—Eso último ya le he mandado hacerlo.

—Creo que vas bien encaminada. Pronto te sentirás más relajada. ¡Ya verás! ¡Ah! Escucha, he oído la puerta del garaje. Hugo ya está aquí.

—¡Hola!, soy yo. Perdonad el retraso. Me he encontrado con una retención de tráfico por un accidente.

—¡Excusas! —contestó Susan—. Seguro que te has entretenido parloteando con tu madre.

—De verdad que me he encontrado con un accidente.

—No lo pongo en duda, pero esta no ha sido la causa exclusiva de tu retraso. A estas horas ya casi no hay tráfico.

—Tienes razón. He apurado demasiado el tiempo y después el accidente ha acabado de fastidiarla.

—Pues ya sabes lo que te toca. Seguir trabajando tu impuntualidad empedernida. ¿Cuántos azotes fueron la última vez?

—Treinta.

—Pues hoy serán cuarenta, y los diez últimos, con la caña de bambú.

—Sí, mi ama.

—Te presento a Laura. Como ya te dije el otro día, participará hoy con nosotros en nuestra habitual sesión de los sábados.

—¡Encantado, Laura! Yo soy Hugo.

—A partir de ahora, le llamarás señora, y arrodíllate ahora mismo y besa sus zapatos.

—!Sí, mi ama!

Yo me sentí por un momento algo incómoda, pero me dejé hacer y bajé la pierna que tenía colocada sobre la otra para que Hugo pudiera llevar a cabo la orden recibida con comodidad. Estuvo besando mis zapatos dos o tres minutos hasta que Susan lo interrumpió:

—¡Ya basta! Vayámonos al sótano sin perder más tiempo. He convertido el sótano que hacía de trastero en una sala de tortura. No te dejes impresionar por la parafernalia decorativa. Al principio, puede parecer un lugar siniestro —me susurró al oído mientras bajábamos con cuidado los escalones.

La sala era impresionante. Estaba iluminada por una tenue luz de color azulado y estaba llena de estanterías de vidrio con todo tipo de artilugios, penes artificiales de distintos tamaños, vibradores, *plugs* anales, arneses, pinzas, cadenas, collares, máscaras, fustas, látigos, y no sé cuántas cosas más. En el centro, había un potro forrado de negro de baja altura y en el costado derecho, un artilugio de madera como los utilizados para sujetar a los reos que iban a ser guillotinados en la Revolución Francesa. Al fondo a la izquierda, figuraba una jaula de hierro en la que difícilmente cabía una persona de pie.

—¡Absolutamente impresionante! —dije.

—¿Te gusta? —preguntó Susan.

—¡Es inquietante! —respondí, quedándome con la boca abierta durante un rato mientras miraba a uno y otro lado. El fondo de la habitación estaba cubierto con una gran cortina corrediza de terciopelo. La cortina colgaba a un metro de distancia de la pared frontal. No se veía qué ocultaba.

—Bien. Vamos a empezar. Hugo, desnúdate inmediatamente y coloca bien tu ropa encima de esta silla.

—¡Sí, mi ama! —respondió Hugo mientras empezaba a desabrocharse la camisa.

En pocos minutos, Hugo se mostraba ante nosotras completamente desnudo y manteniendo la mirada dirigida al suelo en actitud sumisa.

—¡Vaya macho! —dije sin poder reprimirme—. Tienes un sumiso guapísimo, Susan.

—No puedo quejarme. Y como ves, lo tengo completamente depilado. Yo misma le aplico la cera cada tres semanas. Me gusta tener su cuerpo completamente a la vista. Especialmente su zona genital.

—¡Bastante dotada!, por cierto.

—Pues espera a verla en todo su esplendor, que de momento solo está empezando a emerger. Venga, Hugo. Adopta la posición que te corresponde.

Hugo se arrodilló inmediatamente y bajó la cabeza hasta los pies de su ama.

—¿A qué esperas a limpiar mis botas? —dijo Susan.

—Enseguida lo hago, mi ama.

Estuvo un buen rato lamiendo las botas de Susan hasta que por orden suya paró, quedándose en cuclillas.

—Ahora colócate sobre el potro que va a empezar tu sesión de castigo. Te voy a atar de pies y manos. ¡Vamos! ¡Date prisa!, que no tenemos todo el día.

Mientras Hugo se tumbaba sobre el potro con los brazos colgando por delante y situando las piernas abiertas a cada lado de las patas traseras, Susan descolgó de la pared unas muñequeras y unas tobilleras de cuero. Todas ellas llevaban dos cierres de hebilla y un mosquetón en el otro extremo. A continuación, se agachó para colocar las tobilleras en cada tobillo y enganchar los mosquetones a una anilla situada en la parte baja de cada pata del potro. Seguidamente, hizo lo mismo con sus muñecas. Hugo quedó completamente inmovilizado. También le puso una venda en los ojos.

—¡Ya está! Ya tenemos a nuestro sumiso a nuestra entera disposición. Podemos hacer con él cualquier cosa que se nos antoje.

Yo me estaba excitando con la escena, imaginando que era Daniel quien estaba en su lugar.

Mientras contemplaba la escena, Susan bajó dos fustas y un látigo de tiras de una estantería y después sacó una caña y una vara flexible de un recipiente cilíndrico y estrecho como de medio metro de altura en el que había más cañas y varas de distinto grosor y materiales diversos. Sobresalía un largo látigo acabado en una tira trenzada de cuero y un sacudidor de mantas de mimbre. Esos artilugios de mimbre trenzado utilizados para sacudir mantas o esteras.

A continuación, Susan depositó todos los instrumentos de tortura que había seleccionado sobre la espalda de Hugo.

—Así te vas haciendo una idea de lo que te espera. ¿Me entiendes, esclavo?

—Sí, mi ama, me hago a la idea.

—Muy bien, pues vamos a empezar. ¿Cuántos azotes crees que te mereces?

—¡Muchos, mi ama!

—¡Cómo! ¿No llevas la cuenta?

—Sí, mi ama. Sumando los cuarenta de hoy a los pendientes, son doscientos veinticinco si no me he equivocado sumando, mi ama.

—Que sean doscientos cincuenta por si acaso.

—Los que digas, mi ama.

—Así me gusta, que aceptes sin rechistar los castigos que te impongo.

—Fíjate, Laura, cómo utilizo la fusta. Después lo harás tú.

—De acuerdo. A ver si aprendo a manejarla bien. El otro día le hice dos moretones a mi marido sin querer. A ver cómo lo haces.

—Mira, así. ¡Zas!

—¡Uno, mi ama! ¡Gracias, mi ama!

—¿Has visto? Golpeo con la lengüeta e inmediatamente la retiro con un movimiento de muñeca hacia arriba... ¡Zas!

—¡Dos, mi ama! Gracias, mi ama.

Susan siguió aplicando la fusta al culo de Hugo dieciocho veces más y yo prestando la máxima atención.

—¡Vale!, ahora te toca a ti. Toma, cógela firme por el mango, pero no aprietes la mano demasiado; la muñeca te tiene que quedar flexible, liberada de la rigidez del brazo.

—A ver qué tal lo hago. Tú corrígeme... ¡Zas!

—¡Veintiuno, mi ama! Gracias, mi ama.

—Te dije que la llamaras señora. Tú única ama soy yo, recuérdalo.

—¡Sí, mi ama!

—Lo haces muy bien, Laura. Solo un detalle. Procura liberar más la muñeca. Justo antes de que la lengüeta alcance el objetivo, debes detener el brazo y con el impulso que lleva la muñeca se gira hacia delante y la fusta acaba de impactar con control. ¡Prueba!

—¡Zas!

—Mucho mejor. Sigue.

—¡Zas! ¡Zas! ¡Zas! ¡Zas! ¡Zas! ¡Zas! ¡Zas! ¡Zas!

—¡Treinta, señora! ¡Gracias, señora!

—Lo estás haciendo perfectamente. Fíjate en el culo de Hugo. Completamente enrojecido, pero sin ningún moretón. ¿Qué tal estás, esclavo?

—Dolorido, mi ama, pero muy a gusto. ¡Gracias, mi ama, por castigarme junto a la señora!

—¡Está en la gloria! ¡Fíjate en su erección! No puede disimularlo. Los hombres son claros como el agua. Nosotras podemos fingir, pero ellos no. Ahora vamos a probar con el *flogger*. Es este látigo acabado en múltiples tiras de cuero. Cuantas menos tiras y más largas, más doloroso. Y también depende de lo anchas o estrechas que sean. El que tengo en la mano, podríamos calificarlo de semidoloroso. Ni mucho, ni poco. Suficiente. Ahora limítate a cantar en voz alta los latigazos, que me voy a dar más prisa y no tengo tiempo a que me des las gracias tras cada uno. Ya lo harás después por toda la serie. ¿Me has entendido, esclavo?

—¡Sí, mi ama!

—Pues empezamos. Serán ciento cincuenta latigazos de corrido. ¿De acuerdo?

—¡Sí, mi ama!

—¡Trass! Uno. ¡Trass! Dos. ¡Trass! Tres…

Los latigazos siguieron cayendo uno tras otro sobre el culo de nuestro sumiso y a medida que la sesión iba avanzando el culo de Hugo se ponía más y más encarnado. Él gemía un poco tras cada trallazo, pero parecía aguantar bien el castigo a pesar de mover el culo arriba y abajo, y lateralmente, tratando de aliviar el dolor moviéndose todo lo que le permitían sus ataduras.

—¡Bueno, Laura! Con este instrumento hay una cosa importante a tener en cuenta si no quieres lastimar a tu sumiso. El impacto de las tiras tiene que dar directamente en la zona elegida. Normalmente, el culo o la espalda. Tampoco hay problema en golpear el pecho o el vientre, pero es más complicado de utilizar en los muslos y en las piernas. Te diré por qué. Si, por ejemplo, das un latigazo en una luna del culo y parte de las tiras sobresalen por un lado, estas se giran a gran velocidad y sus puntas se clavan en la piel de la parte lateral. Cada tira genera un pequeño moretón y provocas mucho más dolor del que pretendes. Te lo voy a mostrar. ¿Preparado, Hugo? Este te va a doler.

—¡Sí, mi ama! Estoy preparado.

—¡Pues ahí va! ¡Tralass!

—¡Aaaah! ¡Cómo me duele, mi ama! Ciento treinta, mi ama.

—¡Te has desconcentrado! Era el número ciento veintinueve. Tendremos que repetirlo en la otra nalga. Me voy a cambiar de lado. Así es un poco más difícil, Laura, porque tienes que dar de revés, pero con la práctica se va consiguiendo y, además, conviene hacerlo para dejar los dos lados del culo castigados por igual. De lo contrario, siempre recibe más el lado derecho que el izquierdo, o al contrario si eres zurda.

—Ya veo.

—Vamos allá. ¡Tralass!

—¡Ahhh!, mi ama! ¡Ahhh! Ciento treinta, mi ama.

—Mira lo que te decía. Observa las marcas que le están apareciendo en los laterales.

—Ya las veo. Cada puntito que ahora es rojo parece que haya reventado un capilar y seguramente se pondrá azul y se agrandará mucho más.

—Exacto. Si no quieres dejar marcas visibles, tenlo en cuenta. Ahora prueba tú. Faltan veinte para completar la serie.

Cogí el *flogger* con cierta aprensión, insegura de saberlo manejar, y me preparé para dar el primer trallazo siguiendo los consejos de Susan.

—¡Tras!

—¡Bien! Sin miedo. Puedes dar más fuerte.

—¡Tralas!

—¡Eso es! Sigue así.

—¡Tralass! ¡Ay! Lo siento. Este se me ha escapado un poco.

—Estás un poco demasiado adelantada. Da un pasito hacia atrás y te irá mejor.

Me retiré un poco y volví a intentarlo. Me resultó mucho más fácil. Los golpes caían tal como yo quería y justo en la zona elegida. A continuación, probé a hacerlo de través y también me fue bastante fácil. De algo me tenía que servir haber jugado al tenis de más jovencita.

La sesión de castigo prosiguió hasta el final, acabándose con lo que los ingleses llaman *caning*. Setenta golpes en total con la vara de abedul y la caña de bambú. Susan siguió instruyéndome sobre cómo hacerlo de forma controlada. Las marcas que dejaban estos instrumentos eran bien visibles, pero me aseguró que desaparecían en poco tiempo si no se golpeaba con excesiva dureza.

Tras el castigo vino la sodomización de Hugo que, por una parte, podría considerarse su continuación, por lo que entrañaba de humillante, y por la otra no, por el placer que nuestro sumiso demostró sentir con ello.

—En mi opinión, sodomizar a tu sumiso es algo absolutamente imprescindible —dijo Susan—. La mejor manera de invertir los roles tradicionales. Siempre han sido los hombres los que nos han penetrado y se han sentido poderosos haciéndolo. Pues ahora se trata de que seamos nosotras las que los penetremos a ellos. Psicológicamente, es algo que tiene mucha fuerza. Lo de dar por culo es algo que está en el inconsciente colectivo. ¡Que te den! ¡Que te follen! ¡Vete a tomar por culo! son expresiones corrientes que manifiestan un deseo de humillación para el sujeto pasivo. Pues justo esto es lo que vamos a hacer con nuestro sumiso. Le follaremos las dos por turno. Colócate ese arnés y ponle ese preservativo en el falo. Así después es más fácil limpiarlo. Primero le follas tú, Laura, que tienes el falo más pequeño. El mío es mucho más gordo y conviene que vaya dilatando poco a poco.

—¡Uy! No sé si sabré. Es la primera vez que hago esto. Mejor lo unto antes con un poco de lubricante, ¿no?

—Sí, por supuesto. De lo contrario, no va a entrar, y si lo hace puede ser a costa de desgarrar su esfínter. Yo me pongo delante para que vaya chupando el pene de mi arnés. Vamos a follarle el culo y la boca al mismo tiempo.

—¿Estás preparado, Hugo? —pregunté, mientras acercaba el pene sujeto a mi arnés a la entrada de su ano.

—Sí, señora. Estoy preparado.

—Antes voy a quitarme los tacones, que estoy demasiado alta, y tú baja un poco el culo si puedes. Así, muy bien. ¡Vamos allá!

Empecé a empujar un poco y mi pene comenzó a entrar, aunque notaba resistencia. Mantuve la presión unos instantes y noté que su ano cedía. Por fin, lo introduje hasta el fondo.

—¡Ahhh! ¡Ahhh!

—¿Te hago daño?

—Ya ha pasado, señora.

—Pues voy a empezar a follarte —dije, mientras iniciaba un ligero vaivén con mis caderas.

—Lo estás haciendo perfectamente, Laura. Cualquiera diría que no es tu primera vez. ¡Venga, esclavo! Ahora chupa mi falo. Te lo voy a meter entero, hasta la campanilla. Abre bien la boca. Así, muy bien.

Mientras Susan mantenía su falo en la boca de Hugo casi provocándole arcadas, yo empecé a bombear con más fuerza y volví a sentir un tremendo calor en mi entrepierna. Me estaba excitando de verdad. Hasta ese momento, había estado más pendiente de aprender a azotar bien, siguiendo las enseñanzas de Susan, que de mis propias sensaciones. Por fin podía relajar mi atención y disfrutar de lo que estaba haciendo. Me producía un placer especial pensar que estaba penetrando el culo de un tío y me imaginaba el momento en que lo haría con Daniel. Cada golpe de cadera provocaba la estimulación de mi sexo por el roce del arnés con mi zona íntima. Notaba que me estaba mojando.

—¿Qué tal va? —preguntó Susan.

—¡Fenomenal! ¡Me enloquece! Creo que voy a correrme del gustazo que me da.

—No te dejes ir todavía, que aún te aguarda una sensación más fuerte. Ya verás por qué te lo digo.

No sabía a qué se refería Susan, pero decidí ser paciente y, haciéndole caso, contuve mis ganas. Mientras tanto, escuchaba a Hugo gemir de auténtico placer. Unos gemidos ahogados, casi imperceptibles, emitidos por el aire que salía de su nariz, ya que la boca la tenía completamente ocupada. ¡Uhmmmm!, ¡Uhmmm! y más ¡Uhmmms! sin parar a cada embestida. Lo estuve follando más de diez minutos. A ratos paraba un poco para descansar, pero el deseo de seguir follándolo me hacían reanudar los movimientos.

—¡Ahora es mi turno! —dijo Susan—. Salte, Laura, y vente aquí delante. Si quieres, puedes sentarte o tumbarte frente a él y disfrutar de su verga. Dale un buen masaje con aceite mientras yo me lo follo, pero si ves que se va a correr te paras. ¿De acuerdo? O si lo prefieres, puedes hacerle una mamada.

—Bueno. De momento, empezaré con mis manos.

Susan ocupó mi lugar y, tras untar su ano abierto con una buena ración de lubricante, colocó el enorme falo en la entrada y muy poco a poco lo fue introduciendo. Cuando Hugo empezaba a quejarse en serio de dolor, retrocedía un poco y volvía a presionar un poco más hasta que al final su ano cedió y se lo metió por completo.

—¡Te encanta que te follen! ¡Dilo!

—¡Sí, mi ama! ¡Me encanta que me follen!

—¿Y cuánto más grande, más te gusta? Contesta.

—¡Sí, mi ama! Me gusta sentirme atravesado, lleno de ti. Experimentar tu dominio absoluto de esta manera. ¡Ahhh! ¡Ahhh! ¡Qué gusto! ¡Ahhh!

—¿Le estás tocando, Laura?

—¡Sí, Susan! Está que se sale. Las venas de su pene están que revientan. ¡Vaya pollón que tiene tu marido! Con esta verga, debes disfrutar un montón.

—No me quejo en absoluto. No pares, que tienes que hacerle llegar al límite.

—No me puedo resistir más. Si me dejas, se la chupo.

—Toda tuya. ¡Disfrútala!

Empecé a chupar su verga rítmicamente. Casi no me cabía en la boca, pero notarla tan caliente dentro de mi boca era una delicia. Después de chupársela un buen rato, noté que las venas de la parte inferior de su pene estaban contrayéndose, señal de que iba a correrse en cualquier momento y, a pesar de estar deseando notar su leche caliente correr por mi garganta, me retiré para impedir que llegara al final.

—Bueno, ya tienes suficiente —dijo Susan, saliendo de su culo casi al mismo tiempo que yo me echaba para atrás.

—Siguiente y última fase —dijo Susan—. Ahora, Laura, vas a tener la sorpresa de tu vida —añadió—. Seguro que no te puedes imaginar lo que está a punto de suceder.

—¿A qué te refieres? Me estás intrigando.

—Espera y verás. Y apóyate en el potro para no desmayarte cuando veas lo que te tengo preparado.

—¡Me estoy asustando! ¿De qué se trata?

Sin decir nada más, Susan se dirigió al fondo de la habitación y con un rápido movimiento descorrió la cortina del fondo.

Ante mis ojos, apareció en penumbra la imagen de una mujer sujeta de manos y pies a una cruz en forma de aspa. La llamada cruz de San Andrés.

—¡La madre! —exclamé, al tiempo que observaba marcas en toda la superficie del cuerpo de la mujer inmovilizada en el fondo de la estancia, que indicaban que había sido azotada recientemente en toda su superficie.

Tenía toda la espalda, el culo y las piernas llenas de rayas rojas en todas las direcciones. Hacía más de una hora y media que había llegado a la casa de Susan, y, forzosamente, la mujer tenía que haber sido azotada con anterioridad a mi llegada, pero, a pesar de ello, las marcas eran todavía perfectamente visibles. La azotaina recibida tenía que haber sido de campeonato.

—La sorpresa no consiste en lo que ves solamente —dijo Susan, mientras yo no podía apartar la vista del fondo, observando la escena—. La verdadera sorpresa consiste en que te diga de quién se trata. Con esa luz y por la espalda, no la has reconocido.

—¿¿¿Quién es??? —pregunté con un hilo de voz, temiendo la respuesta que ya empezaba a sospechar.

—Es tu amiga Cristina.

—¡Noooo! ¡¿Cómo es posible?! —pronuncié, quedándome con la boca abierta y con una expresión de pánico.

—También ella tendrá la misma reacción cuando te reconozca. De momento, no puede hacerlo, porque no puede vernos y porque no ha podido reconocer tu voz. Lleva puestos unos tapones de silicona en los oídos que no le permiten oír más que murmullos. Voy a quitárselos para que te reconozca. Seguro que se quedará tan pálida como tú.

—Pero ¿cómo va a reaccionar? Esto ha sido sin su consentimiento.

—Nada de eso, querida. Está perfectamente advertida de que hoy vendría a la sesión una tercera persona y ella ha aceptado sin rechistar. De hecho, le encanta ser exhibida así ante terceros. Lo único que ignora es quién es esa persona anunciada. Pero ella confía totalmente en mí y sabe que no la expondré ante nadie que pueda perjudicarla fuera de aquí. ¿Os presento o prefieres salir de aquí sin que ella sepa quién la ha visto?

—No sé. Estoy confundida. Justo el martes de la próxima semana tengo que comer con ella y... No me parece honesto ocultarle que he estado aquí y la he visto de esa manera... ¡Va!, preséntanos y que sea lo que Dios quiera.

—¡Así me gusta! Estaba segura de que aceptarías. Procedamos.

A continuación, se acercó a Cristina y le retiró los tapones de los oídos.

—Cristina, te he traído una persona para que te vea. Tú la conoces y ella también te conoce a ti. ¿Estás preparada?

—Sí, ama Susan. Estoy preparada y dispuesta para sufrir cualquier humillación que tengas a bien disponer para mi educación como sumisa.

—Pues ladea la cabeza y mira quién es. Tú ponte más cerca. Ven aquí para que pueda verte —me dijo Susan sin pronunciar mi nombre.

Cristina giró su rostro todo lo que pudo hasta que sus ojos se encontraron con los míos.

—¡Oh, Dios mío! ¡Qué vergüenza! ¡Laura! ¿Qué haces aquí?

—Lo siento, yo no sabía nada. Todo lo ha preparado tu antigua compañera de piso, Susan.

—Fuiste tú quien nos puso en contacto, Cristina —replicó Susan—. Resulta que Laura también desea ser una dómina. Acudió a mi despacho por tu recomendación para despejar dudas y yo me ofrecí a guiarla en sus primeros pasos como tal. Por eso hoy está aquí. Para aprender.

—Ni se me pasó por la cabeza que tuvieras estas inquietudes, Laura, pero si Susan te ha traído para que me veas cómo me trata como esclava no tengo nada que reprocharle. Me siento muy feliz de acatar todas sus órdenes y estoy dispuesta a pasar por todas las pruebas a que me someta para demostrarle mi sumisión. Ahora que sé que compartes estas aficiones, me produce un raro placer estar así expuesta ante ti.

—Cristina es muy sumisa, Laura —volvió a hablar Susan—. Disfruta de ser azotada. Los azotes para ella son una necesidad física, y cuanto más fuerte la azoto, más lo disfruta. Me tengo que contener porque si fuera por ella no pararía. Y también le encanta el *bondage*: permanecer atada o inmovilizada durante horas, como hoy. Lleva aquí desde las 12 y ya son las 3. ¿No es verdad, Cristina?

—¡Sí, mi ama Susan! Disfruto del dolor y de la inmovilización. Las horas pasan lentamente y entro en un estado de semiinconsciencia que me deja muy relajada.

—Bien, pues basta de charla. Ahora vas a tener tu premio por haber aceptado tu castigo de hoy tan sumisamente. Hoy, Laura también es tu ama. Le llamarás ama Laura. ¿De acuerdo?

—De acuerdo, ama Susan.

—Por hoy no te vamos a azotar más, pero tendrás que proporcionar placer al ama Laura. Voy a desatarte.

—¿Qué quieres decir, Susan, con que me va a proporcionar placer?

—Que te va a comer el coño. ¿Tienes algún inconveniente?

—¡Bueno! ¡No sé! Nunca he practicado sexo con una mujer. En esto soy totalmente virgen.

—Pues ya es hora de que dejes de serlo. Además, tú no tendrás que hacer nada aparte de abrir tus piernas y relajarte. Cristina será quien haga todo el trabajo. Y te puedo asegurar que lo hace de maravilla. ¡Venga, no seas tímida! Que no te van a dejar de gustar los hombres porque otra mujer te haga un cunnilingus de campeonato.

—¡De acuerdo! Si a ella no le importa… ¡Cuántas experiencias nuevas para un solo día! —añadí—. Estoy dispuesta.

Con rápidos movimientos, Susan desató a Hugo y, dirigiéndose a mí, dijo:

—¡Mira! Si te tumbas a lo largo del potro y dejas caer las piernas a ambos lados, Cristina podrá acceder a tu sexo arrodillada con total comodidad, o mejor apoya tus piernas dobladas sobre sus hombros, que estarás más cómoda. Yo me situaré detrás de ti para sujetarte y evitar que te ladees y te caigas.

—¡Vale! Voy.

—Hugo, ponte detrás de mí, que yo abriré las piernas y levantaré el culo para que me lo comas. Espera que me quite el tanga… Ya está. ¡Vamos, Cristina! ¡Apresúrate! Y ocúpate de Laura tal como lo haces conmigo.

Cristina acercó su boca a mi sexo y yo no pude evitar un escalofrío cuando noté por primera vez cómo introducía su lengua en el interior de mi vagina y la lamía profundamente.

Susan me sujetaba por los brazos, pero no tardó ni medio minuto en inclinarse sobre mi pecho y empezar a lamer mis pezones al tiempo que jadeaba con los lametones que le proporcionaba Hugo en su ano. Mi excitación creció progresivamente hasta llegar al máximo y empecé a gemir de placer. No sé si me gustaba más la acción de Cristina o la boca de Susan succionando mis tetas. Pronto llegué al punto de máxima excitación y dije:

—¡Me voy a correr! ¡Me voy a correr!

—¡Aguanta un poco, Laura! —gritó Susan—. ¡Quiero correrme al mismo tiempo que tú! Venga, Hugo, pasa a mi clítoris y chúpalo con fuerza.

Hice un esfuerzo titánico para contenerme hasta que Susan empezó a gritar como una posesa.

—¡Así, Hugo! ¡Sigue! ¡No te pares! ¡Sigue, que voy! ¡Córrete, Laura! ¡Córrete conmigo! ¡Córrete!

No me costó nada obedecerla. Dejé de reprimirme y me sobrevino un orgasmo intensísimo y muy largo. Las dos gritábamos al unísono hasta que poco a poco nos fuimos relajando. A continuación, Susan acercó sus labios a los míos y me besó tiernamente. Yo me abandoné y dejé que su lengua se introdujera en mi boca. Durante unos minutos, me sentí en la gloria. Jamás antes había besado a una mujer de esa manera y me gustó mucho.

—¡Ah! ¡Qué bueno ha sido! —dijo por fin, retirándose—. Ahora os toca correros a vosotros. Cristina, ponte de pie y baja de la vitrina ese vibrador que tanto te gusta. Enchúfalo a la corriente y túmbate en el suelo. Mientras tanto, Hugo se masturbará hasta correrse en tus tetas. ¡Venga, deprisa! Colocaros aquí delante para que os veamos bien.

Al tiempo que Cristina empezaba a aplicarse el vibrador, Hugo comenzó a masturbarse de rodillas al lado de ella, con su miembro dirigida hacia sus tetas. No tardaron ni dos minutos en llegar al orgasmo. Ambos gritaron al mismo tiempo de forma estruendosa. Hugo se derramó abundantemente sobre las dos tetas de Laura.

—¡Ya sabes lo que te toca! Deja las tetas de Cristina como una patena.

Hugo obedeció, mientras Susan le ordenaba mantener su leche en su boca sin tragarla.

—Ahora, dásela a Cristina, que la está deseando.

Cristina abrió la boca sin la más mínima expresión de asco. Más bien todo lo contrario. Su expresión era de estarla deseando. Una vez que la tuvo toda dentro, la retuvo unos instantes, saboreándola, y finalmente se la tragó.

—La sesión se ha acabado —dijo Susan—. Vamos todos a la ducha y después comemos algo, que necesitamos reponer fuerzas.

Exhaustos, subimos las escaleras del sótano lentamente y nos fuimos a duchar, Susan y yo, en el cuarto de baño de la planta baja contiguo a la habitación de matrimonio; y Cristina y Hugo, en el situado en el piso superior.

Susan se metió conmigo en la bañera y las dos nos enjabonamos mutuamente. Disfruté de pasar mis manos por todo su cuerpo y después no fui capaz de resistir el deseo de volver a poner mis labios en contacto con los suyos. Entrelazando los cuerpos, juntamos nuestras bocas y nos besamos con pasión durante un buen rato.

—¡Me gustas, Laura! ¡Me gustas mucho!

—¡Me encanta besarte! —respondí.

No estaba preparada para decirle que ella también me gustaba. De momento, solo sabía que me gustaba su cuerpo y ahora deseaba lamer sus tetas. Incliné mi cabeza sobre ellas y empecé a succionar sus pezones. Primero uno y después el otro. Susan gimió de placer y, a continuación, empezó a empujar mi cabeza hacia abajo hasta que me obligó a arrodillarme, atrayendo mi boca a su sexo, al tiempo que levantaba una pierna para colocarla en el borde de la bañera. Apoyó su espalda en la pared de la ducha y adelantó sus caderas para ofrecerme mejor su coño, enteramente depilado. No me resistí. Cedí a la tentación de lamer con fruición su interior. Volvía a estar excitada e instintivamente deslicé mi mano hasta mi clítoris mientras continuaba introduciendo mi lengua profundamente. Mientras me masturbaba, lamía y lamía el coño de Susan. En pocos minutos, estábamos las dos jadeando y volvimos a corrernos intensamente, llegando al orgasmo de nuevo de forma simultánea.

—¡Qué bien me los has hecho, Laura! —dijo Susan—. Parece como si lo llevaras haciendo toda la vida.

—¡Pues te juro que es mi primera vez! Y la verdad es que me ha gustado muchísimo. ¡Qué rabia haberme perdido una sensación así durante toda mi vida! ¿Por qué limitarme a los hombres si también puedo disfrutar con una mujer?

—Eso mismo digo yo —respondió Susan—. Yo siempre lo he tenido claro y Hugo lo sabe. Desde el principio, le puse por condición que yo tendría contacto sexual con quien me apeteciera y que si no estaba dispuesto a aceptarlo rompíamos la relación. En mi caso, enamorarme, me enamoro de los hombres, pero el placer sexual es otra cosa. Disfruto por igual de estar con un hombre que con una mujer. Descubrí el placer lésbico con Cristina durante los años universitarios. Ella es más lesbiana que yo y, aunque no le hace ascos a una buena polla, solo se enamora de verdad de las mujeres. Yo me defino más bien como bisexual en lo físico y heterosexual en lo psíquico.

—Pues yo no sé qué soy. Hasta hoy, no había estado más que con hombres, pero quién sabe... Seguro que a estas alturas no voy a cambiar mi orientación heterosexual, pero veo que soy capaz de disfrutar de otro tipo de manjares, sobre todo si son tan deliciosos como el que acabo de probar contigo. Tienes un coño muy aterciopelado y sedoso. ¡Me ha encantado chupártelo!

—¡Venga!, basta de cumplidos. Vamos a comer, que estos ya estarán sospechando nuestros líos.

—De acuerdo. ¡Estoy hambrienta!

Susan sacó dos barras de pan y embutidos diversos. Yo preparé una ensalada con lo que encontré en la nevera. Lo llevamos todo a la mesa del jardín que Cristina y Hugo habían preparado.

—Hemos sacado cerveza, agua y vino blanco. ¿Qué preferís? —preguntó Hugo.

—Para mí, cerveza —dijo Susan.

—Y yo también —dije, sumándome.

—Pues cerveza fresquita para todos.

—No, a mí ponme agua —replicó Cristina—, que estoy un poco mareada de estar tanto tiempo de pie sin poder moverme. Vaya sorpresa me has dado, Laura. No me puedo creer que te hayas metido en ese mundo del BDSM. ¿Cómo ha sido?

Yo le hice un resumen de mi historia y le conté cómo mis recientes nuevas inclinaciones me habían llevado hasta mi reencuentro con ella, con la excusa de buscar una psicóloga para una compañera de trabajo y cómo Susan me había acabado de empujar.

—Pues Susan también es la culpable a medias de mi introducción en esta historia —me replicó—. ¿Se lo puedo contar, Susan? —preguntó, dirigiéndose a ella.

—¡Cuenta, cuenta! —respondió Susan—. Después de lo que hemos compartido hoy no tiene por qué haber secretos entre nosotros.

—Cuando éramos compañeras de piso en la época de estudiantes, yo le pedía de vez en cuando que me diera unos azotes como castigo por ser mala estudiante. Ella accedía solo para complacerme y porque sabía que después estaba más motivada para cumplir con mis obligaciones. Lo hacía con un cepillo para el pelo, y aunque me dejaba el culo como un tomate, no parecía hacerlo con mucho entusiasmo. Creo que disfrutaba mucho más de que yo le chupara el coño después de cada sesión de disciplina. Era la compensación pactada que tenía que proporcionarle por sus esfuerzos conmigo.

—Esto es lo que tú te crees —interrumpió Susan—. Me encantaba ponerte el culo al rojo vivo y si te ordenaba chuparme era para aliviar mi excitación.

—¡Ah! Pues eso no me lo dijiste nunca.

—Era una sensación que no entendía de mí y me avergonzaba que lo supieras.

—Total, que se ve que yo siempre he tenido esas tendencias masoquistas. Pero no ha sido hasta hace unos cuatro o cinco años que hemos empezado a jugar más en serio. Desde la facultad, hemos mantenido el contacto y de en tanto en tanto hemos reproducido el mismo escenario del que te he hablado. Ella disciplinándome y yo recompensándola sexualmente. Ella jamás me ha chupado a mí, aunque sé que lo ha hecho con otras mujeres. Siempre me ha tratado como a una sumisa, aún sin decirlo. A lo máximo que ha accedido ha sido a que yo me masturbara después de que ella hubiera alcanzado su orgasmo.

—Y así será hasta que yo decida lo contrario —dijo Susan—. Tú eres mi esclava y mi deseo es que sigas soñando con el momento en que algún día llegue a chupar tu chocho de zorrita. Sé que siempre lo estás deseando, pero todavía no te lo has merecido. Algún día será. Tu deseo es la fuerza que te motiva para aceptar todas mis órdenes.

—¡Es la pura verdad! Lo reconozco. Bien, pues como te decía. Un día, Susan me propuso jugar más intensamente. Hacía unos meses que había sido invitada a una fiesta en un club BDSM y le tentaba probar conmigo las cosas que había visto hacer allí.

—Fue en ese club donde conocí a Hugo —interrumpió Susan—. Él era el sumiso de una dama muy cruel y parecía acatar sus órdenes con desgana.

—¡Era un auténtico monstruo de mujer! ¡Una sádica total! —añadió Hugo—. Ahora no comprendo cómo pude estar a su servicio tanto tiempo. De hecho, al principio de conocerla no era así, pero cada día que pasaba era peor. Se estaba volviendo loca. Aquel día en el que conocí a Susan, decidí acabar la relación con ella. Fue justo después de la sesión de disciplina en público a la que me sometió. Se pasó un montón. Me humilló ante todo el mundo, insultándome de todas las maneras posibles y diciendo mentiras sobre mí: que si era un maricón, que no se me levantaba, que me alimentaba con su mierda. Incluso, para demostrarlo, me inmovilizó a una taza de váter, colocando mi cara debajo de la taza por una apertura frontal, y en lugar de hacerme una lluvia dorada, que me encanta, defecó en mi boca ante todo el público. Los responsables del local la sacaron fuera al instante por realizar prácticas prohibidas en su club. Creo que tiene prohibida la entrada de por vida. Fue en el momento en que la invitaban a abandonar el club cuando le dije que se fuera a la mierda y que no quería saber nada más de ella.

—Yo estuve a punto de marcharme del local en ese momento —dijo Susan—. ¡Qué asco me dio! Pero por interés profesional, decidí quedarme para tratar de hablar con Hugo y explicarle que esos juegos tenían un límite en el consenso mutuo y que había cosas que por salud no debían aceptarse. En cuanto bajó del escenario oliendo a mierda, le dije que después de que fuera a limpiarse quería hablar con él y así fue como nos conocimos.

—¡Exacto! —contestó Hugo—. Estuvimos hablando un buen rato de todas esas cosas y yo le expliqué que acababa de despedir a mi cruel dómina después de aquello, y también lo que era y lo que no era verdad respecto de mí. Le expliqué mis gustos, que me gustaba sentirme dominado, pero que no disfrutaba en absoluto de tales extremos. Ella parecía muy interesada en el tema y creo que nos caímos bien desde el principio.

Quedamos para vernos fuera de ese club. Yo le di mi teléfono y a los pocos días me llamó para salir a dar un paseo una tarde de domingo. Tras un par de citas, nos empezamos a enamorar uno del otro y en menos de un mes tuvimos nuestra primera sesión de dominación. Conectamos inmediatamente, y hasta hoy que sigo enamorado de ella y creo que ella también de mí, nos va estupendamente.

—¡Te quiero un montón, Hugo, y lo sabes! —replicó Susan, al tiempo que cogía su mano cariñosamente.

—¡Ahora sigo yo!, que me habéis interrumpido. Pues como te decía, Laura, Susan me propuso iniciarme de verdad como sumisa. Al principio, casi no se atrevía a azotarme de verdad, pero como veía que yo necesitaba más y más, pues día a día se ha ido convirtiendo en mi ama. Yo también estoy enamorada de ella, pero ella no me corresponde de la misma manera. Yo, aunque esté casada y esté muy a gusto con mi marido, también me enamoro de las mujeres, pero para ella es solo placer, aunque sé que me aprecia muchísimo y esto a mí me basta.

—Y esa súper sala que tienes tan equipada, Susan, ¿de dónde la sacas?

—De unos clientes míos extranjeros, promotores inmobiliarios que se tuvieron que marchar a su país cuando se quedaron en la ruina con la crisis. Al saber que se marchaban, y teniendo conocimiento de sus prácticas, porque me lo habían contado en la consulta a la que acudieron por problemas de pareja, les pregunté qué tenían pensado hacer con todos sus cachivaches y me ofrecí a comprárselos. Se quedaron de piedra en cuanto les hice la propuesta, pero no se lo pensaron dos veces. Para ellos suponía un pequeño alivio económico sacar unos euros por el contenido completo de su sala de torturas y no podían embarcarlo todo en su coche junto a todo lo demás. Así que les hice una oferta generosa y la aceptaron de inmediato. Tenían un montón de cosas, como has podido ver, pero no parece que las usaran mucho, porque están prácticamente nuevas. Creo que lo usaban más como decoración del escenario que otra cosa. Solo las fustas se notan usadas y una en concreto está bastante deformada, aunque es muy flexible y todavía cumple su función perfectamente.

—¿Y siempre realizáis sesiones en grupo? —pregunté.

—No, ¡qué va! —respondió Susan—. Normalmente solo con Hugo o con Cristina por separado. Con Cristina, una o dos veces al mes, máximo, y con Hugo, depende. Según las temporadas. A veces, tenemos dos sesiones en una semana y en otras ocasiones solo una los fines de semana, o ninguna. Hoy ha sido un día especial. No ha sido la primera vez que Cristina ha participado con Hugo y con otra persona aparte de mí, pero tampoco es muy frecuente. En todos estos años, quizás hemos jugado en grupo media docena de veces si llega.

Estuvimos hablando animadamente durante todo el tiempo de la comida, pero una vez que hubimos acabado a todos nos entró la modorra y decidimos acomodarnos en el sofá para echar una siestecilla. Sobre las 6 de la tarde, me despedí de todos y llamé un taxi para regresar a casa.

Capítulo 10

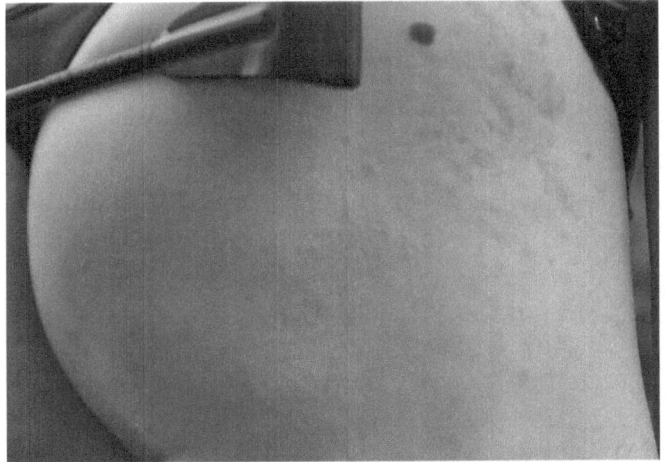

Al llegar a casa, Daniel ya había regresado.

—¡Hola! —dije al verle—. ¿Has ganado o has perdido tu partido?

—Me ha dado una paliza. No estoy nada en forma y parece como si se me hubiera olvidado jugar al tenis. Estoy agotado, pero ha sido muy divertido. Hemos quedado para volver jugar el próximo sábado. Pero más pronto, así después nos queda el resto de día para lo que sea. ¿Y tú? ¿Qué tal? ¿Cómo ha ido la clase?

—Muy bien. ¡Brutal! He vivido un montón de situaciones muy fuertes. No sé si contarte los detalles, porque te vas a poner celoso.

—Ya me estoy poniendo, pero ya sabes que acepto que tú tengas todas las experiencias que desees siempre que no me dejes a mí de lado y te marches con otro. Esto sí sería catastrófico. ¡Va! ¡Cuéntame!, que desear sentir celos por tus encuentros sexuales con otros también forma parte de mis fantasías.

—¿Y si en lugar de con otros es con otras?

—¡Esto ya sería la hostia!

—Has gastado tu primer taco de los dos autorizados sin castigo. Te queda uno.

—¿Me lo cuentas o qué?

—Te lo cuento.

A continuación, le narré con detalle todo lo que había sucedido aquel día en casa de Susan. Daniel se quedó boquiabierto cuando le describí la escena de Cristina atada a la cruz de San Andrés en el fondo de aquel sótano, pero todavía no había llegado el momento de oír de mi boca la descripción de las experiencias que viví a continuación.

—Yo me tumbé en el potro —proseguí— y Cristina se colocó arrodillada entre mis piernas para satisfacerme sexualmente mientras Hugo lamía el trasero de Susan. Susan se inclinó sobre mis pechos y me los chupó. En poco tiempo, tuve un orgasmo de campeonato. Ha sido mi primera experiencia lésbica y ha sido increíble.

—¡Ostras! ¡Qué fuerte! ¿Y con Hugo no hubo nada?

—Sí, antes de esto, por indicación de Susan, le había follado el culo con un pene artificial sujeto a mi cintura por un arnés y después le di un masaje con mis manos en su sexo, que es espectacular. No pude resistir la tentación de chupar su miembro hasta que estuvo a punto de correrse, pero aunque deseaba degustar su corrida me retiré a tiempo.

—¡Ahora sí que me siento verdaderamente celoso!

—¿Aceptas o no aceptas que yo tenga encuentros con terceros?

—¡Los acepto! Eres mi ama y lo acepto todo de ti, pero no puedo evitar sentirme así.

—Pues no se ha acabado el cuento.

—¿Todavía hay más?

—¡Mucho más! Después de que Cristina me proporcionara el orgasmo, Susan me besó en la boca y me gustó tanto que no pude resistirme a buscar de nuevo su boca en la ducha después de la sesión en el sótano. Nos estuvimos besando con pasión durante un buen rato y a continuación ella me empujo hasta su sexo y le practiqué un cunnilingus de campeonato que le hizo gritar como loca mientras yo alcanzaba mi clímax masturbándome.

—¡No sé qué decir! ¡Estoy anonadado! ¡Sorprendido! ¡Fascinado! Me faltan adjetivos para describir lo que siento y lo que pienso.

—¿Piensas que soy una bollera?

—¡No!

—¿Pues?

—Que te estás liberando sexualmente de una manera increíble y me gusta verte así de suelta.

—Tienes razón. Hoy me he dejado llevar totalmente por mis instintos, pero no te preocupes, que no me voy a desmadrar. Solo es que he descubierto una faceta de mí que ignoraba: que soy capaz de disfrutar sexualmente con una mujer igual que con un hombre. ¿Qué mal hay en ello? Te sigo deseando a ti y te sigo queriendo lo mismo.

—Si no te reprocho nada. Solo es que estoy descubriendo que eres de una manera mucho más liberal de lo que pensaba.

—Pues quizá ya era hora de empezar a liberarme de todas las represiones inconscientes con las que he vivido hasta hoy. Pero sigo notando celos en tu forma de mirarme. ¡Vete a por la fusta ahora mismo, que te los voy a arrancar de cuajo!

—¡Sí, mi ama! ¡Ya voy, mi ama!

Daniel regresó con la fusta y me la ofreció para que la cogiera.

—¡Bájate los pantalones!

—¡Sí, mi ama!

—¡Pero bueno! ¿Dónde está tu tanga?

—No me lo he puesto porque me daba vergüenza que mi amigo Frank me los viera en el vestuario.

—¿Me has pedido permiso para hacer eso?

—¡No, mi ama!

—Pues serán veinte fustazos de castigo y veinte más por los celos. Bájate los calzoncillos hasta las rodillas y colócate aquí con las manos apoyadas sobre la mesa de centro.

Los cuarenta fustazos se los apliqué sin parar y a un ritmo bastante rápido. A uno por segundo aproximadamente. Daniel casi no tenía tiempo de contarlos y en los últimos diez daba un pequeño grito tras cada uno. Una vez que hube acabado con el castigo, observé atentamente el culo de Daniel y me sentí orgullosa de no haberle provocado ningún hematoma. Ya manejaba la fusta con control. Mi brazo y mi muñeca se habían movido de forma coordinada tal como me había enseñado a hacerlo Susan aquella mañana.

—¡Venga, ya está! ¡Súbete los pantalones! Y la próxima vez que quieras cambiar de ropa interior, me pides permiso. ¿Lo has entendido?

—¡Sí, mi ama!

—Pues ahora te arrodillas en aquel rincón durante media hora y meditas sobre tus celos y sobre tu comportamiento en general, que no me haces caso en nada.

—¡Sí, mi ama!

—Antes de caminar a cuatro patas hasta el rincón, me besas los pies. Veinte besos en cada zapato como agradecimiento por los cuarenta fustazos.

—¡Sí, mi ama!

Daniel hizo lo que le mandaba y a continuación gateó hasta el lugar indicado.

—No te muevas de ahí hasta que te lo diga. Y no te pongas en cuclillas. Te quiero ver bien derecho. Me voy a desvestir y a ponerme algo cómodo. ¡Que no me entere de que te has movido!

—¡No me moveré, mi ama! ¡Gracias, mi ama!

Transcurrida la media hora, le di permiso para incorporarse.

—¡Se acabó el castigo! ¡Levántate y vente para acá! ¿Qué dice el diario de hoy?

—Lo de siempre. Justo antes de que llegaras lo he estado ojeando y todo sigue más o menos como siempre: casos de corrupción, la crisis que no remonta, algún accidente de tráfico, sucesos diversos, etcétera.

—Eso de la corrupción va a acabar con la democracia. Esos del PSOE son tan corruptos como los del PP.

—Tienes toda la razón.

—Y el fiscal del Estado parece mirar para otro lado.

—Cierto.

—Ahora resulta que dice que no hay pruebas suficientes para procesar al político ese del PP del caso de Valencia.

—Estará a las órdenes del jefe.

—¡Pero bueno! ¿A ti qué te pasa? ¿Me vas a dar la razón en todo lo que yo diga? Si nunca estás de acuerdo con mis comentarios sobre política.

—No quería contradecirte.

—¡Vamos a aclarar las cosas! Te estás equivocando de medio a medio.

—Lo siento, no quería...

—¡Qué no quería ni qué puñetas! Me voy a enfadar contigo. Habíamos quedado en que nuestra relación de ama-sumiso se limitaría a los momentos en que estamos en ese rol. El resto del día, volvemos a ser los de siempre. Yo decido cuándo jugamos y cuándo no, y ahora ya no estamos jugando. ¿O es que no te ha quedado claro que te he dicho que por hoy se había acabado el castigo?

—Sí que me he enterado.

—Pues si se ha acabado, no te comportes como sumiso ahora, que ya no toca. Compórtate como mi marido. El marido que conozco de toda la vida y discrepa como haces siempre, que si no lo haces esto se va a acabar justo ahora mismo.

—Tienes razón. Justo esto era lo que habíamos acordado y te lo voy a demostrar diciéndote lo que pienso de verdad sobre lo que has comentado antes. No estoy en absoluto de acuerdo sobre que todos los partidos tengan el mismo nivel de corrupción. Esta opinión, en principio, me parece muy peligrosa, porque sugiere la idea de que la corrupción es endémica a la democracia y da alas a quienes pretenden acabar con ella. Basta fijarse en cómo han subido los partidos de extrema derecha en Europa, criticando la acción de los partidos tradicionales y apelando al populismo más rastrero.

—¡Ahora me gustas! ¡Este es mi marido! ¡Un fanático del sistema!

—De fanático, nada. Lo que soy es crítico con las opiniones mayoritarias vertidas en la prensa del régimen. Que la prensa actual parece la del tiempo de Franco…

Estuvimos discutiendo de política como solíamos hacer habitualmente sin ponernos de acuerdo en casi nada hasta que fue la hora de cenar. Aquella noche, yo estaba hambrienta y me zampé más de media barra de pan como acompañamiento de la ensalada que había preparado Daniel. Él no probó ni un pedazo. Parecía que había decidido en serio lo de ponerse en forma. Después de cenar, los dos nos quedamos dormidos mirando la tele. Para ambos y por distintos motivos había sido un día agotador. Cuando nos medio despertamos, nos fuimos somnolientos directamente a la cama. Casi no tenía fuerzas ni para lavarme los dientes.

—Mañana será otro día —dije mientras me tumbaba—. ¡Buenas noches!

Daniel ni me contestó. Ya estaba durmiendo.

Capítulo 11

Por fin llegó el día en que fui a comer con Cristina al bar-restaurante de la Escuela de Hostelería. Al llegar, Cristina ya me estaba esperando.

—¡Hola, Cristina! ¿Qué tal estás? ¿Recuperada de la sesión del otro día?

—¡Hola, Laura! ¡Ja, ja, ja! ¡Sí!, totalmente. Y tú ¿qué tal?

—Pues muy bien. Ese día viví experiencias que ni me había imaginado y encontrarme contigo en ese sótano de torturas y de la manera en que sucedió todo fue muy fuerte.

—A mí también me impactó mucho. No podía creer que fueras tú. Pero fue genial. Casi me desmayo cuando te reconocí.

—Me quedé con las ganas de saber más sobre ti, a pesar de la larga sobremesa de la que disfrutamos. Hoy me vas a contar más.

—Lo mismo digo.

—Pues, venga, vamos a pedir mesa para comer. ¿Entramos?

Enseguida nos atendieron y nos ofrecieron poder elegir entre una mesa situada en un rincón u otra más en medio del local. Elegimos la del rincón. Así podríamos hablar tranquilamente sin ser oídas por los comensales de las mesas vecinas.

Mientras comíamos, nos pusimos al día sobre todo lo que había sucedido con nuestras vidas desde que dejamos de estar en contacto. Cristina me hizo un resumen de lo sucedido con su primer matrimonio y de la razón por la que decidió separarse.

—Descubrí que me estaba engañando —dijo—. Una amiga me alertó. Sin sospechar nada, me contó que había visto a David en Sabadell desde lejos justo en el momento de coger un taxi, cuando se suponía que había ido a Zaragoza para hablar con su director de tesis. Al regresar al día siguiente, le interrogué y tras ponerse rojo como un tomate me contó la verdad. Lo cierto es que casi fue un alivio descubrir eso, porque ya hacía tiempo que nuestra relación se estaba yendo al garete.

—Pero después te has vuelto a casar.

—¡Sí, con Luis! Nos va de maravilla. Es muy tierno y un padre de familia de los que ya no quedan. Tienes que conocerlo.

Así continuamos durante todo el tiempo de la comida. Yo también le hice un resumen de mi vida con Daniel y de cómo me iban las cosas en el trabajo del despacho, de lo mal que estuve al principio cuando casi no tenía ningún cliente y los apuros que pasé para sacarlo adelante. Con el café llegaron las confidencias más íntimas.

—¡Pero cuéntame cómo es tu relación con Luis! ¿Él sabe algo de tus aficiones sexuales extramatrimoniales?

—¡Lo sabe todo! Fue lo primero que supo de mí cuando nos conocimos. Él también tiene las suyas. Resulta que le conocí en un club de *swingers*, estos clubes de parejas liberales. Después de separarme, estaba muy deprimida, necesitada de llenar mi vacío. Pasados unos meses, decidí olvidarme de una vez de todo y buscando en Internet, en una de esas páginas de contactos, di con un tipo que buscaba pareja para acudir a uno de esos clubes. Yo me dije a mí misma que era una opción bastante segura, ya que contactaría con un desconocido en un lugar público y, además, me tentaba la idea de tener nuevas experiencias en el terreno sexual.

—¡Vaya! O sea que tu funcionario de hacienda resulta que es un salido.

—Ni más, ni menos que yo. En ese club, tuvimos juntos relaciones con dos y tres parejas simultáneamente, y allí descubrimos, tanto él de mí como yo de él, que nos gustaban ambos sexos.

—Y empezasteis a salir juntos fuera de ese lugar.

—Exactamente. Primero fue el sexo y después el amor, o por lo menos el aprecio mutuo. Enamorada, enamorada, creo que solo lo he estado una vez en mi vida, y es de Susan, pero ya sabes que de ella no puedo esperar que me corresponda a ese nivel.

—Pero con él también tienes ese tipo de relación.

—No. Con él las cosas son muy normales: sexo de toda la vida o sexo vainilla como le llaman, pero tenemos un pacto. Tanto él como yo podemos salir una vez por semana a desahogar nuestros instintos como nos apetezca. Y justo esto es lo que hacemos cuando se tercia. Yo le he contado cuáles son mis aficiones en ese terreno y él las respeta, aunque no las comparte. Es algo que no le habría podido ocultar. Decirle que me he caído por la escalera a cada dos por tres no resultaría en absoluto creíble como justificación de las marcas en mi piel dejadas por la fusta y el látigo de Susan.

—¡Pues sí que sois una pareja liberal! Me parece fantástico que podáis tener ese tipo de acuerdo. Algún día me gustaría que me lo presentaras.

—Seguro que llega la ocasión. Pero ¿y tú qué tal con Daniel?

—Pues de momento muy bien o bastante bien. Ahora me doy cuenta de que nuestra relación en los últimos tiempos había caído un poco en la rutina. Nada grave, pero nos habíamos acostumbrado a hacer siempre lo mismo y a veces nos aburríamos. Estoy segura de que su propuesta va a significar toda una revolución en nuestro matrimonio. En las dos semanas que llevamos jugando a este juego, yo me siento muy a gusto y él no digamos, con la de tiempo que lleva soñando con ello.

—Pues me alegro un montón. Supongo que nunca en la vida se te había ocurrido algo así.

—¡Ni que lo digas! Hasta hace dos días, yo era una mujer de lo más corriente, aunque empiezo a tener dudas sobre qué es lo corriente, ya que en solo dos semanas he conocido cuatro personas aficionadas al tema.

—Susan, Hugo, tu marido, yo y tú misma —replicó Cristina, sacando las cuentas—. Contigo son cinco.

—A mí no me contaba. En ese caso, son seis. La dependienta de un sex-shop en el que entré para comprarme cuatro juguetes también me confesó, mientras me aconsejaba sobre los artículos disponibles, su afición al BDSM.

—Pues no te extrañe lo extendida que está esta afición. Yo apuesto a que un porcentaje alto de la población o lo ha probado o le gustaría hacerlo. Al fin y al cabo, estamos influidos por la cultura cristiana, seamos o no creyentes, y la religión está llena de elementos sadomasoquistas. Yo soy un caso paradigmático.

—¿Por qué lo dices?

—Por cómo se despertaron mis deseos masoquistas.

—No entiendo. ¿Cómo fue esto?

—Resulta que el cura de religión del colegio de monjas al que iba, un día empezó a narrarnos historias de santos, que para demostrar su entrega total a Dios eran capaces de los mayores sacrificios: de cómo rezaban pidiendo a Dios que les pusiera a prueba con los más horrendos tormentos y de cómo deseaban convertirse en mártires. Para ellos, decía, ser puestos a prueba por Dios era la única manera de hacerse dignos ante Él y redimir sus pecados. Para los santos, continuaba, era un honor poder participar mínimamente del sacrificio al que había sido sometido nuestro Señor Jesucristo.

—En ese tipo de conexiones entre amor, sufrimiento, entrega y felicidad estaba yo pensando el otro día. Pero sigue. ¿Cómo te influyó a ti todo esto?

—Pues resulta que esa clase de religión me dejó muy impresionada, sobre todo cuando el cura explicó las mil maneras posibles de demostrar nuestro amor a Dios con pequeñas renuncias sin necesidad de llegar a los extremos de autoflagelarse o hacer ayunos imposibles para una persona normal. Nos habló de que era suficiente con rezar de rodillas durante un buen rato o retrasar el momento de beber agua cuando teníamos sed y cosas así. De esa manera, nos decía, se fortalecía la voluntad y la capacidad de autodominio, que era la única protección posible contra las tentaciones del maligno, y en especial, la tentación de ceder a deseos impuros.

—¡Cómo les obsesiona el sexo a los curas! Parece que lo más importante de la religión es esto: evitar los pecados de lujuria. Claro, como ellos no pueden y tienen que luchar constantemente contra sus instintos, pues el *temita ese* les lleva de cráneo.

—¡Absolutamente de acuerdo contigo! Campañas contra el aborto, el uso del preservativo, el peligro de destruir la familia tradicional con el matrimonio entre homosexuales, las que quieras. Pero a la hora de posicionarse contra leyes discriminatorias, de explotación laboral, la política sobre los refugiados, el machismo, el belicismo, la xenofobia, etcétera, ponen mucho menos énfasis. Yo estoy muy apartada de la religión, a pesar de haber ido a un colegio de monjas.

—Y yo. Por lo menos de la religión entendida al modo tradicional. Creo que si Dios existe, lo que menos le importa es lo que hagan dos personas de mutuo acuerdo con su cuerpo. Hay cosas mucho más importantes. Pero no te desvíes del tema. ¿Qué pasó a continuación?

—Pues nada, que me obsesioné con eso y empecé a idear pequeños sacrificios para imitar en la medida de lo posible a los santos, hasta que un día que estaba sola en casa quise probar a ver si era capaz de soportar el dolor autoflagelándome. Total, que me hice con un cinturón de mi padre y, desnuda, me empecé a dar correazos en la espalda y en las nalgas. Y más allá del dolor que me producía, empecé a sentir una sensación muy especial. Al mismo tiempo que me caían las lágrimas, me sentía feliz por ser capaz de aguantar la tortura y ofrecérsela a Dios como sacrificio por mis pecados. Me llegué a hacer hasta sangre.

—¡Qué barbaridad! ¿Cuántos años tenías?

—Once o doce, creo. El caso es que me fui a mirar en el espejo del cuarto de baño y, viéndome la espalda y el culo marcados por un montón de zurriagazos, me empecé a calentar sexualmente. En realidad, no sabía qué me estaba pasando, pero notaba un calor muy intenso entre mis piernas y traté de aliviarlo frotándome con las manos, lo cual provocó el efecto contrario. Sin saber qué hacía, no pude resistir la tentación de masturbarme allí mismo por primera vez en mi vida. Lejos de alejarme de la lujuria, el sufrimiento me inició en ella. Y hasta hoy.

—¡Vaya historia! Es que tiene que haber algo en nuestro cerebro que provoque este tipo de conexión entre el amor y el sufrimiento, o quizás es algo cultural. Pero lo cierto es que en todas las religiones se conecta el sacrificio y la renuncia a los instintos con la salvación o la redención de los pecados, o el nirvana, o lo que sea.

—Sí, pero ¿cómo se explica que el sufrimiento pueda producir placer? Yo me lo he preguntado muchas veces y no tengo ninguna respuesta. Solo sé que me pasa.

—Quizás el placer está más en la mente que en el cuerpo. Quiero decir que, igual que los santos eran capaces de aguantar el más terrible de los suplicios porque así demostraban su entrega absoluta a Dios, también los que sois sumisas o sumisos os sentís felices por la entrega que demostráis ante vuestras amas o amos.

—Sí, pero no. Yo noto placer físico cuando soy azotada, a no ser que los azotes sean demasiado duros. Al principio de la azotaina, solo siento dolor, pero, poco a poco, voy entrando como en éxtasis y deseo que los azotes sigan cayendo sobre mí uno tras otro. A veces, hasta me siento decepcionada cuando se acaba la sesión de castigo. Tiene que haber algo más. He leído que tiene que ver con las endorfinas que se liberan en estas situaciones.

—¡Ah! Esto también lo he leído yo. Será una mezcla de las dos cosas, o vete tú a saber. También he leído que Freud daba una explicación más rebuscada, pero yo qué sé. El psicoanálisis no tiene muy buena prensa actualmente.

—Qué más da cuál sea la verdadera causa. El caso es que yo disfruto con ese tipo de juegos y no hago daño a nadie y, para mí, que ya me está bien. Desde hace tiempo he decidido no buscarle más patas al gato.

—Tienes razón. Por mucho que especulemos, no vamos a resolver el enigma. Lo único cierto es que muchas personas disfrutan con esto. Y como dice Susan, si no se exagera, no hay peligro. En todo caso, estoy por decir que la parte dominante sí que disfruta del juego más de una manera psicológica que física. Lo digo por mí misma. Lo que a mí me causa placer cuando domino a Daniel no es verle sufrir por la acción de mi fusta, sino verle totalmente entregado a mí. Observar cómo es capaz de aguantar el castigo para que le perdone sus faltas y para demostrarme que acepta absolutamente mi dominio sobre él. Y sobre todo, me encanta ver cómo de intensamente desea complacerme sexualmente. Ver cómo me adora y desea mostrarme su absoluta entrega, al tiempo que me place pensar en que le proporciono justo lo que desea: obedecer órdenes, ser castigado por su incumplimiento, etcétera. En definitiva, sentir mi dominio absoluto en estos momentos y sentir que a él esto le place. Después de representar cada uno el papel que le corresponde, volvemos a la vida normal de pareja. Para mí es como entrar y salir de un teatro a representar una obra, en la cual nosotros somos los actores y vivimos durante la representación las intensas emociones de los personajes que encarnamos, pero sin convertirnos en ellos cuando se acaba la representación. Creo que sería muy forzado jugar todo el tiempo el mismo juego. Dejaríamos de ser nosotros mismos y a esto no quiero llegar. Sé que hay gente que lo hace o por lo menos eso he leído en Internet. Que hagan lo que les apetezca, pero no va conmigo.

—No, conmigo tampoco. Yo experimento esta necesidad cada dos o tres semanas, y normalmente tengo que aguantarme una más hasta que llega el día en que me encuentro con Susan en su sótano. El resto del tiempo, llevo mi vida normal con Luis y mis hijos. No es algo que acapare toda mi vida de forma exclusiva. A veces pienso que Susan baila más en la cuerda floja, pero tampoco. Sigue siendo una persona muy equilibrada, a pesar de que experimente la necesidad de tener como mínimo dos sumisos. Ella siempre ha sido sexualmente muy activa y se ve que su *tempo* es más acelerado. Ella sabrá qué hace. Tiene conocimientos más que suficientes para saber lo que le conviene y lo que no.

—¡Bueno, Cristina! Ya llevamos charlando más de dos horas y yo tendría que pasar por el despacho esta tarde, aunque solo sea un rato. Ha sido un verdadero placer poder volver a verte. A ver cuándo repetimos.

—Lo mismo digo. Encantada de haber podido hablar de todo esto contigo tan sinceramente. Te llamo cualquier día para salir de compras o a lo que sea. ¿Te parece?

—Desde luego. Si no me llamas tú, lo haré yo. No podemos volver a perder la amistad y menos ahora que conocemos nuestros secretos mejor que cuando éramos estudiantes.

Nos despedimos las dos con dos besos y un abrazo lleno de ternura, y nos fuimos cada una a sus quehaceres. Mientras la veía marcharse camino de su coche, pensé lo guapa que seguía siendo y el andar tan seductor que conservaba. Su media melena de pelo castaño se balanceaba en su espalda al ritmo de sus pasos. No pude evitar acordarme de su mirada llena de deseo aquel sábado en casa de Susan cuando ella le ordenó que se arrodillara frente a mí tumbada en el potro y hundió su cabeza entre mis piernas para proporcionarme un placer inmenso. Sin solución de continuidad, mi imaginación saltó a ese cuarto de baño en el que Cristina observaba en el espejo la imagen de su cuerpo de niña plagado de las señales de su iniciático castigo sacrificial. Me vi a mí misma vestida con el uniforme del colegio de monjas al que iba cuando tenía doce años entrando en ese cuarto de baño. Creo que hasta se me escapó una exclamación de horror en voz alta. La misma que habría pronunciado si realmente hubiera estado allí. Me imaginé corriendo hacia el botiquín a buscar un ungüento para aliviar su dolor, extendiéndolo en su espalda sin atreverme a bajar mi mano más abajo de la zona lumbar hasta que finalmente lo hice y acaricié sus nalgas. Después, ella se giró y me dijo que le quemaba la entrepierna. Que por favor le pusiera ese aceite calmante entre ellas. En mi imaginación, fui yo la que la masturbó por primera vez en su vida, arrodillada frente a ella.

"Basta de tonterías. ¿Cómo se me ocurren estas cosas?", pensé, volviendo al presente. "Cristina pertenece a Susan y tú no puedes tener acceso a su cuerpo aunque lo desees". Seguidamente, me giré y caminé con energía hacia mi coche, aparcado en dirección contraria, a unos cuatrocientos metros de distancia. Poco a poco se fue diluyendo la calentura que había sentido en mi sexo durante esos breves instantes en que me había dejado llevar por mi fantasía. Una cosa me quedó clara: desde el sábado anterior me había sorprendido a mí misma imaginando reiteradamente que era Cristina y no Susan la mujer a la que había lamido su sexo en la bañera de su casa. La deseaba, pero era un deseo imposible y me tenía que olvidar de él.

Capítulo 12

Decidí irme directamente a casa en lugar de pasar por el despacho. No tenía la cabeza suficientemente sosegada como para concentrarme en cuestiones de derecho matrimonial.

Al llegar a casa, Daniel todavía no había vuelto del trabajo. Lo más probable era que todavía tardara dos o tres horas. Un nuevo proyecto de diseño gráfico bastante complejo lo tenía absorbido. Había tenido mucha suerte con su profesión, ya que había encontrado un trabajo que aunaba sus dos grandes aficiones: el arte y la informática. De hecho, se matriculó en informática después de mucho dudar en si hacer historia del arte. Las posibilidades de encontrar trabajo en el futuro inclinaron la balanza del lado más técnico, pero se reencontró con su talante artístico al empezar a trabajar.

Desde el sábado, no habíamos tenido casi tiempo ni de hablar, ya que se pasaba el día entero en el ordenador cuando estaba en casa.

Me liberé del sujetador que me apretaba y me vestí con una camisa ancha y larga. Aparte de mis bragas y las zapatillas de andar por casa, no llevaba nada más. Después, me puse a revisar el contrato que me había enviado Susan. Todo había sucedido de manera tan precipitada que todavía tenía eso pendiente y no lo quería dilatar más. Mi relación con Daniel precisaba ser más definida y yo no tenía del todo claro lo que le gustaba y lo que no, así que lo primero que haría cuando Daniel llegara a casa sería mostrarle la encuesta sobre juegos *femdom* aceptados y juegos deseados. Estaba empezando a releer el contrato de sumisión cuando sonó el timbre de la puerta. "¡Qué raro!", pensé. "Daniel tiene llaves. ¿Quién será?".

Miré por el visor y ¡oh, desagradable sorpresa!, al otro lado estaba la fisgona de la vecina. "¿Qué querrá ahora?", pensé. "¿De qué vendrá a quejarse?".

—¡Perdona que te moleste, Laura! Pero es que quiero comentarte una cosa que me tiene preocupada —dijo con la puerta todavía entreabierta, tras la cual me medio ocultaba.

—¿Qué pasa? —contesté con cara de pocos amigos y sin abrir la puerta del todo.

—Pues que resulta que dos días casi seguidos he oído unos ruidos extraños que no he sabido identificar, porque eran muy apagados. Era por saber si tú has oído lo mismo y sabes qué es o de dónde vienen.

—¿Qué ruidos son esos? —pregunté, sin poder disimular una breve mueca de pánico, sospechando que la vecina nos había oído y ahora solo estaba ahí para hacérmelo saber y avergonzarme.

—No sé. No estoy segura. Pero parecía como si estuvieran golpeando a alguien. He pensado que podía ser esa pareja del cuarto, esos tan antipáticos que ni saludan cuando se cruzan contigo. A ver si va a ser que el marido está zurrando a la mujer y deberíamos hacer algo. Poner una denuncia o algo así.

—Vamos a ver, Maribel. ¿Qué has escuchado exactamente para llegar a esa conclusión?

—Pues lo que te acabo de decir. Sonaba algo así como ¡zas!, ¡zas!

Estaba claro que nuestra vecina nos había oído y seguro que había aplicado su oreja a la pared de su cuarto contiguo a nuestro dormitorio para escucharnos mejor.

—Si tienes un momento, te muestro dónde estaba yo exactamente a ver si tú, que conoces mejor el edificio que yo por haber sido la presidenta de comunidad tantos años, averiguas de dónde pueden proceder. ¿Te va bien ahora?

De mala gana, accedí a salir de casa tal como iba para entrar en la suya y comprobar *in situ* lo que de hecho ya sabía.

—Mira, pasa. Yo estaba ahí, en el cuarto de baño contiguo a mi dormitorio, y al salir de la ducha, mientras me estaba secando el pelo, empecé a oír estos extraños ruidos. De eso ya hace una semana. Serían las 10.30 de la noche más o menos. Al principio, pensé que el sonido procedía de la ventana que da al tragaluz, pero me asomé y me pareció que no era de ahí. Cuando quise buscar la procedencia en otra dirección, los ruidos cesaron y ya no pude averiguarlo. Pero el sábado pasado, por la tarde, los volví a escuchar desde la sala de estar. Ven, que te lo enseño. Creo que mi sala de estar está pared con pared con la vuestra. ¿De dónde pueden provenir, en tu opinión?

—De mi casa —respondí enfadada—. Maribel, solo pueden proceder de mi piso y lo sabes perfectamente. No entiendo a qué viene esta comedia.

—¡Por Dios! ¿Cómo te atreves a hablarme así?

—Te hablo así porque ya estoy harta de tus fisgoneos. Siempre andas pendiente de la vida de los demás. Parece como si no tuvieras vida propia. Y mira, ahora que me fijo, ¿se puede saber de qué es esa mancha marrón en la pared de encima del sofá? Allí no te llega la cabeza cuando te inclinas para atrás. ¿Es justo ahí donde colocas la oreja para escuchar lo que dicen o hacen tus vecinos? Y ya que estás, ¿por qué no haces un agujero en la pared con un berbiquí y así no solo nos escuchas, sino que además nos ves?

—Yo no soy ninguna fisgona y todo eso que dices de mí no son más que calumnias. Solo intento impedir que nadie de la comunidad maltrate a nadie. Si te lo he contado a ti es porque sé que eres abogada y sabes qué se puede hacer en esos casos, pero ahora que sé que esto sucede en tu casa y que tu marido te zurra estoy horrorizada. Jamás habría pensado que Daniel fuera de esta manera.

—Deja de hacerte la tonta. ¡Ya está bien, Maribel! ¡Ya está bien! Nos has escuchado a través de la pared y sabes perfectamente lo que estamos haciendo y quién zurra a quién. Es un juego entre nosotros que a ti te importa una mierda. Pero... ¡No me lo puedo creer! —dije, mientras miraba estupefacta hacia el aparador del fondo—. ¿Y este fonendo que tienes en esta estantería? ¿Para qué lo usas? ¿Acaso eres médica y yo no lo sabía?

—Se lo dejó ahí mi sobrino, que vino a verme el otro día —respondió tartamudeando Maribel, visiblemente nerviosa.

—Tú no tienes ningún sobrino. Vives sola y sin familia en esa ciudad desde hace más de quince años. Tú misma me lo has contado un montón de veces en el ascensor. Deja ya de disimular.

—Bueno... Yo...

—¡Ni bueno, ni hostias! Estás utilizando un instrumento técnico para alcanzar a oír lo que no alcanzan tus oídos. Esto no es simple curiosidad; ya puede ser considerado algo delictivo.

—No tienes ninguna prueba de esto.

—Es más que evidente y tú misma me lo vas a confesar.

Roja como un tomate, no pudo hacer otra cosa que asentir, avergonzada. A continuación, rompió a llorar.

—Lo siento, Laura —empezó a decir con la voz entrecortada, entre pucheros—. Pero... ¡Es que estoy tan sola! No tengo a nadie con quien compartir la vida y mi único entretenimiento es estar pendiente de la vida de los demás. Tienes toda la razón. Soy una soltera fisgona que envidia la vida de todo el mundo porque odio la mía. Y cada vez voy más lejos en esto de estar pendiente de los otros. Cada día que pasa, dedico más tiempo a espiar a mis vecinos. ¡Perdóname, por favor! No me lo tengas en cuenta, pero es que me sorprendió tanto escucharos que no pude evitar la tentación de pegar mi oreja a la pared y oír lo que decíais. Bueno, solo algunas frases y los azotes que le dabas a tu marido, y cómo él los iba contando y te daba las gracias. Yo no creía que te dieras cuenta enseguida de que te estaba mintiendo. Pensé que te tragarías la historia de que no sabía de dónde procedían y así no te sentirías avergonzada por nada. Simplemente, seguiríais jugando a vuestro juego en otra habitación más alejada y... ¡Soy una estúpida! Y tú, demasiado inteligente como para tragarte mis monsergas. Yo y nadie más que yo debería haber sido azotada por mi indiscreción en lugar de tu marido.

—En esto te doy toda la razón. Creo que mereces que algún día alguien te ponga en tu sitio. ¿Y cómo te atreves a llamar a mi puerta para hacerme saber que nos has oído con la excusa de que no sabes de dónde proceden los ruidos? ¿Realmente pensabas que no me iba a dar cuenta de tus intenciones de fisgona y méteme en todo?

—Perdóname. Solo ha sido una excusa para hablar con alguien. Casi nunca tengo la ocasión de hablar con nadie y cuando lo hago siempre es para quejarme de algo. Lo sé. Sé que soy así, pero no sé cómo evitarlo. ¡Castígame! Castígame con tu desprecio a partir de hoy o como mejor consideres que me merezco.

—¿Sabes lo que creo? ¿Quieres saber realmente lo que creo?…

Solo me respondió con su mirada interrogativa, abriendo mucho los ojos y alzando las cejas.

—Creo que mereces una buena azotaina. Una azotaina de verdad. Que te pongan el culo rojo como si fueras una niña malcriada y no una mujer hecha y derecha. ¿No te parece?

—Sí, creo que tienes razón. Justo esto es lo que merezco y te ruego que me la des tú si así tienes que perdonarme. Acepto lo que sea con tal de que me perdones. Y te juro que no le contaré a nadie lo que sé de ti ni de tu marido.

—Eso espero, porque de lo contrario te vas a enterar. ¡Y venga ya!, que te veo dispuesta. Ponte sobre mis rodillas, que voy a darte tu merecido, a ver si aprendes de una puñetera vez a no meterte donde no te llaman.

—Sí, Laura. Me arrepiento tanto de haberte incomodado que quiero darte la satisfacción de ser humillada por ti. Creo que me hará sentir mejor.

—Pues date prisa, que no tengo toda la tarde para andar perdiendo el tiempo con una niñata como tú. ¿Cuántos años tienes, que todavía te comportas como una niña malcriada? —pregunté, mientras me sentaba en una silla de la sala comedor esperando a que Maribel se acomodara sobre mis rodillas—. Ponte tumbada sobre mis rodillas ahora mismo —le ordené.

—He cumplido treinta y ocho este mes —respondió, mientras se colocaba sumisamente, dispuesta a recibir su castigo.

—Voy a empezar, y espero que te duelan.

—Cuando quieras, Laura. Estoy preparada.

Empecé con una serie de quince azotes con la palma de la mano sobre sus pantalones vaqueros y ella apenas emitió algún quejido, aunque continuaba sollozando, seguramente más por su forma de ser que odiaba que por el dolor que le producían mis manotazos.

—¡Desabróchate los pantalones y bájalos hasta las rodillas, que así no estás sintiendo nada.

—¡Ay, qué vergüenza! Me verás el culo en bragas.

—¡Obedece! Y no me vengas con remilgos. Si tú has escuchado lo que no debías, ahora yo tengo derecho a mirar lo que me dé la gana. Bájatelos ya mismo o será mucho peor si tengo que hacerlo yo.

—Ya lo hago, Laura. Ya me los bajo —dijo, mientras mostraba su rostro totalmente ruborizado al incorporarse para cumplir mi orden.

—¡Vuélvete a colocar donde estabas! ¡Deprisa!

Sus bragas eran de color carne y muy poco seductoras. "Seguro que esta desgraciada nunca tiene la ocasión de que nadie la vea en ropa interior", pensé mientras la observaba.

—Maldita solterona… —murmuré en voz baja. No sé si me oyó.

Continué con otra serie de quince azotes que le produjeron bastante más dolor a juzgar por los ayes que pronunciaba tras cada uno.

—¿Crees que son suficientes? —le pregunté al acabar la serie.

—Creo que me merezco más por ser como soy. Todavía no siento que me hayas castigado lo suficiente para ser perdonada.

—Pues va otra serie de treinta azotes seguidos —dije mientras agarraba sus bragas por la parte superior y las estiraba hacia abajo, dejando su culo enrojecido al descubierto. Ella sofocó un alarido de vergüenza mientras lo hacía.

—¡Así los notarás mejor! —dije—. ¡Empiezo! —anuncié, y continué zurrándola rítmicamente y sin pausa.

Para mi sorpresa, Maribel no gritó ni una sola vez en esta ocasión, aunque sí gemía un poco tras cada palmetazo. Al finalizar los treinta azotes de la última serie, mi mano estaba muy dolorida y probé calmar la inflamación masajeando con la palma de mi mano las dos lunas de su culo, ahora totalmente enardecido. El calor que desprendían me servía de alivio, igual que si me estuviera aplicando una cataplasma caliente.

—¡Pero bueno! —exclamé con sorpresa—. ¿Qué son esas gotas que te resbalan por la parte interna de los muslos? Esto no es sudor. Es algo mucho más viscoso —dije mientras deslizaba mi mano hasta cerca de su entrepierna para cerciorarme de que mi sospecha era real—.¡Te has mojado! ¡La azotaina te ha puesto caliente! —exclamé casi gritando.

—Lo siento, Laura. No he podido evitarlo. No sé qué me ha pasado, pero tienes razón. Tus azotes me han provocado una extraña excitación en mi... Quiero decir, allí abajo.

—O sea, en tu coño.

—Sí, no estoy acostumbrada a llamar estas cosas por su nombre, pero es lo que me ha pasado. ¡Perdóname la grosería!

—No, si me parece muy bien que te guste, pero veo que esto para ti no ha sido ningún castigo. Tendré que castigarte más fuerte si quieres que te perdone.

—Como tú digas. ¿Quieres que vaya a buscar un cepillo para el pelo para que me azotes con él? —sugirió—. Seguro que me duele mucho más.

—¡Muy buena idea! Anda, ve.

Al poco rato, Maribel regresó con el cepillo en la mano y me lo ofreció con el brazo extendido. Seguidamente, volvió a colocarse sobre mis rodillas.

Yo no podía dar crédito a su grado de complaciente sumisión.

—A ver qué tal te sienta esto —dije, mientras le daba el primer golpe.

—¡Ay! ¡Cómo duele!

—¿No es esto lo que quieres?

—Sí, Laura, castígame todo lo que quieras y con toda la fuerza de tu brazo. Lo merezco.

Le di veinte azotes más con el cepillo hasta que decidí parar porque empezaban a aparecer algunos moretones en su culo y porque los gritos ahora eran de auténtico dolor. Cuando le dije que se había terminado el castigo por hoy, Maribel, todavía tumbada en mi regazo, giró su rostro hacia mí para darme sinceramente las gracias por el tratamiento recibido. Las lágrimas cubrían totalmente sus mejillas, pero su expresión era de alivio.

—Muchas gracias, Laura, por darme el castigo que merece mi comportamiento. Nunca más volveré a espiaros —dijo—. ¡Lo juro por mi madre, que en paz esté! ¡Te lo juro por lo que más quieras!

—Te perdono, pero que sea verdad lo que dices ahora. De lo contrario, te vas a enterar.

Mientras hablaba, iba deslizando mi mano por su culo hacia abajo hasta llegar a su entrepierna. Mis dedos entraron en contacto con el interior de su vulva, totalmente inundada de líquido vaginal. Ella lanzó un suspiro, pero se dejó hacer.

—Abre más las piernas —le ordené. Y ella obedeció. Empecé a frotar su clítoris con mis dedos arriba y abajo, mientras ella empezaba a gemir de placer—. Esto te gusta más. ¿No es cierto?

—Sí, me gusta muchísimo. Hace tanto tiempo que tengo que satisfacerme yo sola que me vuelve loca sentir tu mano allí abajo. ¡Ay, qué gusto! Casi no puedo soportarlo. ¡Me electrizas! Te ruego que no pares. ¡Por favor! Lo necesito. Necesito que por fin alguien me toque. ¡Ay, que no puedo aguantar más! ¡Me voy a…! ¡Me voy a…!

—¡A correr! ¡Me voy a correr! ¡Grítalo! ¡Di con todas tus fuerzas que te corres! Quiero oírtelo decir mientras lo haces.

—¡Me voy a correr! —gritó—. Estoy a punto. ¡Ya me llega! ¡Ya me llega! ¡No pares, por favor!

—¡Grita: "Soy una zorra fisgona"!

—Sí, Laura. ¡Soy una zorra fisgona! ¡Soy una zorra fisgona! ¡Soy una zorra fisgona! ¡Una puta zorra fisgona! ¡Soy una zorra y una puta fisgona! ¡Soy una zorra! ¡Soy una zorra!… ¡Soy una zorra! ¡Soy una zorra! ¡La más fisgona de las zorras y la más zorra de las fisgonas! ¡Ahhh! ¡Ahhh! ¡Ahhh! ¡Ahhhhhh!

—Así me gusta, que te corras mientras gritas tu nombre como la auténtica zorra que eres. A partir de ahora, te llamaré así. Serás mi zorrita. Cuando nos encontremos en el ascensor, te saludaré así: "¡Buenos días, zorrita! ¿Qué tal, zorrita fisgona? ¿Todo va bien, zorra?". A ver si así te acuerdas de hoy. ¿Te has enterado?

—Sí, Laura. A partir de hoy, seré tu zorra y me comportaré como tal siempre que lo desees.

—De Laura, nada. A partir de hoy, me llamarás ama Laura, incluso delante de mi marido. ¿Queda claro?

—Sí, ama Laura. Como desee, mi ama. Soy su zorrita y usted, mi ama. Castígueme como hoy siempre que lo desee. Me hace muy feliz pensar en que por fin tengo a alguien a quien ofrecer mi cuerpo tanto para que lo castigue como para que lo use a su antojo.

—Pues ahora tendrás la ocasión de demostrarme tu obediencia y mostrarte como la esclava en que acabas de convertirte para tu ama. Vas a lamer con tu lengua mi coño hasta hacerme correr. Creo que me lo merezco después de lo que te he hecho y de la energía que he gastado contigo, castigándote como te mereces. Vamos a tu dormitorio, que en la cama estaré más cómoda.

Cuando estuvimos al pie de la cama de Maribel, le dije que se desnudara del todo, al mismo tiempo que yo me quitaba las bragas de encaje que llevaba puestas. Cuando la tuve desnuda ante mí, no quise resistir la tentación de besarla y ella accedió sin ninguna resistencia. Mientras nos besábamos apasionadamente, deslicé mis manos hacia sus pechos, bastante voluminosos y firmes. Ella posó tímidamente sus manos en mis caderas. Tras un rato así, me desabroché la camisa y atraje la boca de Maribel hacia mis pezones desnudos. Yo no llevaba sostén y pudo lamerlos sin ningún impedimento, con auténtica fruición. Ella estaba totalmente entregada al placer lésbico y yo también estaba disfrutándolo. Sentía un tremendo calor en mi entrepierna, así que me dirigí a la cama y me tumbé con las piernas bien abiertas, apoyando los pies en el borde del colchón.

—Ahora, arrodíllate frente a mí y empieza a lamer mi coño, que quiero notar cómo se mueve tu lengua ahí dentro. Ella obedeció al instante y poco tiempo después me proporcionó un intenso orgasmo.

—¡Bueno, zorrita! —dije tras unos minutos de relax—. Ahora, bésame los pies para demostrarme que eres mi esclava de verdad.

Maribel, todavía de rodillas, obedeció sumisamente.

—Veo que eres una auténtica zorra caliente. ¿Te gustan las mujeres? —pregunté.

—Sí, ama Laura. Siempre me han gustado, pero muy pocas veces he tenido la ocasión de estar con casi ninguna. No soy muy sociable y me da vergüenza manifestar mis deseos a nadie, aunque sepa que la mujer que me gusta tiene los mismos apetitos que yo.

—Esto tienes que arreglarlo. No se puede ser tan tímida en esta vida, ni tan vergonzosa. ¡Si eres un volcán de pasión!, como acabas de demostrarme. Te daré la tarjeta de una amiga mía sexóloga para que vayas a verla. Le dirás que vas de mi parte, pero nada respecto a lo que aquí acaba de suceder. ¿Entendido, zorrita?

—Sí, ama Laura. Lo que usted diga. Muchas veces he pensado en visitar a una psicóloga para resolver mis problemas de relación social, pero siempre acabo por retrotraerme. Usted me da fuerzas para hacer lo que sea. Se lo agradezco.

—Así me gusta, zorrita Maribel. Eres la zorrita Maribel, que te quede claro. Y basta por hoy, que tengo cosas que hacer y Daniel ya habrá llegado y andará preocupado por saber dónde estoy a estas horas. Ya hablaremos otro día y, por cierto, si me apetece, en cualquier momento llamaré a tu puerta y volveré a castigarte como he hecho hoy para que con el tiempo no se te vayan olvidando tus promesas y para que recuerdes quién eres para mí a partir de hoy.

—Cuando usted quiera, mi ama. Estaré esperándola con ilusión.

—Pues hasta pronto, zorrita. Recuérdalo: zorrita es tu nombre a partir de hoy.

—¡Su zorrita! ¡Soy su zorrita y estoy orgullosa de serlo! ¡Hasta otro día! Espero su visita lo más pronto que pueda ser. Me ha hecho muy feliz y me siento muy aliviada. ¡Ojalá antes alguien me hubiera dado una buena zurra! Seguro que no sería como soy, pero prometo enmendarme con su ayuda. ¡Buenas tardes! ¡Hasta pronto!

—¡Adiós!

Capítulo 13

Daniel ya estaba en casa cuando regresé y lo primero que hizo fue preguntarme adónde había ido sin mi bolso de siempre.

—Vengo de dar una tunda a la vecina de al lado —contesté sin más preámbulos.

—¿Cómo dices? ¿A qué te refieres con una tunda?

—Pues eso, que le he dado una tunda, una azotaina, unos palmetazos en el culo, unas nalgadas. Que he practicado *spanking* con ella.

—Pero no entiendo... ¿Cómo ha sucedido todo? Explícate, por favor, ¿o me estás tomando el pelo?

—El pelo me lo quería tomar ella a mí, y como la he descubierto, no me ha quedado más remedio que ponerla en su lugar. Exactamente sobre mis rodillas y, primero con la mano y después con un cepillo para el pelo, le he dado su merecido sobre su culo desnudo. La he convertido en mi sumisa en un santiamén. Ahora, ella es la zorrita fisgona de la vecina. He decidido que este es su nombre a partir de ahora para mí.

Mi marido me miraba con cara de estar viendo a alguien que acaba de perder el juicio. No podía dar crédito a las palabras que salían de mi boca. A continuación, se lo expliqué con todo detalle y no pudo estar más de acuerdo. Por el momento, decidí no contarle la parte final de la escena en la que Maribel arrodillada ante mí me había hecho correr lamiendo mi coño. Me sentía un poco inquieta al respecto. Creo que pensaba que quizás estaba yendo demasiado deprisa en esta nueva afición sexual recién descubierta y no deseaba que Daniel me considerara una salida. Ya se lo contaría en otro momento. Seguro que no me lo reprocharía, porque esto ya lo habíamos acordado: yo podía tener los contactos sexuales que me apeteciera siempre que no le dejara a él de lado.

Una vez que todo quedó aclarado, cada uno se fue a sus quehaceres. Él a su ordenador y yo al mío. Quería continuar con lo que estaba haciendo antes de la interrupción de la fisgona vecina. Por segunda vez, releí el contrato enviado por Susan y a continuación hice una serie de modificaciones.

El primer punto del contrato de sumisión, lo redacté de esta otra forma:

1. Solo te correrás cuando yo te lo permita y si te he castigado a no correrte durante determinado período, deberás

cumplir el plazo en su totalidad. Jamás te levantaré un castigo acordado por lástima o compasión.

El punto 2, lo dejé igual.

El tercero, lo suavicé un poco y quedó de esta manera:

3. Cuando yo lo decida, lamerás y te tragarás tus propios fluidos. Así me demostrarás tu absoluta sumisión y obediencia.

Los puntos cuatro al ocho, referidos a las obligaciones del sumiso para con su ama, tareas encomendadas, disciplina correctiva y trato debido durante las sesiones de dominación, los dejé como estaban; únicamente puse en negrita para que destacara el punto número seis:

6. Tu primera obligación es proporcionarme el máximo placer sexual y, por tanto, lamerás y tocarás cualquier parte de mi cuerpo que me lo proporcione, especialmente mis tetas, mi coño, mis pies y mi culo.

Del noveno, solo cambié dos palabras. En lugar de decir "te obligaré", escribí "te puedo obligar":

9. También te puedo obligar a llevar cinturones de castidad o *plugs* anales, ropa interior femenina, etcétera, siempre que lo crea oportuno con tal de demostrarme tu total sumisión.

En el punto décimo, cambié la primera frase "Si follamos, seré yo quien te folle" por "Si follamos, la mayoría de las veces seré yo quien te folle a ti".

El resto, lo dejé igual:

Después de las modificaciones, quedó así:

Contrato de dominación-sumisión entre ama Laura y el sumiso Daniel

1. Solo te correrás cuando yo te lo permita y si te he castigado a no correrte durante determinado período, deberás cumplir el plazo en su totalidad. Jamás te levantaré un castigo acordado por lástima o compasión.

2. Te llevaré al límite de tu resistencia y después te denegaré correrte. Si no consigues contenerte,

serás castigado dilatando el tiempo de corridas futuras. Si lo considero oportuno con la finalidad de vaciarte tras un largo período de abstinencia, puedo hacer que te corras sin placer mediante la técnica de arruinar el orgasmo (parar la estimulación justo después de llegar al punto de no retorno).

3. Cuando yo lo decida, lamerás y te tragarás tus propios fluidos. Así me demostrarás tu absoluta sumisión y obediencia.

4. Me harás masajes en los pies y en todo el cuerpo siempre que te lo pida.

5. Te azotaré siempre que quiera para demostrarte quién manda o lo considere conveniente para castigar conductas inadecuadas. Algunos azotes pueden ser verdaderamente dolorosos para enmendar conductas reincidentes.

6. Tu primera obligación es proporcionarme el máximo placer sexual y, por tanto, lamerás y tocarás cualquier parte de mi cuerpo que me lo proporcione, especialmente mis tetas, mi coño, mis pies y mi culo.

7. También deberás cumplir todas las tareas domésticas que te ordene. Si no las cumples, serás castigado con el fin de enmendarte.

8. Siempre que tengamos una sesión de dominación, me darás el trato de ama o señora. Ejemplo: "Sí, señora", "Sí, mi dueña", "Gracias, mi ama", etcétera.

9. También te puedo obligar a llevar cinturones de castidad o *plugs* anales, ropa interior femenina, etcétera, siempre que lo crea oportuno con tal de demostrarme tu total sumisión.

10. Si follamos, la mayoría de las veces seré yo quien te folle a ti y a mi ritmo a no ser que me ape-

tezca lo contrario. También follaré tu culo siempre que me apetezca utilizando o no el arnés, o te obligaré a que seas tú mismo quien se sodomice con un *dildo* y al ritmo que te marque.

11. Puedo usar cualquier otra técnica de dominación, tales como vendarte los ojos, inmovilizarte, ponerte pinzas en los pezones o genitales, atarte fuertemente los genitales para que no te empalmes o te sea imposible eyacular, ordenarte vestirte con la ropa que yo quiera, feminizarte (tratarte como a una puta), sodomizarte, lluvia dorada, etcétera.

12. Tengo derecho a entregarte a otras personas para que te dominen con o sin mi presencia y a tener yo las relaciones sexuales con quien me apetezca y tú deberás aceptarlas aunque te pongas celoso.

Contrato firmado en... día... mes... año...

Fdo.: El ama   Fdo.: El sumiso

Releí el contrato tal como lo había modificado y me di por satisfecha. En realidad, era prácticamente idéntico al original. Tan solo había matizado algunos detalles. Cuando iba a dar con el ratón el clic de impresión, me acordé del aspecto físico que ofrecía Hugo totalmente desnudo delante de Susan y de mí aquella mañana del sábado anterior. Me acordaba de su cuerpo torneado como el de un atleta y sin un solo pelo que cubriera su piel. Parecía un Apolo. "¡Ojalá Daniel fuera como él!", me dije a mí misma. Entonces, decidí añadir un punto más:

13. Deberás hacer lo imposible para ofrecer el mejor aspecto físico ante tu ama para que le plazca verte desnudo. Acudirás al gimnasio tres veces por semana como mínimo, comerás de forma razonable y llevarás tu cuerpo totalmente depilado, especialmente la zona genital. Si te descuidas en este punto, serás castigado con dureza.

Ahora sí. El contrato era totalmente de mi gusto y esperaba que Daniel no pusiera ninguna objeción. Lo imprimí y después hice lo mismo con la encuesta sobre prácticas BDSM deseadas y no deseadas. Así, conocería mejor cuáles eran las fantasías de Daniel en ese aspecto y cuáles eran los límites infranqueables. Después, yo las llevaría a la práctica o no según me apeteciera, y obviaría las que no me apetecieran o incomodaran.

Recogí los tres folios impresos y me fui al despacho de Daniel para mostrárselos.

—Daniel, si puedes interrumpir un momento lo que estás haciendo, te dejo aquí unos folios que quiero que leas. Se trata de una encuesta que debes contestar y del contrato de sumisión que firmaremos si los dos estamos de acuerdo. Esta noche o mañana, si hoy no puedes, quiero que contestes la encuesta y me digas lo que opinas del contrato.

— De acuerdo, Laura. Ahora mismo me pongo con ello. Lo que estoy haciendo puede esperar. Esto me parece más urgente.

—Pues entonces te dejo para que lo pienses todo bien. ¡Ah!, otra cosa. Para contestar la encuesta, haz una tabla al lado de cada pregunta con tres opciones: Muy deseado, deseado y permitido. Las opciones no deseadas en absoluto, las eliminas. Será mejor que vuelva a mi ordenador y te envíe la encuesta por correo y así tú le añades la tabla, que yo soy un poco patas con estas cosas y me puedo pasar una eternidad hasta lograrlo.

—¡Vale! Espero tu correo.

—Enseguida te llega.

Volví a mi despacho y le envié un correo con el archivo de la encuesta adjunto. En el correo le decía cuál era el *password* para abrirlo: "Femdom". A continuación, me fui a duchar y después, a preparar la cena.

Una hora y media más tarde, estábamos cenando.

—¿Qué tal ha ido tu sesión de lectura? —le pregunté irónicamente.

—¡Bien, muy bien! Ya tengo la encuesta contestada. Ahora estaba con el contrato y cuando me has llamado para cenar estaba introduciendo un punto más. Después de cenar, voy un segundo y lo acabo, lo imprimo todo y te lo enseño, si te parece.

—Perfecto. Así todo quedará más definido entre nosotros.

—No me has contado de qué habéis hablado Cristina y tú durante la comida. Supongo que te ha contado muchas cosas interesantes de su vida.

—Pues sí. Me ha contado cómo se inició en esto del BDSM. Resulta que, en su caso, todo empezó con la religión.

—¿Con la religión?... No entiendo. ¿Qué tiene que ver una cosa con la otra?

—Pues puede que mucho. Hemos estado hablando sobre el tema y no hemos llegado a ninguna conclusión definitiva, pero las dos vemos una extraña conexión.

—A ver, ¿cuál? Explícate, que me dejas intrigado.

—Resulta que Cristina descubrió que el dolor le producía placer de niña, cuando tan solo tenía doce años y fue por intentar imitar a los santos autoflagelándose. Quiso probar en carne propia si era capaz de soportar el dolor azotándose a sí misma, siguiendo el ejemplo de los santos que ofrecían a Dios esa clase de sufrimiento, según les había contado el cura de religión, como muestra de su total entrega y sumisión a su voluntad, y como método para superar las tentaciones de la carne. No es que el cura les hubiera recomendado que hicieran eso las niñas de su edad. Se había limitado a decirles que debían hacer algunos sacrificios, tales como abstenerse de comer alguna cosa que desearan, golosinas o cosas así. Ahora mismo no me acuerdo de los ejemplos que ha citado. El objetivo, según el cura, era dominar la voluntad, hacerla más fuerte para que fueran capaces de resistir las tentaciones del cuerpo. Evidentemente, se refería casi exclusivamente a las tentaciones del sexo, que es lo que más preocupa a los curas o por lo menos les preocupaba en aquella época. Recuerdo que yo también padecí terribles remordimientos de conciencia por este pecado cada vez que lo cometía cuando era adolescente. Ahora creo que han aflojado un poco al ver que la feligresía se les está escapando, pero todavía quedan.

—Ni que lo digas. Basta ver las declaraciones institucionales de la Conferencia Episcopal. Pero ¿cómo descubrió esta conexión?

—Pues resulta que después de azotarse con un cinturón en la espalda y en las nalgas, y mientras miraba en el espejo las marcas que se había producido, empezó a sentir una fuerte excitación sexual. Sin saber muy bien qué era eso y, de forma instintiva, frotó su sexo para aliviar el ardor. Y mira tú por dónde alcanzó el clímax sin pretenderlo.

—¡Anda! Pues el resultado fue justo el contrario del pretendido por el cura ese.

—Ni más, ni menos. Justo el contrario.

—Ya intuyo a qué conclusiones habéis llegado las dos con esta historia: la relación entre las actitudes religiosas de sacrificio, entrega, obediencia, castidad, ofrenda del sufrimiento, aceptación de la voluntad divina, resignación, etcétera, más las manifestaciones rituales tales como arrodillarse, ponerse a los pies de la virgen, etcétera, y los sentimientos que tienen los sumisos o sumisas para con sus amos o amas, que son muy parecidos, sino idénticos.

—Exacto. Tú mismo dices que te extasía verme como una diosa y quieres demostrármelo con tu obediencia, adoración, sacrificio y dolor, y me pides perdón de rodillas y besándome los pies.

—Bueno, sí… No sé. Sobre todo, lo que quiero es darte placer, aún a costa de renunciar al mío.

—Quieres que yo esté contenta contigo por tu obediencia incondicional y hasta disfrutas de que te azote. Dime por qué te causa placer que te produzca dolor.

—Creo que es una sensación más psíquica que física. Los azotes me duelen, sobre todo algunos, pero los soporto porque, de esta manera, me siento más tu sumiso y esto me gusta. Pertenecerte, ser tuyo. Creo que lo que me gusta es verme con tus ojos. Imaginarme que me ves sufriente y entregado totalmente a tu voluntad. Siento que con el dolor redimo mis... faltas. Iba a decir pecados. Puede que tengas razón y en el fondo los sentimientos religiosos son la raíz de la que crece mi deseo de sumisión.

—Para ti, yo soy tu diosa y tú, mi devoto acólito.

—Entonces, según tú, las relaciones BDSM se explican de esa manera: como una secularización de los sentimientos religiosos.

—Podría ser. No soy ninguna experta en estos temas. Es algo que quiero consultar con Susan, que sabe mucho más de esas cosas.

—Me parece muy interesante tu teoría. Yo hasta hace un momento tenía otra explicación.

—A ver, ¿cuál?

—Algo así como un juego que representa la vida y la muerte. El deseo de vivir feliz superando los obstáculos de la vida y alejando la idea de la inevitabilidad de la muerte siempre presente en el horizonte.

—No te entiendo.

—Es como si el sumiso quisiera ganarse el derecho a la vida o a la felicidad aceptando todos los sufrimientos que implican el hecho de vivir. El sumiso solo tiene derecho al placer si ha superado la prueba a la que es sometido, pero como el placer sexual que finalmente obtiene es efímero, necesita volver a repetir el mismo juego una y otra vez.

—¿Y la parte dominante?

—Algo parecido. Con sus esfuerzos y desvelos para encarrilar el comportamiento del sumiso, se hace acreedora de su propio placer. Y aunque no sufre en carne propia el dolor, se ve reflejado en su sumiso, siente su sufrimiento y admira su coraje y valentía. También la parte dominante se gana el derecho a la felicidad. En términos freudianos, se representa a sí mismo como el superyó que impone su moral a las pulsiones del ello proyectadas en el sumiso, reprimiéndolo. Si lo consigue, siente que ha triunfado sobre su propio ello y se merece un premio.

—¡Va, va, va! Mucha psicología barata. Has leído demasiados libros de autoayuda.

—No te rías, que a lo mejor tengo razón. Y que conste que no he leído ninguno de esos que dices. Lo que sí leí hace ya tiempo fue, en el ABC, una reseña de una conferencia sobre toros que me hizo volver a esta teoría mía. Hacía referencia a las corridas de toros como una metáfora de lo mismo. Si me das un momento, voy a buscarlo y te lo explico mejor. Guardé el recorte por lo interesante que me pareció.

Al poco rato, Daniel volvió con su artículo taurino.

—Mira, ya lo he encontrado. Te leo: "'Una corrida de toros es la más completa metáfora de la vida. Lo que se origina en un ruedo son los hechos elementales e inevitables que convulsionan nuestra existencia en el ruedo: está la vida y la muerte, pero también el dolor, el triunfo, el fracaso, los sinsabores, los desengaños, el miedo, la belleza, la astucia, la sutileza, la sagacidad, el arrojo, la valentía, la prudencia, el conocimiento, la inteligencia y todos cuantos aspectos de nuestra vida cotidiana que queramos elegir'. Así se expresó el veterinario Santiago Malpica Castañón al pronunciar el pregón de la peña Tercio de Quites el pasado viernes en el pabellón central del recinto ferial de Zafra. ABC, 23 de septiembre de 2012".

—¡Anda! Ahora resulta que me has ocultado otro secreto. Eres aficionado a los toros.

—No, en absoluto. Me parece un espectáculo cruel, pero como metáfora de lo que te estoy diciendo me vale.

—Explícate mejor.

—El torero representa con su actuación el triunfo sobre todos los obstáculos y peligros que entraña vivir. Los torea y vence a la muerte, que está siempre presente y al acecho, matando al toro. Si es cogido por el toro, el público siente en carne propia la cornada y grita de espanto, pero si el torero torea bien y mata al toro, se gana las dos orejas y el rabo, y el público estalla de júbilo porque ha triunfado una vez más la vida sobre la muerte. Pero la representación tiene que volver a repetirse y, entonces, sale otro toro y otro torero, y si el toro que sale no parece vigoroso y peligroso, el público abuchea y pide que se devuelva a los corrales. No quiere ver una pantomima. Quiere que la representación sea auténtica.

—Religión, BDSM, psicoanálisis y, por último, toros. Creo que es demasiado por hoy. Me has puesto la cabeza como un bombo.

—Es divertido hablar de estas cosas. Te hacen pensar, aunque no llegues a una conclusión definitiva. Me ha gustado.

—Y a mí también, pero ya estoy saturada. Seguimos con la polémica en otro momento, que me estoy durmiendo. Veo un rato la tele mientras tú acabas de hacer lo que hacías y nos vamos a dormir. ¿Te parece?

—Me parece. Voy antes a retirar esto, que es un momento. Tú vete al sofá, que te veo rendida.

—Vale. ¡Gracias! Estoy agotada.

Al volver con mis deberes hechos para mostrárselos a Laura, ella se había quedado dormida en el sofá. Me costó bastante despertarla. Finalmente, conseguí que se levantara y mientras nos dirigíamos a la habitación de dormir le dije que ya tenía la encuesta rellenada y que había añadido algunas líneas a su contrato para que ella acabara de revisarlo.

—Déjamelo encima del bolso. Ahora no soy capaz de leer ni una letra. Mañana en el trabajo, si tengo tiempo, le echaré una ojeada. Vayámonos a dormir, que mañana será otro día.

—De acuerdo. Te lo dejo donde dices y vengo.

Capítulo 14

Mientras sucedía todo esto, la vecina Maribel se había ido a dar una vuelta para reflexionar sobre lo que acababa de suceder entre ella y su vecina Laura. Cuántos años hacía que en secreto había estado deseando a su vecina y cómo de repente todo había ido tan rápido. Estaba exultante. Jamás se podría haber imaginado que sus deseos se convirtieran en realidad, pero por fin había sucedido. Laura era esbelta, tenía una figura preciosa, a pesar de no ser muy estilizada, y su rostro era amable. Su pelo castaño ligeramente ondulado que caía sobre sus espaldas era espléndido. Su mirada penetrante la dejaba petrificada cada vez que se encontraba con ella en la entrada del edificio o en el ascensor. Muchos días, espiaba detrás de la puerta esperando oír sus pasos en el pasillo, dirigiéndose al ascensor, para salir al instante de su piso y poder verla, aunque solo fuera durante el rato de compartir la bajada en ese habitáculo tan pequeño y estar tan cerca de ella durante unos minutos. Pero nunca se había atrevido a insinuar lo más mínimo. Estaba segura de que no tenía la más mínima oportunidad y en su lugar los celos que experimentaba se transformaban en quejas sobre cualquier cosa que sucediera en el edificio. "¡Qué estúpida he sido!", se dijo a sí misma. Ahora resulta que sí tenía posibilidades.

¿Cómo podría haber imaginado que a Laura también le gustan las mujeres o por lo menos le guste que una mujer le dé placer?

Desde que escuché a Laura a través de la pared de mi cuarto de baño azotar a su marido y todo lo que le decía, no he parado de imaginarme que era yo a la que castigaba y de buscar la manera de conseguir que eso sucediera realmente conmigo. ¡Ay, qué contenta estoy de que mi estrategia haya tenido éxito! ¡No me lo puedo ni creer! Me he sentido tan a gusto durante la azotaina que casi no he sentido el dolor. Las sensaciones psicológicas, estando en su regazo con el culo desnudo ante su mirada, eran mucho más fuertes que las físicas. Y cuando ha empezado a acariciar mis nalgas, he llegado al cielo... Y después, en mi cuarto, cuando me ha ordenado desnudarme del todo, la vergüenza que experimentaba no me ha impedido disfrutar del placer de que me viera totalmente desnuda. Casi ni recuerdo qué he sentido cuando me ha dicho que me colocara frente a ella y le chupara el coño. Creo que estaba en éxtasis. ¡Qué placer más inmenso lamer su sexo tan profundamente! ¡Y me ha besado! ¡Me ha besado con pasión! ¿Puedo esperar que algún día esos besos sean de amor?

Da lo mismo. Me ha convertido en su zorrita y estoy feliz. Quiero ser su zorrita, su puta, su esclava... Cualquier cosa que ella desee con tal de volver a disfrutar cualquier parte de su cuerpo.

Me resulta extraño pensar que me da placer sentirme su esclava. No tenía ni idea de que fuera masoquista. Cuando era pequeña, los reglazos de la maestra en la palma de la mano no me producían el más mínimo placer. Todo lo contrario. Odiaba que sor Juana me castigara de esta manera y sentía pánico cuando me sacaba a la pizarra para resolver un problema de matemáticas que seguramente haría mal. El temor al castigo me bloqueaba por completo. ¡Qué horror de pedagogía! Menos mal que hoy en día estas cosas ya no se hacen. La única ocasión que recuerdo en la que ser castigada no me molestó fue una vez que me llamó la superiora para reñirme por haber fumado en el baño con una amiga de clase. Al entrar en su despacho, mi amiga ya estaba de rodillas en un rincón, mirando la pared, y yo, mientras escuchaba la regañina de la superiora con la cabeza baja, deseaba que me ordenara arrodillarme a su lado para compartir el mismo castigo. Pero, en lugar de esto, la superiora ordenó a mi amiga que se levantara y viniera hasta donde yo estaba, enfrente de su mesa, y me diera unos azotes en el culo con un puntero cuadrado, de un centímetro o dos de grosor, por haber sido yo la inductora. Todavía recuerdo sus palabras:

—Señorita María Isabel, apoye sus manos sobre el borde de la mesa y levante el trasero hacia atrás que su amiga del alma va a darle diez azotes por haberla inducido a cometer ese vicio impropio de señoritas de su edad. ¡Venga aquí, señorita Rosa María, y agarre esto! Dele con fuerza si no quiere recibir el mismo tratamiento multiplicado por dos.

Recuerdo que sentí mucho dolor con cada reglazo, pero no recuerdo haber sentido rabia hacia mi amiga. Más bien lo contrario: lástima por verse obligada a hacer esto, y sobre todo recuerdo lo bien que me sentí cuando al salir del despacho de la superiora, Rosa María me abrazó tiernamente, pidiéndome perdón por los azotes que me había dado. Tenía trece años y fue la primera vez que disfruté del abrazo de otra mujer y hasta tuve el deseo de besarla para consolarla de su desasosiego, aunque finalmente no lo hice. Me limité a decirle que no pasaba nada y que quería continuar siendo su amiga. Cuatro años más tarde, tuve mi primera experiencia sexual con una mujer y fue justamente con ella, una noche que me había quedado en su casa para preparar el examen de selectividad y también las noches siguientes. Disfruté de estos primeros escarceos sexuales durante cuatro días seguidos y ambas suspendimos en la convocatoria de junio, aunque sí aprobamos en la de setiembre estudiando todo el verano, por separado, cada una en su casa.

Ahora que lo recordaba, pensé que quizá sí me habían agradado esos azotes, pues creo que casi me sentí decepcionada cuando me dio el último. De una forma muy incipiente, afloró desde el inconsciente el deseo de seguir siendo castigada por mi amiga delante de la monja. Soportar el dolor sin dar un grito me llenaba de orgullo y quería seguir demostrando mi capacidad de aguante.

¡Ay, cuánto deseo volver a ver a Laura! ¡A mi ama Laura! Si tarda mucho en llamar a mi puerta, no podré soportarlo. Tengo que hacer algo para llamar su atención y que no se note que lo hago a propósito. Ya sé qué puedo hacer. Llamaré a su puerta con la excusa de que me dé la tarjeta de esa psicóloga de la que me habló y que al final se le olvidó hacerlo. Por lo menos, así podré charlar un rato con ella y otro día, también, podré contarle cómo me ha ido. Inventaré cualquier excusa para volver a verla tanto como pueda.

"¡Uy, qué tarde se ha hecho!", se dijo Maribel a sí misma, consultando el reloj. "He perdido la noción del tiempo con todos estos recuerdos y sensaciones.

Todavía tardaría más de una hora en llegar a su piso, ya que sin darse cuenta se había ido alejando de su casa unos cinco o seis kilómetros.

CAPÍTULO 15

Al día siguiente, salimos juntos de casa Daniel y yo para ir a trabajar, y justo cuando estábamos a punto de coger el ascensor salió la vecina de su piso, lo cual sucedía con cierta frecuencia.

—¡Buenos días! —dijo ella.

—¿Cómo has dicho? —pregunté, con expresión enfadada.

—Buenos días. Solo os he saludado. No me he quejado de nada.

—¿Cómo te dije ayer que debías dirigirte a mí, zorrita fisgona?

—Como ama Laura —respondió con un hilo de voz, totalmente avergonzada—. ¡Lo siento, se me ha olvidado!

—Entonces vuelve a saludar correctamente.

—¡Buenos días, ama Laura! ¡Y buenos días, Daniel!

Daniel no sabía dónde mirar mientras sucedía todo esto y se limitó a contestar en voz casi inaudible:

—¡Buenos días, Maribel!

Después se quedó mirando fijamente el piloto del ascensor, que estaba subiendo.

—¡Eso ya está mejor! ¡Buenos días, zorrita Maribel! ¿Qué tal has pasado la noche? ¿Te sigue doliendo el culo?

—He dormido muy bien, completamente relajada, y ya no me duele.

—"No me duele el culo. ¡Gracias, ama Laura, por preguntar!" es la respuesta correcta. ¡Repítela!

—No me duele el culo. ¡Gracias, ama Laura, por preguntar!

—¡De nada, putita! Cuando estemos dentro del ascensor, me lo vas a enseñar y también se lo mostrarás a Daniel para que vea cómo te traté ayer por fisgona.

—¡Ay, qué vergüenza, ama Laura! Por favor, no me haga hacer eso. No estoy acostumbrada a estas cosas y menos delante de un hombre.

—Pues tendrás que acostumbrarte. Mira, el ascensor ya está aquí. Ya puedes empezar a subirte la falda, que sino no nos dará tiempo a verlo bien y todavía te estarás bajando la falda cuando se abra la puerta. ¿O es que quieres que también te vea algún otro vecino?

—¡No! ¡Qué horror! Ya me la subo.

Al entrar en el ascensor, Maribel ya tenía la falda recogida hasta la cintura y mostraba sus bragas. Hoy, eran negras y de encaje. Parecía que se había levantado con un ánimo diferente al del día anterior y se mostraba más seductora.

—Date la vuelta, que te bajo las bragas para ver tu culo desnudo.

—¡Ay, qué vergüenza! —dijo sofocadamente, mientras le corrían algunas lágrimas por las mejillas.

Sin hacer caso a sus resquemores, le bajé las bragas de un tirón hasta las rodillas y me dirigí a Daniel para ordenarle que se girara hacia ella y observara las marcas en su culo que le habían dejado mis azotes con el cepillo para el pelo.

—¡Mírala! ¡Mírala bien, Daniel! ¡Esta zorrita nos está mostrando su culo!

Daniel obedeció. Sus nalgas seguían enrojecidas y eran bien visibles algunos cardenales muy azulados.

—¡Pon tus manos sobre sus nalgas y frótalas para aliviarla un poco! ¡Y date prisa, que ya estamos llegando!

Daniel hizo lo que le ordenaba, con sus mejillas totalmente ruborizadas.

—¡Vale, ya basta! Que el ascensor ya se para. ¡Súbete las bragas y bájate la falda, zorrita! ¿Lo ves cómo no ha sido para tanto?

—¡Sí, ama Laura! He sido capaz de soportarlo. ¡Gracias, mi ama! Dije que la obedecería y la obedeceré. Me lo merezco por fisgona.

—¡Así me gusta! —contesté mientras se abrían las puertas del ascensor.

A Maribel no le había dado tiempo de subirse las bragas del todo y todavía se estaba recomponiendo la falda en el fondo del ascensor mientras nosotros ya estábamos saliendo. Enfrente del ascensor esperaba el vecino del cuarto, un señor de unos setenta años que miraba extrañado el rubor en las caras de Daniel y Maribel.

—¡Qué calor hace aquí dentro! —dijo Daniel a modo de excusa—. ¡Buenos días!

—¡Buenos días! Bueno, yo no lo noto tanto, pero los jóvenes siempre estáis acalorados. Yo por las mañanas hasta tengo frío. Se van al trabajo, supongo.

—¡Buenos días! —saludé yo también—. Sí, claro, a trabajar. ¿Qué remedio? No como usted, que ya andará jubilado. ¡Qué envidia me da!

—Pues todavía a veces me despierto sobresaltado pensando que llego tarde a trabajar y eso que ya hace cinco años que me jubilé. ¡Que pasen un buen día!

—Gracias, igualmente —respondimos todos.

Maribel dio las gracias inclinando la cabeza hacia el suelo, intentando ocultar su rostro con el pelo para esconder el sonrojo que todavía mostraban sus mejillas. En el portal, nos despedimos y nos fuimos nosotros dos por un lado y ella por el contrario.

—¡Adiós, Maribel! —dije, despidiéndola, en lugar de. "¡Adiós, zorrita fisgona!". Tampoco se trataba de humillarla delante de terceras personas, exceptuando a mi marido, tal como acababa de suceder.

—¿Te has fijado, Daniel, lo sumisa que se ha comportado?

—Ya lo creo que sí. Me has hecho pasar un mal rato tremendo. Al principio no sabía ni dónde mirar.

—Pues en el fondo ella está encantada con ese tratamiento. Ayer me lo demostró y hoy la he querido poner a prueba para ver si volvía a ser la vecina impertinente de siempre o conservaba su actitud sumisa frente a mí. Y ya la has visto.

—Es espectacular el cambio que has provocado en ella. Estás hecha toda una *mistress*.

—¡Va, no me tomes el pelo! El mérito no es mío, sino suyo. Después de salir de su casa, lo estuve pensando y llegué a la conclusión de que llamó a nuestra puerta, con la excusa de los ruidos, para enfadarme y con la esperanza de que yo reaccionara de la manera que lo hice. Ella tenía que saber que era imposible que yo me tragara que no sabía de dónde procedían los ruidos que había escuchado. No es tonta. Todo fue una estrategia. De hecho, fue ella misma la que sugirió que la castigara. Dijo algo así como que era ella la que merecía ser azotada en lugar de tú y que la castigara con mi desprecio o como yo quisiera. ¿Qué crees que quería decir con ese *como yo quisiera*?

—Si dijo eso, te lo estaba poniendo en bandeja.

—¡Exacto! Es una chica muy rara. Está muy sola y en el fondo me da pena. Se la ve necesitada de compañía. Le dije que debería ir a un psicólogo y ella me respondió que lo había pensado hacer muchas veces, pero que siempre lo posponía. Le dije que le daría la tarjeta de Susan, pero después se me olvidó. Se la dejaré en el buzón. A ver si Susan le proporciona un poco de seguridad en sí misma y deja de ser una amargada.

—Yo siempre te lo he dicho. Lo que esta chica necesita es una buena verga. Está mal follada. Mejor dicho: no está follada.

—No seas bruto, Daniel. Los hombres siempre pensáis lo mismo: que vuestra polla es mano de santo. La timidez y la inhibición social no se arreglan así. No todo es el sexo. Además, ¿quién te dice a ti que le gustan los hombres y no las mujeres?

—Eso quiere decir que tú sabes algo que yo no sé. Lo veo en tu mirada esquiva. ¿Qué más pasó ayer que no me has contado?

—Nada. ¿Qué tenía que pasar? ¿Por qué me lo preguntas?

—Porque creo que hubo algo más que castigo. ¡Va, cuéntamelo! ¿Qué pasó después de que la azotaras? Seguro que no os despedisteis sin más... Te has puesto roja y no puedes disimularlo.

—Eres un cabrito. ¿Qué pasa, que ahora tienes intuición femenina?

—No. Simplemente que me conozco de memoria tu expresión cuando quieres ocultarme algo y ahora mismo tienes ese careto. ¿No quedamos en que seríamos sinceros el uno con el otro?

—Está bien. Perdona que te lo haya ocultado, pero es que me siento culpable de haberme dejado llevar por el deseo. ¡Sí, es verdad! ¡Hubo algo más! Noté que los azotes la habían excitado sexualmente y le toqué allí abajo para comprobarlo mejor y... ¡Bueno, estaba mojada! Ella me confesó que le gustaban las mujeres y...

—¿Qué más?

—Pues que acabamos en la cama. Bueno, yo acabé en el borde de la cama y ella, arrodillada frente a mí, me hizo un cunnilingus. Le ordené que me lo hiciera como compensación por mis esfuerzos para enmendar su comportamiento. No pude resistir el deseo de volver a sentir la boca de una mujer en mi coño... ¡Lo siento! Me siento avergonzada. No volverá a pasar. Si te lo he ocultado, ha sido por remordimiento de conciencia y por vergüenza.

—No entiendo por qué te sientes así. A mí no me importa que tengas relaciones sexuales con otra mujer. Es más, me excita saberlo. Estoy seguro de que nuestra relación no va a cambiar por esto.

—¿Estás seguro de lo que dices? ¿Realmente no te sientes celoso?

—Claro que me siento celoso, pero aceptar los celos forma parte del sufrimiento que me liga más a ti. No sé cómo explicarlo. Deseo y no deseo que estés con otras o con otros para que después vuelvas a mí. Que sigas deseándome después de haber degustado del sexo con otras personas me produce una sensación de triunfo. Me digo a mí mismo que sigo siendo más importante que tus contactos esporádicos y me siento feliz de que tengas esta libertad. Me siento orgulloso de mi generosidad para con tu placer.

—Me alivia saber que no te enfadas. Tú sabes que te quiero solo a ti y a nadie más que a ti. El deseo sexual es otra cosa, y yo he descubierto hace dos días nuevas sensaciones que me tienen desbocada. Supongo que es la novedad. Sabes que puedes estar tranquilo, ¿verdad?

—Estoy seguro. No te preocupes en absoluto y disfruta lo que te apetezca que, como dice la canción, vivir solo se vive una vez, pero no quiero que me ocultes nada. Si lo haces, sí que me pondré celoso de verdad, porque pensaré que hay algo más serio que puro deseo sexual.

—¡De acuerdo! No te volveré a mentir al respecto. ¡Lo prometo!

—Pues, entonces todos de acuerdo. Y ahora me voy, que ya llego tarde.

—Sí, yo también voy justísima de tiempo. Voy a tener que pegar un carrerón. Nos vemos por la noche y hablamos de tus papeles. Los llevo en el bolso. En cuanto tenga un momento, les hecho una ojeada. Y por cierto, ¿por qué no te paras en el sex-shop antes de regresar a casa y compras lo que necesitemos para llevar a la práctica todo lo que aceptas que te haga en el contrato que vamos a firmar?

—De acuerdo. Lo haré. Le diré a la dependienta que voy de tu parte, a ver si me hace descuento.

—Así me gusta, que veles por la economía familiar. ¡Hasta luego! Vete ya! Pero no corras. Mejor llegar tarde que no llegar.

—No correré. No quiero perderme el futuro. ¡Adiós!

Capítulo 16

Cuando llegué al despacho diez minutos tarde, Raúl estaba saliendo cargado con una voluminosa maleta llena de escrituras para el registro y otras para llevar al notario.

—¡Buenos días, Laura! Si te parece me voy al registro ahora, que habrá poca gente. Después, pasaré por la notaría para que me hagan unas rectificaciones en otro par de ellas.

—¡Buenos días, Raúl! Hoy se me ha hecho tarde. Ve, ve. Acuérdate de decirle al notario o a su oficial que rectifique los apellidos de los hermanastros esos que ha convertido en hermanos.

—Sí. No te preocupes. Lo llevo todo anotado.

—Pues hasta más tarde. Supongo que estarás toda la mañana fuera.

—No creo. Sobre las 12 o 12.30 ya habré vuelto, o eso espero, que tengo un montón de cosas que hacer.

—Mejor que te lo tomes con calma, que después siempre te dejas algo y tienes que volver.

—Procuraré no olvidarme nada esta vez, que ya voy aprendiendo eso que dices de *vísteme despacio que tengo prisa*.

—Pues eso. ¡Hasta luego!

—¡Hasta luego!

—¡Buenos días, Raquel! ¿Algo nuevo?

—¡Buenos días, Laura! Nada urgente. Los papelacos de costumbre ¿Te ha pasado algo que llegas pasadas las 8?

—No, nada del otro mundo. Que me he entretenido hablando más de la cuenta con mi marido.

—¿Todo sigue bien entre vosotros?

—Perfectamente. Gracias por preguntar.

—¡Uy, qué evasiva! Seguro que hay novedades.

—¡No me tires de la lengua! ¡No me tires de la lengua! Que esto tú lo sabes hacer muy bien.

—Fuiste tú la que me dijiste que te aliviaba desahogarte, o sea que ya puedes empezar. Hoy estamos solas y no tenemos nada urgente que resolver.

—A ver, ¿qué quieres que te cuente?

—Pues no sé. Que me cuentes qué ha pasado entre tu marido y tú desde la última vez que me contaste. No pretendo los detalles, solo que me digas por encima cómo va vuestra relación *sadomaso*. Me das una envidia que no veas.

—¿Eso qué quiere decir?, ¿que también te gustaría convertirte en la dueña de tu marido como yo?

—Bueno. De hecho, ha sucedido algo en relación a esto.

—¿Cómo dices? ¿Qué ha pasado? No le habrás contado a tu marido nada de mí.

—No, por supuesto. ¿Quién te piensas que soy? Los secretos para mí son sagrados. Pero...

—¿Pero qué?

—Pues que ayer noche jugamos un poco a eso.

—¿Jugasteis un poco?...

—Nada, que le pregunté si le gustaría que le vendara los ojos mientras hacíamos el amor y él no tan solo me respondió que sí, sino que me pidió que le atara las muñecas al cabezal de la cama y los tobillos a los pies.

—¡Ostras! Si te digo yo que eso es una auténtica plaga. Y lo hiciste, claro.

—Pues sí, lo hice. Fui a buscar unas cuerdas de nailon que tenía guardadas de cuando hicimos la mudanza y lo amarré bien amarrado de pies y manos con las piernas y los brazos en forma de aspa, y le puse una venda en los ojos para que no pudiera ver absolutamente nada de lo que yo hacía.

—¿Y tú qué hiciste, si no es demasiado preguntar?

—Empecé a acariciarlo con las manos por todo el cuerpo mientras él se retorcía de gusto, cuando normalmente solo responde a mis estímulos en la zona genital. Usualmente, parece como si tuviera el resto del cuerpo insensibilizado. Pues ayer, todo lo contrario. De hecho, estuve mucho rato acercándome y alejándome de sus genitales sin llegar a tocárselos.

—¿Y qué más?

—Pues después empecé a morderle los pezones con suavidad y va el tío y me pide que le muerda más fuerte, que esto le vuelve loco. Y efectivamente, en cuanto lo hice se le puso la verga como hace años no había visto. Parecía que las venas le iban a reventar. No pude resistir la tentación de ocuparme de ella con mi boca inmediatamente, pero cada vez que notaba que estaba a punto de venirse, paraba, y cuando se calmaba, volvía a empezar. Estuve con este jueguecito más de media hora. Lo volví loco.

—¿Y después?

—Después ya me lancé. Le dije que si quería correrse, antes tendría que recibir un castigo por ser tan desastre como era. "¿Qué clase de castigo?", preguntó. "Unos azotes", contesté, y él me respondió que los aceptaba y que se los merecía por desconsiderado. Total, que lo desaté para volverlo a atar boca abajo, y una vez que lo tuve así, fui a buscar una cuchara de madera de la cocina.

—¡Ostras! ¡Ibas a tope!

—¡Totalmente! Tú tienes la culpa por haberme pervertido. Desde que me contaste lo tuyo con Daniel, no he podido pensar en otra cosa. Pues como te decía, volví con la cuchara de la cocina y, antes de darle el primer cucharazo, se la hice besar mientras le ordenaba que contara los golpes. Empecé a golpearle con bastante suavidad y poco a poco fui incrementando la intensidad sin que él se quejara. Cuando llevaba quince paletazos, me dijo que le diera más fuerte, que se lo merecía. Le hice caso y le di treinta paletazos más hasta que él empezó a agitarse y a gritar: "¡Me voy a correr! ¡Si no paras, me correré con el roce de mi polla sobre las sábanas!". "Ni se te ocurra", le respondí. "Si lo haces, la vas a limpiar con la lengua". "No me digas eso, que me excitas más", respondió.

—¿Y se corrió?

—No. Yo paré al instante y le volví a dar la vuelta, desamarrándole y amarrándole de nuevo. Deseaba follarle, pero antes tenía que concluir el castigo, así que agarré una vela que tengo en la mesilla de noche por si se va la luz y goteé cera caliente sobre su pecho. Álex daba un quedo grito tras cada gota, pero no me pedía que parara, así que fui bajando hacia el vientre y, finalmente, dejé caer unas gotas desde bastante arriba, para que no llegaran tan calientes, sobre su polla y sobre sus huevos. "¿Quieres que pare?", le había preguntado después de verter la primera gota sobre su pene. "No", respondió. "Puedo aguantarlo y es lo que merezco: que me ates, que me azotes y que me quemes. Me gusta que me trates así. Me excita un montón. Deberías hacerlo más veces".

—¡Vaya con tu Álex! Te has ganado su sumisión en una sola noche.

—Pues sí. Fue extraordinario. A continuación, me puse sobre su cara con el culo dirigido hacia el cabezal de la cama y casi tapando su nariz. Le ordené que me chupara hasta decirle basta. Siempre soy yo la que le proporciono sexo oral y, con la excusa de que no puede aguantar más, me folla sin más preámbulos, sin preguntar si yo también deseo sentir su boca en mi coño. Me estuvo chupando más de un cuarto de hora. Cuando estaba a punto de correrme, me incorporé y me puse a horcajadas sobre su polla y me lo follé. No tardamos ni tres minutos en corrernos los dos como posesos. Después, le desaté y estuvimos hablando un rato de lo que había pasado. Él me confesó que a veces había fantaseado con esa clase de relación, pero que nunca me había dicho nada por miedo a que le tomara por un pervertido. Y mira por dónde: la pervertida he sido yo. Y lo repito: tú y solo tú eres la culpable.

—Pues te pido disculpas, aunque creo que no estás muy enfadada conmigo, por lo que veo.

—De enfadada, nada. Todo lo contrario. Estoy encantada de tener a mi marido cogido por las pelotas. En mi casa también las cosas van a cambiar un montón y te nombro mi maestra a partir de este mismo momento.

—¿Maestra?, pero si pareces más experta que yo.

—La verdad es que estas fantasías las he tenido muchas veces también, pero eran eso: fantasías que aliviaban mi vida sexual no del todo satisfactoria. Nunca pensé que pudieran hacerse realidad… ¿Pero tú qué? Ahora te toca a ti contarme tus devaneos.

—Lo mío es muy fuerte. No sé si estás preparada para oírlo. Aunque después de la confianza que me muestras al contarme lo tuyo con tanto detalle, casi me atrevo.

—Creo que después de lo que hice ayer noche ya nada puede escandalizarme. ¡Venga, cuenta!

—Y si te digo que tan solo en una semana he entrado en acción con tres sumisos, dos mujeres y un hombre, ¿cómo te quedas?

—¡Absolutamente escandalizada! —respondió, quedándose con la boca abierta y con los ojos como platos, mirándome fijamente.

—No me mires así, que haces que sienta miedo de mí misma. Ha sido todo muy precipitado.

—No, si solo es que estoy sorprendida. Pero cuéntame, ¿qué ha pasado? Me matas de curiosidad.

—Bueno, empezaré por el principio. Recuerdas que te hablé de que había ido a consultar a una sexóloga sobre esta cuestión porque estaba insegura sobre si poner en práctica o no mis deseos de dominación con Daniel.

—Sí, perfectamente. Tú siempre tan responsable y tan comedida en todo.

—Pues bien, resulta que en realidad era una antigua compañera de la universidad, muy amiga de una amiga mía, Cristina, que fue la que me dio su teléfono con la típica excusa de que yo quería ayudar a una compañera de trabajo con problemas de pareja.

—O sea, yo.

—Bueno, esa amiga no te conoce. No pensé que fuera ninguna indiscreción.

—No, si no pasa nada; solo que he participado sin saberlo en esta historia. Solo es un comentario. Continúa.

—Resultó que esa compañera psicóloga no solo me aconsejó sobre el tema, sino que también me invitó a ir a su casa para que viera cómo ella misma dominaba a su marido, ya que también es aficionada a ese tipo de relación.

—¡Toma ya!

—Y eso fue lo que hice, con permiso de Daniel, con la finalidad de coger ideas y aprender a manejarme con los instrumentos de dominación, ya que en la primera sesión que tuve con Daniel fui un poco patas, aparte de que no se me ocurrían ideas sobre cómo seguir sin caer en la repetición y en la rutina.

—Fuiste a su casa. ¿Y qué pasó?

—En su casa, me presentó a su sumiso y tuvimos las dos juntas una sesión de dominación con él. Ella me enseñó a manejar la fusta y el látigo de tiras de cuero, y me dio consejos sobre cómo manipular esos instrumentos con control para no producir lesiones no deseadas. Yo misma hice prácticas sobre el culo de Hugo, su sumiso marido.

—¿Y qué más?

—Pues que incluso lo sodomizamos por turnos con un arnés atado a nuestras caderas. Supongo que sabes a qué me refiero.

—Sí, claro. ¡Qué fuerte! ¿Y después?

—Después vino lo más fuerte de todo.

—Cuenta.

—Susan... ¡Ay, se me ha escapado! No quería decirte su nombre, el nombre de la psicóloga.

—¿Susan Gómez?, ¿la famosa sexóloga que tiene un programa de radio los viernes por la noche?

—Sí, creo que vi el anuncio en su página web. ¿La conoces?

—No personalmente; solo de oírla por radio. Me encanta su programa.

—¡Ay! Me sabe mal haber revelado su identidad. ¡Júrame que no se lo dirás a nadie! He sido muy indiscreta sin pretenderlo.

—¡Te lo juro! No te preocupes, que sé guardar un secreto.

—Y yo también, pero mira qué me acaba de pasar. Bien, da igual. Confío en ti. Te decía que Susan se dirigió al fondo del sótano donde estábamos, una sala súper preparada para ese tipo de juegos, y descorrió una cortina que iba de lado a lado.

—¿Y?...

—En el fondo, apareció una chica atada a una cruz en forma de aspa con claros signos de haber sido azotada recientemente. ¿Adivinas quién era?

—Ni idea.

—Mi amiga Cristina, la que me había dado el teléfono de Susan. Casi me desmayo de la impresión.

—¡Hostias! Perdón, quería decir ostras, Ya sé que no soportas los tacos, pero es que hay momentos en que no queda más remedio que soltar uno.

—Tienes toda la razón. Es la única exclamación adecuada en ese caso.

—¡Ni que lo digas! Pero ¿qué más pasó?

—Pues después ya vino el relax sexual. Después de presentarnos y de que a ambas se nos pasara la impresionante sorpresa del reencuentro en esas especiales circunstancias, Susan desató a Cristina de la cruz y le ordenó que se arrodillara frente a mí para que acercara su boca a mi sexo y allí mismo me hizo un cunnilingus como culminación de la sesión de dominación, al tiempo que Susan, situada detrás de mí, recibía las atenciones de Hugo, arrodillado detrás de ella, y tocaba mis pechos para excitarme más.

—¿Ella te hizo un cunnilingus a ti?

—Lo que acabas de oír. Jamás otra mujer me había hecho una cosa así, y tengo que confesarte que me gustó. Me gustó un montón. No sé qué vas a pensar de mí.

—¿Qué quieres que piense? Que me das envidia. Yo nunca he sido capaz de tener relaciones con otra mujer, pero siempre he pensado que me gustaría probarlo.

—Pues yo no solo lo he probado con ella, sino que tan solo unos minutos más tarde, ya en la ducha, Susan y yo nos besamos con pasión y yo le hice un cunnilingus a ella. Ahora sí que ya puedes escandalizarte del todo.

—¡Absolutamente! Estoy en estado de shock. Supongo que Daniel no sabe nada.

—Todo lo contrario, lo sabe todo y le gusta que tenga ese tipo de contactos. Dice que le hace feliz saber que yo soy libre para acostarme con quien quiera, siempre que después vuelva a él.

—¡Qué raros son los hombres! ¡Nunca llegaré a entender qué pasa por sus mentes!

—Tienen dos cerebros y esto les desquicia. Aunque pensándolo mejor, yo ya no sé cuántos tengo. Esta semana, he descubierto que puedo disfrutar del sexo con una mujer y no tenía ni idea. Nunca, que recuerde, se me había pasado por la cabeza.

—Pues a mí sí, aunque no lo he hecho. No creo que eso signifique nada. Tener sexo con una mujer no te convierte en lesbiana integral. Porque a ti te siguen gustando los hombres, ¿o no?

—Por descontado. Mi deseo por ellos no ha variado en absoluto. Tan solo he ampliado horizontes, supongo.

—Pero me has hablado de una tercera sumisa, si no he entendido mal.

—Mi vecina.

—¿Cómo que tu vecina?

Le acabé de contar la historia con Maribel y Raquel me escuchó sin abrir la boca en todo el rato. Su capacidad de sorpresa estaba superada y era un simple episodio más de mi desbocada vida sexual reciente.

—Pues vaya semanita que llevas —dijo al final de mi relato—. Te conviene tomar vitaminas.

—Sí, tienes razón. Tengo que frenar un poco, pero es que las cosas han venido así de rodadas y no me he podido resistir. Pensarás que soy una zorra o una ninfómana.

—Nada de eso, cielo —dijo, mientras me cogía la mano con ternura.

—Levanta —le dije—, que quiero darte una abrazo por lo bien que me haces sentir escuchándome sin juzgarme mal. Necesitaba contárselo a alguien para que me diera su opinión al respecto y tú eres la única amiga a quien puedo confiar ese tipo de cosas. ¡Me inspiras mucha confianza!

—Yo también me siento aliviada contándote mis cosas —dijo, mientras respondía a mi abrazo—. Mira por dónde, de jefa has pasado a ser mi amiga del alma. Sin dejar de ser la jefa, por supuesto.

—Es verdad. En poco más de una semana, nos hemos contado cosas muy íntimas. Jamás me había mostrado tan abierta con nadie. Resulta muy liberador. Dame un beso.

Raquel me besó en la mejilla y yo le respondí con otro en la suya. Después, nos quedamos un rato mirándonos al fondo de los ojos. Yo tenía unas ganas enormes de besar su boca y creo que ella también deseaba lo mismo, a juzgar por su mirada acuosa. En mis oídos resonaban todavía sus palabras de que siempre había deseado estar con otra mujer, aunque nunca lo había hecho.

El teléfono nos hizo volver a la realidad, interrumpiendo aquel momento de intimidad.

—Déjalo sonar —le dije impulsivamente justo en el momento en que se estaba separando de mí para cogerlo—, y vuelve aquí, que quiero...

No acabé la frase y planté mis labios en los suyos. Ella respondió abriendo la boca y dejando que mi lengua se introdujera en ella. Nos estuvimos besando largo rato y tocándonos por encima de la ropa en todas las zonas a las que llegaban nuestras manos desde la postura erguida en la que estábamos. Si no fuimos más lejos fue por el temor de que llegara Raúl en cualquier momento y nos sorprendiera. Pero ambas estábamos muy excitadas y nuestros rostros enrojecidos no podían disimularlo.

—Raquel, ¡mi dulce Raquel! Tenemos que parar. Ya son más de las 12 y Raúl llegará en cualquier momento.

—Tienes razón, Laura, pero es que te deseo tanto que me resulta muy difícil dejarlo ahora, justo en el momento en que he caído en la tentación de toda mi vida y la he empezado a degustar.

—Ya encontraremos la ocasión en otro momento para acabar lo que hoy hemos empezado. Quizás una tarde después de que Raúl se haya marchado.

—De acuerdo. ¡Prométemelo! Después de hoy, no voy a pensar en otra cosa hasta que suceda. Me excitas un montón.

—Te lo prometo. Un viernes que salimos más pronto nos quedamos. La chica de la limpieza viene los sábados por la mañana. De todas formas, la llamaré antes para que me lo confirme. No sea cosa que se le ocurra adelantar trabajo y venir el día anterior. Tú también me has puesto muy caliente. ¡Va! Vamos a recomponernos y a ponernos a trabajar, a ver si nos despejamos un poco.

—De acuerdo entonces. Hasta ese viernes puedo esperar. Un beso más y se acabó.

Tras separarnos, nos encaminamos cada una a su mesa. A mí me costó un buen rato concentrarme en lo que hacía. Tuve que releer tres veces la misma página del acuerdo matrimonial que estaba revisando para acabar de enterarme. Transcurrido ese tiempo, mi concentración mejoró y pude trabajar normalmente el resto de la mañana, mientras oía cómo Raquel tecleaba su ordenador. Parecía que también ella había logrado centrarse en su trabajo. La llegada de Raúl nos ayudó a ambas a olvidarnos del momento recién vivido.

Justo cuando íbamos a salir a comer en la pausa del mediodía, sonó el teléfono y el mundo empezó a desparecer bajo mis pies, al tiempo que fui cayendo en un pozo de angustia sin fondo.

Capítulo 17

—¡Diga!

—Laura, ¿eres tú?... Soy mamá.

—¡Hola, mamá! ¡Qué sorpresa! ¿Pasa algo? Casi no te oigo. ¿Qué te pasa que hablas tan bajito?

—¡Ay, hija! Estoy en el hospital. He estado inconsciente dos días.

—¡Dios mío! ¿Qué te ha pasado?

—¡Un horror, hija mía! ¡Una barbaridad!

—¿Has tenido un ictus..., un infarto...? ¿Qué ha sido? ¿No habrás tenido un accidente?

—Nada de eso. Mucho peor... ¡No sé ni cómo decírtelo! ¡Tengo el alma destrozada!

—¡Cuéntamelo ya! ¿Qué demonios ha pasado?

—¡Ha sido tu padre! Tu padre es el culpable de que esté aquí.

Me caí en la silla con el auricular del teléfono en la mano, temiendo oír lo que estaba a punto de escuchar. No pude articular palabra esperando a que mi madre continuara hablando, pero solo la escuchaba sollozar al otro lado del aparato.

—¡Cuéntame qué te ha hecho papá! ¡Cuéntamelo, por favor! ¡Para de llorar y cuéntamelo de una vez! ¡Te lo pido por favor!

—¡Tu padre me ha clavado un cuchillo en el vientre!

—¡Noooo! ¡Dios mío! ¿Cómo demonios ha podido hacer una cosa así? ¿Cómo ha sido?… ¿Cómo?

—Pues como lo oyes —respondió con un hilo voz que denotaba una debilidad extrema—. Por la mañana, habíamos discutido. Yo le había amenazado con separarme de él y se fue de casa enfadado. No vino ni a comer.

—Hace un montón de años que deberías haberte separado. Mi hermano y yo te hubiéramos podido apoyar cuando todavía vivíamos en casa. Pero ¿qué pasó después?

—A media tarde, volvió borracho y hecho una furia, y me acusó de que le engañaba con otro.

—¡Será gilipollas!

—Gritaba como un poseso… Estaba absolutamente fuera de sí, como nunca le había visto… Me insultó de mil manera posibles con palabras que ni soy capaz de repetir… Yo me asusté mucho y me encerré en el baño, y él se puso a aporrear la puerta para que saliera. "¡Sal de ahí, puta, y cuéntame la verdad! ¡Dime con quién te has encariñado ahora, que lo mato!", y cosas así estuvo diciendo durante más de media hora… Se iba y volvía, y yo ahí, encerrada, rezando para que se calmara… De repente volvió diciendo, esta vez sin gritar: "¡Si no eres mía, no lo serás de nadie! ¡No serás de nadie! ¡De nadie! ¡De nadie!", repetía una y otra vez, como si se estuviera convenciendo a sí mismo para hacer algo definitivo o como si ya lo hubiera decidido… ¡Ay, Dios mío! ¡Qué barbaridad! Yo estaba aterrorizada y quería llamar a la policía, pero había dejado el móvil en la mesa del comedor.

—¿Y no gritaste para que te oyeran los vecinos?

—¡Con todas mis fuerzas! Pero desde el cuarto de baño no me oyó nadie… Al final, pegó una patada en la puerta y esta, al abrirse violentamente, me golpeó en la frente, dejándome aturdida y tambaleando. Casi no recuerdo qué pasó a continuación. Solo tengo la imagen de su cara desencajada y un cuchillo de cocina en su mano derecha acercándose a mi vientre como en cámara lenta, y después me veo a mí misma cayendo, llevándome mis manos a la herida, por donde manaba la sangre en chorro. Ya no recuerdo nada más. Se ve que me desmayé.

—¡Qué barbaridad! ¡Dios mío, qué barbaridad! ¡Qué barbaridad! ¿Cómo ha podido suceder una cosa así? Pero si tú me decías por teléfono que últimamente papá, desde que se había jubilado, se había ido calmando, que ya casi no discutíais…

—No quería preocuparte, pero no era cierto. Tu padre ha seguido como siempre durante todo este tiempo y, además, había empezado a beber.

—¿Por qué me lo has ocultado? Podrías haberte venido a vivir conmigo. En casa tenemos sitio de sobra.

—Precisamente por eso no te dije nada, para no deshacer tu vida con Daniel, que es un buen chico. Yo ya estaba acostumbrada a eso. Siempre ha tenido ese carácter. Y es verdad que se ha ido agriando con el tiempo, pero nunca pensé que pudiera llegar a pasar una cosa así. Algún guantazo sí me ha dado alguna vez…, (ELIMINAR COMA) ¡pero querer matarme…!

—¡¿Cómo que te ha dado algún guantazo?! Eso yo no lo sabía. Jamás me lo has dicho.

—¿Qué importancia tiene ya? Tu padre ya no está.

—¿Dónde está? ¿Ha huido o está en prisión?

—¡Peor!, ¡mucho peor!

—¡Dios mío…! ¡No! ¿Qué ha hecho? ¿Se ha…?

—Sí, hijita mía. Se ha suicidado. Lo han encontrado esta mañana colgando de un árbol en el bosque comunal. Ha venido una pareja de la guardia civil a comunicarlo hace unas dos horas. Han hablado con tu hermano.

—¡Qué horror! El muy cabrón no ha querido pagar su culpa con la cárcel. Lo siento, mamá, pero no lo lamento. Se merece estar muerto.

—¡Ay, hija! ¡No digas estas cosas! ¡Era tu padre!

—El hombre que ha intentado acabar con la vida de mi madre no es mi padre ni es nada. Es un asesino y nada más, y tú deberías sentir lo mismo. No entiendo cómo aún lo defiendes. ¿Por qué no te separaste de él cuando yo era niña? En más de una ocasión te oí decirle que lo harías, pero nunca tuviste valor.

—Tienes razón. Debería haberlo hecho y mi vida y la vuestra hubiera sido distinta. Él os maltrataba más que a mí. Sobre todo a ti. En cambio, a tu hermano... Tu hermano Juan está aquí conmigo. Ahora ha salido a comer al restaurante de la clínica.

—Pero tú... ¿Cómo estás?

—Los médicos dicen que ya estoy fuera de peligro. Me han hecho no sé cuántas transfusiones, porque he perdido mucha sangre. Menos mal que tu padre llamó a la policía después de acuchillarme y me encontraron a tiempo, antes de que me desangrara. Cuando la policía llegó, él se había marchado y no le han encontrado hasta hoy. Unos cazadores han dado el aviso. La guardia civil cree que se suicidó la misma tarde del miércoles.

Un terrible dolor en la conciencia me atenazó el pecho al oír estas palabras. De repente, caí en la cuenta de lo que estaba haciendo yo en ese momento, completamente ajena a lo que estaba sucediendo en la casa de mis padres y en ese bosque maldito. Ese miércoles no había llamado a mi madre después de comer como suelo hacer siempre, distraída con mis pensamientos sobre lo sucedido en mi vida durante las últimas semanas. Seguro que, de haberlo hecho, me habría enterado a tiempo de lo que sucedía o por lo menos lo habría sospechado, y quizás hubiera podido convencer a mamá de que se fuera de casa antes de que el hijo de puta de mi padre volviera para matarla. Sentía remordimiento, rabia y odio al mismo tiempo. Yo en busca de nuevas sensaciones y mi madre, salvando la vida de milagro.

—Mamá —dije con un nudo en la garganta que casi no me dejaba salir la voz—, ahora mismo cojo un tren y voy a verte. Supongo que llegaré sobre las 6 al hospital comarcal. Estás ahí, ¿no?

—Sí, pero no vengas, que tienes mucho trabajo y yo ya estoy bien.

—Claro que iré. Solo faltaría que tuvieras que pasar eso sola con tu hijo Juan y yo me quedara aquí con mis quehaceres. Él no puede estar todo el tiempo contigo. Haremos turnos y no te dejaremos ni un momento sola hasta que salgas del hospital. Y ahora te dejo, que quiero coger el tren de las 4 y antes tengo que pasar por casa a coger cuatro cosas. Si no cojo ese tren, cogeré el siguiente. Creo que salen cada hora y media. ¡Adiós, mamá! ¡Me duele el alma por lo que te ha pasado! Esta tarde te veo. ¡Un beso!

—¡Ay, gracias! Estaré muy contenta de verte, pero si no puedes ya vendrás otro día. Ahora ya no estoy en peligro, pero… Sí, ven, por favor, aunque solo sea unas horas, que necesito vuestra compañía. La de los dos.

—Después hablamos. Ahora tengo que dejarte. Llamaré a Juan para decirle a qué hora llego. ¡Hasta muy pronto, mamá! Y procura descansar, que lo necesitas más que nadie.

—Lo intentaré, pero mi cabeza no para de dar vueltas y más vueltas. ¡Nunca me he sentido igual! ¡Hasta pronto, hija! Yo de aquí no me moveré. ¡Adiós!

Raquel me miraba espantada desde la puerta de mi despacho. Por el retazo de la conversación que había escuchado, sabía perfectamente lo que había pasado.

—¿Quieres que te acompañe en coche a casa? —preguntó.

—No, gracias. Prefiero ir andando. Necesito cansarme. Llama a todos los clientes con los que tengo cita la semana que viene y diles que ya les llamaré, que me ha surgido un problema familiar urgente y no puedo atenderlos. Ahora llamo a Daniel para contárselo y decirle que me marcho al pueblo a ver a mi madre.

Mientras recogía mis cosas, marqué el número de su móvil y le hice un resumen de lo que había pasado. No tenía fuerzas para entrar en detalles. Tan solo le dije que mi padre había acuchillado a mi madre y que después se había suicidado, y que mi madre estaba fuera de peligro en el hospital, pero en estado de shock anímico. Que me iba a verla y que ya le llamaría más tarde para contarle más. Él se ofreció a acompañarme, pero le dije que prefería ir sola; que si acaso ya vendría unos días más tarde y que de momento no quería seguir hablando del tema.

—Adiós, Daniel, que tengo prisa y no quiero perder el tren de las 4.

—¡Adiós, Laura! Y procura calmarte, que…

—¡Adiós! —colgué el teléfono, dejándolo con la palabra en la boca.

No recuerdo absolutamente nada de lo que sucedió después hasta que estuve en el tren, sentada en mi asiento. Llevaba mi bolsa de viaje conmigo y, por tanto, estaba claro que había ido a casa a recogerla. Pero todo lo había hecho de forma maquinal, mientras mi mente estaba en otro lugar. Ahora, mi mente vagaba de un momento a otro del pasado. Me venían a la cabeza todas las discusiones que había escuchado entre mis padres cuando era niña. También las conversaciones por teléfono con mi madre cuando estaba en la universidad: le contaba cómo me iba y ella me decía que en casa todo seguía normal; que mi padre se enfadaba alguna vez, pero menos. A veces, se ponía mi padre para preguntar si me faltaba algo o si necesitaba dinero. Nunca me preguntó si añoraba, como sí lo hacía siempre mi madre. Hasta me acordé del día de mi boda y el extraño consejo que me había dado mi padre al despedirme, justo antes de coger el taxi que nos llevaría a Daniel y a mí al hotel donde pasaríamos la noche nupcial tras el banquete: "No dejes que Daniel lleve los pantalones en casa. Tú eres más lista que él y tienes que demostrárselo. De lo contrario, tu matrimonio será desgraciado". Seguramente, era consciente de lo desgraciada que él había hecho a mi madre con su maldito machismo y quería evitar que a mí me pasara lo mismo; pero darse cuenta de esto no le hizo cambiar nunca en absoluto y ahora todo había acabado horrendamente.

Cuando se anunció mi estación, me sobresalté. No podía creer que hubieran pasado ya dos horas. Si alguien me hubiera preguntado cuánto tiempo hacía que habíamos salido de la estación, habría contestado que unos diez minutos.

Al bajar del tren, me encontré con mi hermano Juan, que me había venido a buscar.

—¡Hola, Laura! ¿Cómo estás?

—Destrozada. ¿Cómo quieres que esté? —le espeté—. ¿Y tú?

—Bueno, ahora un poco más calmado después de saber que madre está fuera de peligro. Pero lo he pasado fatal durante toda la noche, pensando que no iba a salir del coma. Estaba a su lado cuando se ha despertado y no sabes la alegría que he sentido.

—¿Y por qué no me llamaste en cuanto lo supiste?

—No supe nada hasta ayer a las 11 de la noche, cuando regresamos de viaje Lina y yo, y encontramos una nota en la puerta de casa que decía que llamáramos urgentemente al cuartelillo de la guardia civil para un asunto de máxima importancia. No habían podido localizarnos porque nos habían robado los móviles, al descuido, de la mesa de un bar en donde estábamos tomando un refresco. Un chico pasó corriendo y los agarró al vuelo. Tampoco podían localizarnos en ningún hotel, porque nos alojábamos en casa de unos amigos en Granada que nadie de mi entorno conocía. Compañeros de la mili. Una pareja de tíos que viven juntos tan ricamente. Y la tía-abuela Carolina, con la que habíamos dejado a nuestra hija Alba, tampoco tenía ningún otro teléfono. Hasta se angustió pensando que habíamos tenido un accidente al ver que no contestaba ninguno de los dos a sus llamadas repetidas una y mil veces. Lo pasó fatal. Fue ella quien nos dio la mala noticia, porque a la primera persona a la que corrimos a llamar desde casa, antes que a la guardia civil, fue a ella, ya que lo primero que se nos ocurrió pensar era que le había pasado algo a nuestra hija. Después, en el cuartelillo, nos hicieron todo tipo de preguntas sobre dónde estábamos a la hora de los hechos, el posible paradero de papá y no sé cuántas cosas más sobre denuncias pasadas o hechos anteriores que auguraran tal desenlace. Cuando llegamos al hospital, ya era más de la 1. No quise despertarte a esas horas.

—Pero ¿y esta mañana?

—Preferí que fuera mamá misma quien te hablara. He esperado a que pasara el médico para que me dijera si era conveniente o no que sufriera ese tipo de emoción, y me ha contestado que le haría bien poder desahogarse con alguien cercano. "Verbalizar todo lo que le había pasado le ayudará a recuperarse emocionalmente", ha dicho. Ahora está con su hermana, que ha venido desde Castellón tan solo hace unas horas. Le han dado tranquilizantes y está más calmada.

—¿Y de la familia de papá, sabes algo?

—Sí. He hablado por teléfono con tío Francisco. Está muy afectado y dice que la otra hermana de papá, tía Lorena, no ha parado de llorar y maldecir a su hermano, llamándole asesino desde que se enteró de lo que había hecho. Están todos muy avergonzados.

—¿Cómo pueden ser tan diferentes dos hermanos como el tío Francisco y papá? Como *era* papá, quiero decir. El tío

Francisco es la persona mayor más considerada y respetuosa que conozco. No lo puedo entender.

—El tío Francisco, que es el mayor, reñía muchas veces a papá, pero él ni caso. Lo ignoraba completamente.

Seguimos hablando ininterrumpidamente durante todo el trayecto hacia el hospital. Nuestro estado de nervios no nos dejaba permanecer en silencio ni unos segundos. Cuando estaba a punto de entrar en la habitación de mamá, me temblaban las piernas y, al verla tumbada en la cama rodeada de aparatos médicos de control y una bolsa de plasma sanguíneo unida por un tubo a su brazo, casi me desmayé. Juan me sostuvo y me acercó hasta ella, que tenía los ojos abiertos mirando al vacío, sin darse cuenta de que yo estaba allí.

—¡Hola, mamá! Soy yo, Laura. Tu hija, Laura. ¿Me conoces?

Mi madre volteó la cabeza lentamente y sonrió, aterrizando de nuevo en la realidad, volviendo de sus pensamientos apesadumbrados.

—¡Hola, Laura! Claro que te conozco. Ya estoy mejor. Ya no me siento tan débil como cuando he hablado contigo esta mañana. Era esta mañana, ¿verdad?

—Sí, claro, sobre el mediodía —respondí, mientras acercaba mis labios a su frente para besarla—. ¿Cómo te encuentras?

—Muy cansada, pero ahora estoy más tranquila. Un poco atontada. El médico dice que debo descansar y que me quedaré aquí hasta que me haya recuperado del todo y no haya riesgo de infección. Me dan antibióticos porque he tenido un poco de fiebre. Ahora creo que ya no tengo. ¡Toca!

—No lo parece —dije mientras tocaba con el dorso de mi mano su frente—. Lo importante ahora es que no pienses en nada de lo que ha pasado. Olvídate de todo. Ya ha pasado.

—¡Ojalá pudiera, hija! Pero la cabeza no me deja en paz. Revivo y vuelvo a revivir todo lo sucedido, y no puedo arrancar esas imágenes de mi mente. Con el calmante que me han dado, a ratos me quedo en blanco, pero al poco todo reaparece.

—Necesitas tiempo para superar este tremendo trauma. Ya verás cómo en unos días te sientes mejor. Nosotros estaremos aquí contigo hasta que puedas volver a casa.

—¡No, por favor! A esa casa no quiero volver. No me obliguéis a volver allí. Vería a tu padre por todas partes y me sentiría aterrada pensando que puede aparecer en cualquier momento con un cuchillo en la mano.

—Pero eso es imposible. Papá está muerto. Tú misma me lo has contado por teléfono. Ya no puede hacerte más daño del que te ha hecho. ¿No te acuerdas de que tú misma me has dicho por teléfono que se había ahorcado?

—Sí, ya lo sé. Pero ahora es un fantasma en mi imaginación y lo siento tan real como si estuviera vivo. No puedo evitarlo.

—¿Y adónde vas a ir entonces?

En ese momento, intervino su hermana Carolina, que no había abierto la boca, limitándose a saludar con un gesto y a mover la cabeza de arriba abajo, lamentándose y sollozando quedamente:

—Yo le digo que se venga a vivir conmigo a Castellón y que se aleje de todo lo que le trae malos recuerdos. Por lo menos una buena temporada, o para siempre, si quiere. Yo soy viuda y vivo sola desde hace demasiado tiempo; quince van a ser, los mismos años que tú llevas casada, Laura. Tu tío Ismael se murió poco después de tu boda de un infarto. Te acuerdas, ¿verdad?

—Sí, claro que me acuerdo —asentí—. Me impresionó mucho y lo sentí mucho por ti.

—Sí, lo sé. Me escribiste una carta preciosa que todavía guardo y releo los días en que siento su ausencia con más intensidad. ¡Me consuela mucho! Si se viene conmigo, las dos nos haremos mucha compañía. Convéncela tú; a ti te hará caso.

—Mamá, creo que es una buena idea. ¿No te parece?

—No sé. No quiero ser una carga para nadie.

—Si te lo digo de corazón, Carmencita, hermana de mi vida. No eres ninguna carga en absoluto. Todo lo contrario. Cuanto menos, lo probamos una temporada, y si nos llevamos bien, ¿para qué hacer mudanza? ¿Adónde vas a ir?

—Bueno, bueno. No me atosiguéis ahora con eso. Ya tendremos tiempo de pensarlo mejor.

—Tienes razón —dije yo—. Ahora, cierra los ojos y trata de dormir un rato, que seguro te hará bien.

A mi madre le dieron el alta el lunes por la mañana y al final decidió irse con su hermana a Castellón a pasar unos meses. Mi hermano y yo tuvimos que quedarnos en el pueblo tres días más para arreglar todo el papeleo relativo al entierro de mi padre, que no pudo ser hasta el miércoles, porque antes tenían que hacerle la autopsia. No queríamos que lo enterraran en la misma tumba que el abuelo paterno, a quien mi hermano y yo adorábamos. Nos costó una discusión con sus hermanos, pero al final accedieron a comprar un nicho para él solo. Yo no quise asistir al sepelio. No me sentía capaz de arrostrar una cosa así. Solo deseaba olvidarme de él para siempre, tal era la rabia que me producía pensar en él por ser capaz de desear la muerte de mamá y casi haber logrado matarla.

El jueves por la mañana, cogí el tren y regresé a casa. Daniel me estaba esperando en la estación y, al verme, me dio un abrazo muy cálido que me hizo reconciliar con el género masculino. Mi Daniel no era en absoluto como mi padre. Él me quería de verdad y me respetaba tal como era, sin pretender imponerme su criterio jamás, aunque frecuentemente discutiéramos por cuestiones políticas o diferencia de pareceres sobre cualquier cosa. Seguro que nunca atentaría contra mí. Me sentía protegida por él, a pesar de que yo me hubiera convertido en su ama en el terreno sexual por su deseo y por el mío.

Capítulo 18

Durante el resto de la semana, no tuve el más mínimo deseo de tener contacto sexual con Daniel ni con nadie, pero agradecí que todos estuvieran pendientes de mí, sobre todo Daniel y Raquel, pero también Susan y Cristina, que me llamaron para consolarme y darme ánimos. Hasta mi vecina Maribel vino a casa con unas pastas y un té recién hecho en un termo para reconfortarme. Me agradó especialmente su visita la tarde del sábado, porque me sacó de mi ensimismamiento contándome su vida, que había sido muy parecida a la mía en cuanto a la relación con sus padres. Esa tarde, no la llamé ni una vez zorra fisgona. Todavía no me sentía con humor para esa clase de cosas.

Me contó que su padre también era el clásico hombre mandón y despreciativo con las mujeres, y que ella había sufrido muchísimo en su adolescencia por sus continuos desprecios. Quizás esa fuera la causa de su incapacidad para acercarse a cualquier hombre de forma afectiva.

—Creo que no soportaba no haber tenido hijos en lugar de hijas —dijo—. Tres en total. Yo era la más pequeña y siempre la tomaba conmigo, mucho más que con mis hermanas. Me insultaba llamándome gorda, fea, adefesio y cosas peores que no quiero recordar. A mi madre también la maltrataba psicológicamente, haciéndola sentir una inútil y quejándose por cualquier cosa que no fuera de su gusto: que si había comprado lo más caro, que la verdura que había traído estaba podrida, que no sabía planchar sus camisas, que no sabía sacarles las manchas, que si la comida era salada o sosa, o estaba fría. Y además era muy celoso. No consentía que mi madre se enredara hablando con las vecinas o saludara a alguien conocido por la calle cuando iba con él, sobre todo si era un hombre. "¿Y tú por qué saludas a ese tío con tanta alegría? ¿Qué quieres que piense, que te lo quieres ligar? Pareces una golfa de tres al cuarto. Haz el favor de comportarte, que tu marido soy yo y tú no tienes que mirar a nadie más. ¿Te enteras?".

Esto le dijo, me contó, una vez que iba con ellos por la rambla de paseo y se encontró con un antiguo compañero de trabajo y se paró a saludarle.

—Menos mal que mi madre ha tenido la suerte de que mi padre se cansara de ella y se marchara con otra. Con el tiempo, podría haberle pasado lo mismo que a la tuya —continuó—. Se marchó de casa cuando yo tenía diecisiete años y nunca más hemos vuelto a saber de él. Ni ganas. Solo durante los primeros meses después de su marcha llamaba de tanto en tanto para saber de sus hijas y decir que pensaba irse a Argentina a montar un negocio de restauración, pero después ni mis hermanas, ni mi madre, ni yo hemos sabido una palabra de él ni de dónde está, si es que vive. Apenas ya pienso en él.

Ver que otra persona había tenido con su padre la misma relación que yo, de pequeña, me produjo alivio. Seguramente con Maribel su padre había sido más cruel que conmigo el mío. De papá, recuerdo que me regañaba sin motivo, pero no que me insultara. Saber estas cosas de Maribel me hizo entender mejor su carácter retraído y pendiente de la vida de los demás más que de la suya propia. Era una persona insegura y no se atrevía a vivir la vida con intensidad. Esa inseguridad se la había causado su padre y ya era hora de que acabara con ella. Me acordé de la tarjeta de Susan y la fui a buscar para dársela.

—Te repito lo que te dije el otro día —le dije mientras se la ofrecía—. Te conviene contar todas esas cosas a un profesional que te ayude a superar todos esos traumas enquistados. ¿Por qué no llamas a esta psicóloga o a cualquiera que conozcas y tratas de superar el pasado? Por lo que me cuentas, todavía pesa mucho en tu presente. Lo noto en la emoción que expresa el tono de tu voz. Si hasta tienes los ojos húmedos, como si estuvieras a punto de llorar.

—¡Ay, Laura! Quiero decir, ama Laura —respondió, sin poder contener unos lagrimones que resbalaron por sus mejillas—. Tienes razón.

—Hoy no quiero que me llames ama. Ya seré tu ama en otro momento. Hoy eres mi vecina. Mi amiga, la vecina Maribel.

—¡Gracias, Laura! ¿Cómo puedes andar preocupándote de mí con lo que te ha pasado? Eres muy generosa. Nunca nadie me ha tratado con tanto cariño.

—¡Va! No digas tonterías. Seguro que hay mucha gente que te aprecia.

—Sí que me aprecia gente. Las compañeras de trabajo, por ejemplo. Pero soy tan cerrada que no dejo que salga nada de mí delante de ellas y todos acaban pensando que odio a todo el mundo, cuando no es verdad. Solo es una coraza de autoprotección que no sé cómo quitarme de encima. Me da miedo el rechazo y antes de que me rechacen los otros hago lo imposible para que nadie se acerque a mí. Los rechazo yo. Pero contigo es diferente. Conoces de mí cosas que nadie sabe y no solo me has visto desnuda de cuerpo, sino también de alma. Me siento muy ligada a ti y muy a gusto, y deseo que sigas controlando mi vida. Me proporcionas seguridad.

—No quiero controlar tu vida en eso. Solo es un consejo que te doy porque creo que puede irte bien, pero tienes que decidirlo tú y nadie más que tú.

—Lo haré. Te prometo que llamaré a la psicóloga. Confío en lo que me dices. Y si es tan buena, seguro que me ayudará, aunque solo sea un poco. Me gustaría tanto ser como tú, tan decidida y tan inteligente, aparte de tan guapa. Eres preciosa.

—Pues tú no estás nada mal. Tan solo te sobran unos kilos, pero tienes una figura espléndida. Y de tus voluminosos y sensuales pechos, no digo nada.

—Pues yo no me sé ver así como dices. Siempre he pensado que soy fea y deforme; una solterona vieja y rechoncha.

—¡¿Cómo que vieja?! ¡Si eres más joven que yo! Y tienes toda una vida por delante. ¡Agárrala por los cuernos!, que después lamentarás no haberlo hecho. Y lo de rechoncha tiene remedio si te cuidas un poco.

—Procuraré hacerlo, ya lo verás. Voy a cambiar. Tengo que hacerlo y... Bueno, no te quiero entretener más, que tendrás cosas que hacer.

—Una cosa más quiero que hagas por mí. Y esto sí es una orden de tu ama. Quiero que te depiles la zona de ahí abajo. ¡Completamente! Que eso sí que no me gusta de ti. El otro día, me enredaba con tu mata de pelo y tuve dificultades para acceder a tu sexo. Esto no puede volver a pasar. Quiero el camino expedito. ¿Entendido?

—¡Sí, mi ama Laura! Ahora mismo voy a depilarme, a ver si me acuerdo de cuando era esteticién. Al salir del instituto, trabajé dos años en el negocio de mi hermana mayor y aprendí a depilar cualquier parte del cuerpo. Y según decían las clientas, lo hacía muy bien. De hecho, la mayoría me prefería a mí si se tenían que depilar las zonas más difíciles. Mi hermana estaba rabiosa conmigo. Me voy ya. ¡Adiós, mi ama!

—¡Hasta pronto! ¡Ha sido un placer tu visita! Nos vemos un día de estos, cuando esté más animada, que todavía estoy tocada.

"¡Bueno!", pensé cuando se marchó. "Por lo menos ya he tenido ánimos para dar una orden como ama a Maribel. Quizás estoy empezando a salir del pozo y vuelvo a ser la de antes de esta tragedia. No quiero forzar las cosas, pero tengo que animarme como sea. Si la semana que viene no he mejorado, seré yo la que vaya al psicólogo. Y ya no puede ser Susan después de lo que hemos compartido juntas. Esperaré un poco a ver qué pasa...".

Pero no mejoré hasta seis meses más tarde. Muy por el contrario: caí en una depresión que me consumió el alma. Solo las pastillas que me recetó un psiquiatra, al que me llevó Daniel, me permitieron continuar haciendo mi trabajo de abogada como si fuera una autómata. Las sesiones semanales con la psicóloga que el psiquiatra me recomendó parecían no tener ningún efecto en mi ánimo. Me despreciaba por no haber sido capaz de darme cuenta de la situación en que vivía mi madre desde que me fui de casa para casarme con Daniel. Repasaba una y otra vez las conversaciones por teléfono con mi madre para descubrir frases sueltas a las que no había prestado atención, pero que desde la perspectiva actual adquirían un nuevo significado...

—Por aquí todo sigue igual. Tu padre como siempre, ya sabes cómo es. A veces...

—¿A veces qué?

—No, nada especial, que llega muy nervioso del trabajo. Su jefe le presiona mucho y no siempre está contento. Pero estamos bien. No te preocupes por nosotros. Tú trabaja duro, que ya verás cómo te haces una abogada famosa. Eres más inteligente que tu hermano, que dejó los estudios y solo ha conseguido una plaza de administrativo en el ayuntamiento. Bueno, por lo menos pueden vivir dignamente. Entre su sueldo y el de su mujer, tu cuñada Lina.

¡Nervioso! Nervioso significaba tenso; y tenso, enfadado; y enfadado, agresivo; y agresivo, peligroso. Pero yo había eludido llegar a esta conclusión en su momento. No había querido preocuparme, no había preguntado más, no había insistido. Me había conformado con la versión suave de sus palabras. Pero en el fondo, sabía que las cosas entre mis padres no iban bien y no quería que sus problemas alteraran lo más mínimo mi tranquila vida con Daniel. Por eso y solo por eso no había hecho las deducciones lógicas que sus frases inacabadas implicaban. Y si las había hecho, las había hundido en mi inconsciente. Había hecho un esfuerzo autorepresivo. Yo tenía la culpa del suicidio de mi padre después de que casi matara a mi madre. Yo tenía la culpa de todo.

Y cuando había ido a visitarles por Navidad o por vacaciones, no había querido indagar en su vida diaria. Me había conformado con sus cumplidos, con sus atenciones para con nosotros, y me había creído la versión educada que mostraba mi padre frente al mundo de un matrimonio maduro bien avenido, cuando en el fondo de mi mente sabía que no era verdad, que todo era una comedia representada durante unos días ante nosotros, que éramos su público, pero que, cuando nos fuéramos, mi padre volvería a ser como siempre había sido y volvería a tratar a mi madre como a una fregona.

No paraba de dar vueltas a los mismos pensamientos una y otra vez.

Me desprecié de la peor manera posible durante todo ese tiempo y suerte tuve del apoyo constante que recibí, sobre todo de Daniel, pero también de Cristina, de Raquel y de Susan. Con Raquel, salía a comer todos los días; y con Cristina y Susan, el primer jueves de cada mes. Todas intentaban animarme de mil maneras, pero yo me sentía incapaz de volver a ser la misma de antes. Maribel venía de tanto en tanto a hacerme compañía por las tardes con sus pastas y su termo de té. Me contó lo bien que le iba con sus sesiones de terapia con Susan cada quince días y que cada vez la veía mucho más segura y animada. Un día, caí en la cuenta de que se había adelgazado un montón y que estaba guapísima. Su mirada era de satisfacción para consigo misma.

En el terreno sexual, perdí el apetito, pero Daniel no me lo reprochó en absoluto. Casi cada noche me daba un masaje para relajarme y conseguir que pudiera dormir plácidamente. Siempre me dormía entre sus brazos y sus brazos fueron el asidero que me impidió caer más hondo en el pozo de mi angustia.

Solo al final de ese período, en una sesión de terapia con mi psicóloga, empecé a ver las cosas de otra manera. No recuerdo exactamente qué fue lo que me dijo, pero empecé a reaccionar. Comencé a aceptarme tal como soy: una persona en parte egoísta por desear vivir la vida intensamente, pero también generosa con los demás por desear que ellos también fueran felices. No era la única culpable de lo que había pasado. Si mi madre hubiera sido más explícita, seguro que habría corrido a apoyarla y no habría dudado en renunciar a parte de mi independencia con tal de que se viniera a vivir con nosotros. Y Daniel habría estado de acuerdo. Si no había hecho más, había sido por ignorancia. Tan solo tenía que estar más atenta en el futuro a las señales de alarma de mi (SUSTITUIR POR: mí) alrededor. Yo no era una persona egocéntrica al ciento por ciento, sino una mezcla de ambas cosas en una medida bastante corriente.

Aquella tarde, llegué a casa con otra sensación y en menos de una o dos semanas volví a ser la de siempre, pero mucho más madura.

Capítulo 19

El sábado al mediodía, salimos a comer una paella Daniel y yo. Y en la sobremesa, saqué del bolso los papeles que había guardado tanto tiempo sin desear echarles ni un vistazo.

—Daniel —le dije—, vamos a revisar esto de una puñetera vez, a ver si reanudamos nuestra vida de antes de que pasara todo. Ya no quiero seguir torturándome más y tú me sigues necesitando como yo te necesito a ti. Me sabe muy mal haberte dejado aparte durante todo este tiempo, pero no era capaz. Pero ya está. Se acabó el duelo. Volvamos a empezar.

Daniel sonrió como hacía tiempo y me cogió la mano con agradecimiento.

—Veamos cuáles son tus gustos y tus disgustos…

Contestar la siguiente encuesta sobre prácticas aceptadas y deseadas por el sumiso

Muy deseadas y aceptadas = 1

Deseadas y aceptadas = 2

Aceptadas pero poco deseadas = 3

No aceptadas = 0

Adoración del ama con la boca y con la lengua

Besar y chupar los pies: 1

Besar y lamer su sexo: 1

Besar y lamer sus pechos: 1

Besar y lamer su culo, e introducir la lengua en su ano: 1

Besar y lamer todo su cuerpo sin excluir ninguna parte de las señaladas anteriormente: 1

Azotes

Con la palma de la mano: 1

Con fustas y *floggers*: 1

Con palmetas de cuero o de madera: 1

Con látigos no rígidos: 1

Con látigos rígidos muy dolorosos: 3

Con cañas de bambú o varas de abedul: 2

Con instrumentos que dejen profundas marcas en el cuerpo: 0

Otros castigos

Privación sensorial: ser privado de visión con un pañuelo o máscara, y/o tapar los oídos con un tapón de cera: 1

Llevar una máscara humillante durante las sesiones de disciplina: 2

Masturbarme delante del ama en cualquier momento del día por orden suya: 1

Recoger mi semen con la lengua después de haberme corrido, ya sea de su vagina o de cualquier otro lugar: 2

Ser suspendido con correas sujetas a las muñecas o los pies durante las sesiones de castigo: 2

Llevar bozal durante las sesiones de dominación: 2

Permanecer arrodillado por mucho tiempo: 2

Ser recluido en una habitación por horas: 2

Ser inmovilizado con ataduras o sujetado con correas a una cruz u a otro lugar por largo tiempo: 1

Ser privado de satisfacción sexual por x días, semanas o meses (Tachar la opción no deseada): 2

Llevar cinturón de castidad por orden del ama durante el día o la noche: 1

Ser penetrado con un *plug* anal y retenerlo durante horas: 1

Ser penetrado por el ama con un pene artificial sujeto o no a un arnés: 1

Aceptar que el ama me castigue atando fuertemente los genitales con cordones o correas, o que me flagele el pene y los testículos sin poner en peligro su integridad: 1

Castigo con denegación de orgasmo u orgasmo arruinado (dejar de estimularme en el momento justo antes de la eyaculación con tal de hacerlo con mínimo placer y total frustración): 2

Castigos con cera: 2

Castigos con hielo: 3

Castigos con fuego que dejen marcas permanentes en el cuerpo: 0

Ser privado de poder fumar o beber alcohol por orden del ama: 2

Ser humillado por el ama con insultos y desprecios: 2

Ser feminizado por el ama durante las sesiones de disciplina como un factor más de humillación: 1

Llevar ropa interior femenina para dormir o durante el día como castigo por faltas cometidas o por capricho del ama: 1

Ser pinzado por el ama en los pezones y en los genitales: 1

Ser castigado con agujas que atraviesen los pezones o la bolsa de los testículos: 3

Aceptar lavativas como castigo o por higiene previa a la penetración anal: 1

Aceptar la lluvia dorada del ama (y tragar su orina) (Añadido): 1

Degustar o comer sus heces: 0

Ser castigado a realizar trabajos domésticos o de otra clase por orden del ama: 1

Anillado o *piercing*: 2

Hacerse un tatuaje por orden del ama: 2

Ser marcado por el ama: 3

Otros castigos deseados. Indicar cuáles: (cualquiera que se le ocurra) (Añadido): 1

Exhibicionismo y relaciones con terceros

Publicar fotos o vídeos de mis sesiones de disciplina en páginas de Internet dedicadas al BDSM sin que se me pueda reconocer o al descubierto: 1

Ser exhibido ante otras personas por mi ama: 1

Participar en sesiones privadas de dominación junto a otras personas: 1

Ser prestado o cedido por mi ama a otras dóminas: 2

Participar como sumiso en público en clubes BDSM: 2

Aceptar que mi ama tenga contacto sexual con otras personas, sean sumisas o no: 1

Observar como cornudo las relaciones de mi ama con otros hombres o mujeres: 1

Ser obligado a tener relaciones con otros hombres o con travestis delante de mi ama: 2

—¡Vaya! —dije después de leerlo—. Casi todos son unos y tan solo cuento: uno, dos, tres ceros. A ti te gusta todo, y si no te gusta, lo aceptas casi todo.

—Es lo que hay —replicó Daniel—. Deseo que me hagas sentir tuyo de todas las maneras posibles.

—Hasta deseas que te haga la lluvia dorada. Eso no sé si me saldrá. Cuando estoy excitada se me pasan las ganas.

—Pues es una lástima, porque no sabes cómo me gustaría que te derramaras en mi boca. Sería la máxima demostración de entrega que podría ofrecerte y, beberte, me haría sentir lleno de ti. Seguro que te suena raro, pero lo siento así.

—Bueno, ya veremos. Y... ¡hasta estás dispuesto a tener sexo con otros hombres o con travestis por orden mía!

—Sí. Con tal de complacerte, cualquier cosa... o casi. Lo de las heces, no. Esto sí que es un límite infranqueable, por razones de salud sobre todo. No quiero coger una salmonelosis o cualquier infección.

—¿Y la orina te parece más sana?

—He leído que la orina es tan peligrosa como la saliva y nunca he tenido aprensión por besarte.

—De esto antes tengo que cerciorarme yo. Bien, de acuerdo. Ya sé cuáles son tus límites. Vamos con el contrato, a ver qué modificaste.

Contrato de dominación-sumisión entre ama Laura y el sumiso Daniel

1. Solo te correrás cuando yo te lo permita y si te he castigado a no correrte durante determinado período, deberás cumplir el plazo en su totalidad. Jamás te levantaré un castigo acordado por lástima o compasión.

2. Te llevaré al límite de tu resistencia y después te denegaré correrte. Si no consigues contenerte,

serás castigado alargando el tiempo de corridas futuras. Si lo considero oportuno con la finalidad de vaciarte tras un largo período de abstinencia, puedo hacer que te corras sin placer mediante la técnica de arruinar el orgasmo (parar la estimulación justo después de llegar al punto de no retorno).

3. Cuando yo lo decida, lamerás y te tragarás tus propios fluidos. Así me demostrarás tu absoluta sumisión y obediencia.

4. Me harás masajes en los pies y en todo el cuerpo siempre que te lo pida.

5. Te azotaré siempre que quiera para demostrarte quién manda o lo considere conveniente para castigar conductas inadecuadas. Algunos azotes pueden ser verdaderamente dolorosos para enmendar conductas reincidentes.

6. Tu primera obligación es proporcionarme el máximo placer sexual y, por tanto, lamerás y tocarás cualquier parte de mi cuerpo que me lo proporcione, especialmente mis tetas, mi coño, mis pies y mi culo.

7. También deberás cumplir todas las tareas domésticas o de otra clase que te ordene. Si no las cumples, serás castigado con el fin de enmendarte.

8. Siempre que tengamos una sesión de dominación, me darás el trato de ama o señora. Ejemplo: "Sí, señora", "Sí, mi dueña", "Gracias, mi ama", etcétera.

9. También te puedo obligar a llevar cinturones de castidad o *plugs* anales, ropa interior femenina, etcétera, siempre que lo crea oportuno con tal de demostrarme tu total sumisión.

10. Si follamos, la mayoría de las veces seré yo quien te folle a ti y a mi ritmo a no ser que me ape-

tezca lo contrario. También follaré tu culo siempre que me apetezca utilizando o no el arnés, o te obligaré a que seas tú mismo quien se sodomice con un dildo y al ritmo que te marque.

11. Puedo usar cualquier otra técnica de dominación, tales como vendarte los ojos, inmovilizarte, ponerte pinzas en los pezones o genitales, atarte fuertemente los genitales para que no te empalmes o te sea imposible eyacular, ordenarte vestirte con la ropa que yo quiera, feminizarte (tratarte como a una puta), sodomizarte, lluvia dorada, etcétera.

12. Tengo derecho a entregarte a otras personas para que te dominen con o sin mi presencia y a tener yo las relaciones sexuales con quien me apetezca y tú deberás aceptarlas aunque te pongas celoso.

13. Deberás hacer lo imposible para ofrecer el mejor aspecto físico ante tu ama para que le plazca verte desnudo. Acudirás al gimnasio tres veces por semana como mínimo, comerás de forma razonable y llevarás tu cuerpo totalmente depilado, especialmente la zona genital. Si te descuidas en este punto, serás castigado con dureza.

14. Tus obligaciones domésticas como sumiso son: limpiar u ordenar, etcétera (Concretar obligaciones).

15. Cuando no puedas aguantar el dolor de un castigo, dirás la palabra *rojo* y yo pararé inmediatamente. Si dices la palabra *amarillo*, sabré que estoy llegando al límite de tu resistencia, pero que todavía no lo he sobrepasado y puedo seguir con la misma intensidad si lo considero oportuno.

Contrato firmado en... día... mes... año...

Fdo.: El ama   Fdo.: El sumiso

—Veo que has añadido lluvia dorada a la lista de humillaciones y castigos, y que has sumado dos apartados más.

—Exacto. El punto 14, lo he puesto para tener claro a qué atenerme. Creo que deberías concretar cuáles son exactamente mis obligaciones, porque yo muchas veces no veo la necesidad de hacer algo que para ti es importante y, también, para no solaparnos en las tareas del hogar. ¿O quieres que me encargue de todo?

—No, claro que no. Si tú no trabajaras y yo sí, sería lo apropiado, pero en nuestro caso trabajamos los dos y lo correcto es compartirlas. Veamos, tú puedes encargarte de los baños, el dormitorio, el garaje, el coche, de la lavadora y de planchar; y yo de la cocina, la sala de estar, los pasillos, el cuarto de invitados, de las plantas y también de la compra. De la cena, nos ocuparemos los dos por turnos o el que esté menos atareado aquel día. ¿De acuerdo?

—Por mí, sin problema, aunque me tendrás que dar cuatro instrucciones sobre cómo planchar tus blusas, porque podría quemarlas.

—Las blusas, ni las toques, que son de una tela muy fina. Ya las plancharé yo. Y tampoco metas en la lavadora los jerséis de lana, que se encogen. O los lavas a mano o me preguntas antes de hacer un desastre. Y no te descuides en esas cosas, que vas a cantar *amarillo* un buen rato, y no me refiero a *Yellow Submarine*, precisamente. Ya me entiendes.

—Lo dices por el apartado 15. Lo he puesto como medida de seguridad. ¿Te parece bien?

—En principio, sí, aunque preferiría: "No puedo aguantar más, mi ama" o: "Estoy llegando al límite, mi ama". Me parece más natural que ese semáforo en ámbar a punto de pasar al rojo.

—Pues lo cambio y listo. Había puesto estas palabras porque son las clásicas palabras de seguridad en el BDSM, pero ningún problema.

—Solo queda añadir los deberes acordados, y me refiero a los tuyos, y cambiar el punto 15. En cuanto a los deberes, tienes que tener claro que los puedo modificar en cualquier momento o te puedo añadir otros, e incluso todos si no cumples con tu parte correctamente. Esto supongo que te queda claro.

—Sí, por supuesto. ¡Clarísimo!

—Nos hemos olvidado de quién hace la cama, y seguro que adivinas quién tiene la tarea encomendada.

—No hace falta que lo digas. Yo.

—Espero no encontrar ni una arruga nunca, porque, de lo contrario, ya te lo puedes imaginar. Ya puedes tener la libreta de castigos siempre a mano, que te voy a controlar mejor que la más exigente ama de llaves.

—La tendré a punto. Espero no rellenarla demasiado rápido.

—Otra cosa. ¿Cómo andamos de material erótico y de castigo? ¿Te paraste en el sex-shop el día de mi marcha, como tenías intención de hacer?

—No, no lo hice. Los acontecimientos de aquel día no me dejaron tener la cabeza ocupada en esas cosas y, después, no he querido adelantar acontecimientos hasta que te sintieras con ánimo de reanudar nuestra relación de ama-sumiso.

—Sí, supongo que no era para menos. Pero hoy podemos pasarnos en cuanto salgamos de aquí. Creo que está abierto hasta las 8.30 o las 9. No recuerdo.

—Pues, pagamos y nos vamos. Ya son las 4.30, y entre que nos traen la cuenta, cogemos el coche y aparcamos, ya tendrán abierto. No sabes lo feliz que me hace verte por fin así de animada. Me has tenido muy preocupado estos últimos meses. Parecía que no ibas a salir nunca de ese pozo oscuro en el que estabas. Y yo no sabía cómo ayudarte.

—Yo también me siento muy aliviada, y por supuesto que me has ayudado. Quizá no te lo he sabido expresar, pero has sido mi asidero durante todo este tiempo. Sin tu amor, no habría podido salir. Te he notado cerca todo el tiempo. Eres un sol de hombre y te quiero mucho, aunque a veces no te lo sepa demostrar.

—¡Venga, va! Vamos a dejarnos de sentimentalismos, a ver si aprovechamos la tarde.

—¡Mira!, el camarero. Hazle una señal a ver si nos ve, que esto está petado y fíjate la hora que es y todavía hay mesas esperando.

En menos de una hora, estábamos frente al sex-shop.

—Venga, pasa delante, Daniel, que yo te sigo.

Al entrar, vi a la dependienta que me había atendido la última vez hablando con una pareja joven y empaquetando un estuche de vibradores bastante completo. A nosotros se nos acercó un señor mayor para preguntarnos qué deseábamos comprar. Seguramente, el dueño de la tienda.

—¿Desean algo los señores? Les puedo mostrar todo tipo de artículos eróticos y ropa sexy. Estoy a su entera disposición.

—Muchas gracias —respondí—, pero, si no le importa, preferimos que nos atienda esa chica. Es que la conozco de otras veces y tengo confianza con ella. No le molesta, ¿verdad?

—Por supuesto que no. En absoluto. En poco rato estará con ustedes. Esos clientes ya están pagando sus compras. Hemos tenido un problema con el lector de tarjetas de crédito, pero ya está resuelto. Una mala conexión, parece. Miren, ya viene hacia aquí.

—Buenas tardes, señores. ¿Les puedo orientar en algo?

Me sorprendió que nos saludara tan formalmente. Parecía no acordarse de mí.

—Buenas tardes. Yo soy Laura y mi acompañante es mi marido Daniel, mi sumiso. Hace unos meses usted, Judith, me aconsejó muy bien sobre unos artículos y queríamos…

—Me acuerdo perfectamente de usted, pero siempre disimulo cuando alguien conocido entra con alguien que no conozco. No quiero poner a nadie en apuros y descubrir sus antecedentes en ese tipo de tienda ante terceros; pero si usted se delata como antigua clienta, ya me doy cuenta de que su pareja es cómplice de sus gustos.

—Estaríamos más cómodos si nos tuteáramos. ¿Le importa?

—No, por supuesto. Pasad por aquí y os muestro lo último que nos ha llegado en el tipo de artículos que me imagino deseáis ver. Fijaros en ese collar de cuero con anillas para sujetarlo con una cadena y con esas cadenitas colgantes acabadas en pinzas ajustables para los pezones; o esas muñequeras y tobilleras acolchadas en el interior, con anillas para adosar un mosquetón; o esos brazaletes para atar los brazos a la espalda. Se colocan en la parte superior del brazo y con las cuerdas, en zigzag, se pueden acercar más o menos los codos entre sí. La sumisa o el sumiso queda completamente inmovilizado de la manera que se ve en la foto de la caja. La que hay detrás.

—Bueno, nosotros veníamos a por *plugs* anales y a por una vara de castigo. Y también queremos pinzas para los pezones y para los genitales. Quizá, también algo de lencería.

—Pues vamos por partes. Aquí atrás tenemos los *plugs*. Pasad y los veis más de cerca. Yo os recomiendo ese estuche con cuatro tamaños diferentes. Así, tu marido... Daniel, me has dicho, ¿no?...

Daniel asintió.

—Decía que tu marido irá dilatando su ano progresivamente, sin riesgo. Bueno, eso si todavía no lo tiene dilatado.

—No, todavía es virgen. Por problemas familiares, hemos tenido que posponer nuestros juegos hasta hoy. Por eso no hemos venido antes.

—¡Ay, lo siento! Espero que ya se hayan solucionado.

—Sí, gracias, Judith. Ya todo ha vuelto a la normalidad y queremos recuperar el tiempo perdido. Creo que ese estuche será perfecto. Nos lo quedamos.

—Muy bien. Pues vamos a por las varas de castigo. Estas de ahí son de una madera muy flexibles: rattan. Es una planta de la India. Y estas otras son de abedul. Cualquiera vale, pero se deben usar con precaución si no se quiere lacerar la piel. Lo mejor es empezar suavemente e ir aumentando la intensidad poco a poco hasta el límite deseado. Se sabe por las marcas que dejan sobre la piel. Si aparecen gotitas de sangre, uno se da cuenta de que se está sobrepasando. Después, cada cual hace lo que quiere, pero mi consejo es no llegar a este extremo, a pesar de que el sumiso pida más.

—Nos llevaremos una de cada y así probaremos la diferencia. ¿No te parece, Daniel?

—Sí. Por mí, de acuerdo —respondió Daniel un poco azorado.

—Faltan las pinzas. ¿Qué tal esas de la vitrina inferior? Se pueden ajustar con ese tornillo que llevan. Cuanto más se desenrosca, más aprietan. ¿Las queréis con cadena o sin?

—Con cadena mejor. Así se puede tirar de ellas con la mano. De una en una o las dos al mismo tiempo.

—Siempre estás a tiempo de retirar la cadena con unos alicates.

—Mejor nos pones cuatro y así Daniel podrá llevarlas en los pezones y en los testículos.

—Buena idea, pero para los testículos recomiendo estas otras, que son algo más fuertes. La piel del escroto es menos sensible que la de los pezones. Y quizás os pueda incluir esos pesos para colgar de las pinzas y aumentar el castigo.

—Creo que no es mala idea. Y ya que estamos y considerando que no hemos gastado nada durante seis meses, hoy vamos a tirar la casa por la ventana. También nos llevaremos esas muñequeras y esas tobilleras de las que nos has hablado al principio. Y… el collar con cadenitas.

—Perfecto. Así me gustan los clientes: con decisión y con ganas de probar cosas nuevas. ¿Qué os parece si pasamos a la sección de ropa sexy? Tengo auténticas maravillas.

—Pasemos —respondí, mientras Daniel estaba como pasmado viendo mi desenvoltura con la dependienta y mis ganas de recuperar el tiempo perdido. Seguro que se relamía de gusto anticipando el momento en que utilizaría todos esos artilugios con él.

—Aquí tenéis la sección de disfraces de motivo erótico: demonios, colegiala, enfermera, criada francesa, policía, bombero, azafata... Hasta de Drácula. Estos otros son de *drag queen* y ese colgado de ahí, de *cat girl.* Los que no tenemos y figuran en el catálogo se pueden encargar y en unos cinco días están aquí.

—Bueno, me llama la atención ese de criada francesa. Creo que te hará sentir muy bien hacerme de criada de tanto en tanto. Hasta creo que será tu uniforme obligatorio para realizar las tareas del hogar —dije, mientras interrogaba con la mirada a Daniel—. El uniforme te puede ayudar a meterte en tu rol. ¿No crees, Daniel?

—Supongo —respondió Daniel, más rojo que un tomate.

—Pues entonces conviene que te pruebes uno para ver si te va bien la talla —dijo Judith—. Voy a sacarte el que creo que te irá. ¡Por cierto!, el complemento ideal para ese disfraz son esos zapatos de tacón con hebillas que se atan con un candado y así el sumiso no se los puede quitar hasta que el ama no los abra. Tenemos tallas grandes.

—Venga, Daniel, no te quedes ahí parado. Vete a probar este uniforme que acaba de sacar Judith y después nos lo enseñas a ver qué tal te va. Mientras te cambias, yo te traigo los zapatos.

—Al cabo de un rato, Daniel estaba vestido con su traje de criada y calzado con sus zapatos de tacón, y la dependienta y yo lo estábamos observando desde el exterior del probador.

—Se te ve muy bonita —dijo la dependienta—. Pareces una auténtica criada francesa del siglo XIX, aunque un poco descarada con esa falda tan corta y este escote tan pronunciado. La cofia y el delantal blancos le caen genial, y esos encajes alrededor del escote son divinos —añadió, dirigiéndose a mí—.

Y las medias de rejilla le hacen unas piernas muy sexis. Si no le miras a la cara, parece una auténtica chica. Solo le falta una peluca. Voy a traer algunas, a ver qué tal le lucen.

Un minuto más tarde:

—¡Ya estoy aquí de vuelta! A ver, pruébate esta rubia... Bueno, no está mal, pero quizá demasiado larga. Te tapa la parte desnuda de la espalda y le resta *glamour* al uniforme. Prueba con esta morena de estilo charlestón... ¡Mucho mejor! ¿No te parece, Laura?

—Sí, no sé... Creo que sí, pero nos llevamos las dos para tener más variedad.

Daniel seguía perplejo y no sé si le gustaba o no la situación en que se encontraba. Por mi parte, decidí dar una vuelta de tuerca más.

—A ver, sal de ahí, que queremos ver cómo te mueves con esos zapatos por la tienda. A que sí, Judith...

—¡Segurísimo! ¡Venga! Sin vergüenza, que no hay nadie más que nosotras. El otro señor que os ha atendido antes ya se ha marchado.

—¡Pero me va a ver cualquiera que entre en la tienda! —respondió Daniel, alarmado.

—¿Y qué pasa si te ven? —le contradije—. No llevas nada indecente. Solo es un disfraz y, además, estás irreconocible con esa peluca. Si quieres, te dejo las gafas de sol para que te sientas más a gusto.

—Sí, por favor. Déjamelas, que me las pongo antes de salir ahí fuera.

A continuación, Daniel desfiló a todo lo ancho y largo de la tienda, dando algún que otro traspié por culpa de los altos tacones que se había calzado, a los que no estaba en absoluto acostumbrado, y por lo poco que veía con las gafas de sol en un lugar iluminado con una tenue luz ambiental.

—¡Te sienta fenomenal! Justo de tu talla. ¡Y estás cañón! —dije justo en el momento en que entraban dos hombres de unos cuarenta años, que se quedaron boquiabiertos observando la escena.

—¡A que les gusta esa chica vestida de criada! —expresó la dependienta, dirigiéndose hacia ellos, al tiempo que me guiñaba un ojo.

—Es una monada —respondió el que parecía más decidido, mientras el otro esbozaba una sonrisa nerviosa.

—¿Quieres que siga provocándolos? —me preguntó en voz baja la dependienta—. Puede ser divertido. Ya son casi las 7 y voy a bajar la barrera para que no entre nadie más.

—¿Puedes hacerlo? ¿Qué te dirá el jefe si sabe que has cerrado antes de tiempo?

—Yo soy mi propia jefa. El otro señor que habéis visto es un tío mío que se ha quedado sin trabajo y me ayuda los sábados, que es cuando entran más clientes. El negocio es mío y de mi marido.

—Pues entonces ¡adelante! —contesté excitada—. Provócales a ver cómo reaccionan.

—Ahora vuelvo. Ya verás cómo se calienta el ambiente. Estamos solo nosotros cuatro, y estos parecen con ganas de cachondeo. Los conozco y son buena gente. Miguel y Pedro se llaman, y siempre andan bromeando conmigo.

Al rato, volvió hasta donde yo estaba y, enlazando su brazo a mi cadera, les dijo:

—¡A que os gustaría tocarle el culo a esa criada! Lleva unas braguitas diminutas y está muy cachonda.

—¡Sí! —repliqué yo, sumándome—. ¡Es una zorra caliente con ganas de polla!

Yo misma no me podía creer lo que acababa de decir y Daniel me miró estupefacto y como preguntando cómo debía comportarse.

—Punto 12, Daniel. Punto 12.

Daniel me indicó con la mirada que se había enterado de qué hablaba y bajó la cabeza con resignada sumisión.

—Usted es su ama, ¿verdad? —preguntó el mismo hombre que había hablado anteriormente, dirigiéndose a mí.

—Sí —contesté—, soy su ama, y él, o mejor dicho, ella, hace todo lo que le ordeno. Se llama Daniela y desea que le toquéis el culo los dos.

Los dos hombres se situaron a ambos lados de Daniel y empezaron a sobarle el culo por debajo de la cortísima falda.

—¡Uy! Qué culo más caliente tiene esa chica, Miguel. ¿Lo notas?

—Sí, Pedro, está buenísima. Y creo que está excitadísima.

—Sí, tienes razón. ¡Fíjate cómo le abulta el clítoris por delante! Si parece que tenga polla.

—¡A que os gustaría que esa zorra os la chupara! —apostó Judith.

—Nos volvería locos —respondió esta vez el que había hablado menos, Miguel.

—¡Pues ¿a qué esperáis?! ¡A sacar vuestras pollas! Daniela lo está deseando. ¿No es verdad, Daniela? —pregunté yo.

—¡Sí, mi ama! Deseo hacer todo lo que me ordenes.

—Pues ponte de rodillas y agarra la primera polla que salga de esas braguetas, que ya se las están desabotonando.

—¡Sí, mi ama!

—Me estoy poniendo caliente, Laura, con esta escenita —me susurró Judith al oído—. Yo no pretendía llegar tan lejos, pero veo que tienes un sumiso muy obediente al que le encanta cumplir tus órdenes. Su deseo de servirte es muy poderoso.

—A mí también me excita ver a mi marido vestido de criada zorrona y a punto de comerse dos pollas. Y, por lo que veo, no hace ascos. Mira con qué ganas ha agarrado la del tal Pedro.

—¡Chupa, Daniela! ¡Chupa! Que queremos ver cómo lo haces —le animó Judith.

—¡Trágatela más! Que así no notas lo grande que es. ¡Abre bien la boca! ¡Eso está mejor! —agregué.

—Más ritmo, Daniela, más ritmo, que a los hombres les gusta que se lo chupen rápido —añadió Judith.

—Esta puta me va a hacer correr —gritó Pedro, mientras arqueaba la espalda, tensaba todo su cuerpo y contraía el rostro, pero Daniel se separó de él para evitar que se corriera en su boca.

—¿Qué demonios haces, Daniela? ¿Te he dado permiso para que pararas? —inquirí con tono enfadado—. ¡Vuélvetela a meter en la boca y no pares hasta que ese tío se corra dentro! Después la escupes y empiezas con el otro, que ya la tiene a punto.

—¡Sí, mi ama! —respondió Daniel, y reanudó la mamada.

Pedro tardó otros dos o tres minutos en volver a tensarse como antes y, a continuación, se corrió abundantemente en la boca de Daniel, gimiendo durante un buen rato.

—¡Venga!, escúpela y sigue con Miguel... ¡Ostras! ¡Esta polla sí que es grande! —dije sorprendiéndome al verla, porque hasta el momento estaba al otro lado de Daniel, pajeándose, mientras esperaba que le llegara el turno después de su amigo.

Yo apenas había podido verla; la cabeza de Daniel moviéndose rítmicamente no me había permitido apreciarla de forma completa.

—¡A ver cómo te tragas eso, Daniela! —exclamé, mientras me acercaba a ellos, incapaz de resistir la tentación de tocarla con mis manos y apreciar mejor su verdadero tamaño.

Me situé al lado de Miguel y, agarrando aquel pedazo de verga sin pedirle permiso, la puse en los labios de Daniel, que al instante abrió la boca cuanto pudo y empezó a chuparla con dificultad. A pesar de tenerla metida hasta el fondo de su garganta, todavía sobresalía de su boca todo el trozo que agarraba con mi mano derecha y la bombeaba al mismo ritmo que entraba y salía de la boca de mi marido. Lástima que Miguel aguantara poco tiempo sin correrse. Yo hubiera deseado disfrutar de su envergadura durante mucho más tiempo.

—¡Muy bien, Daniela! ¡Lo has hecho muy bien! Has hecho correr a esos dos tíos igual o mejor que si fueras una puta experimentada. Estoy muy contenta contigo. ¡Y mira a Judith, apoyada en ese mostrador! ¡Se está tocando por debajo de su falda y de sus pantis! ¡También vas a hacer que se corra! Levántate y baila para ella. Sigue el ritmo de esa música que está sonando. Es salsa. Mueve tus caderas para excitarla. Mueve ese culo. Así, así, con ritmo.

—¡Sí, Daniela! ¡Baila para mí!, que me excita mucho verte así vestida de criada complaciente. ¡Muévete más, que ya me corro! ¡No te pares! ¡Ya voy! ¡Ya voy!… ¡Ya…! ¡Ay, qué bueno ha sido!

Después de este final, dimos las gracias a esos hombres por haber querido participar del espectáculo y ellos nos respondieron que les había encantado y que cuando quisiéramos volver a tener una sesión parecida les avisáramos, porque volverían sin pensárselo.

—Judith tiene nuestro teléfono y Daniela nos ha complacido totalmente —añadió Pedro.

—Pues no descartéis que algún día os llamemos —dije yo mientras nos despedíamos.

Daniela entró a cambiarse de ropa en el probador y al poco rato salió Daniel con el disfraz en la mano. Después de empaquetarlo todo y pagar la cuenta con la tarjeta de crédito, todos salimos del local. Pedro y Miguel ya lo habían hecho hacía un rato. Nos despedimos de Judith, que insistió para que volviéramos cualquier otro sábado por la tarde, y Daniel y yo nos fuimos a casa.

CAPÍTULO 20

Ya en el coche, le pregunté a Daniel qué le había parecido todo.

—Bueno —empezó titubeante—, creo que ha sido algo muy fuerte. He pasado mucha vergüenza.

—Pero ¿te ha gustado o no?

—Supongo que sí. Creo que me ha gustado sentirme como una chica por un rato, pero lo de chuparles la polla a esto tíos solo lo he hecho porque tú me lo has ordenado.

—Y entonces, ¿a qué venía tu erección? Tu falda abultaba un montón, que me he fijado.

—No sé, la situación, el que me observarais haciendo esto, ser tratada como una criada cachonda. Todo un poco.

—¿Sabes qué creo?

—No.

—Que en el fondo te ha gustado chupar esas pollas y no quieres reconocerlo. Tu autoconcepto de macho heterosexual te lo impide. En esto yo soy mucho más liberal que tú y soy capaz de reconocer que me gusta estar con otra mujer, pero los hombres sois incapaces de admitir una cosa así. Os da un miedo terrible pensar que sois maricas o que alguien pueda pensar eso de vosotros.

—Puede que me haya gustado un poco. No te lo niego. Nunca lo había hecho y tampoco ha sido tan difícil.

—Te ha gustado. Estoy segura. ¡Admítelo!

—Puede ser. No estoy seguro, pero a mí lo que de verdad me gusta es chupar un buen chocho y eso no va a cambiar.

—Por supuesto que no va a cambiar, ¿o es que te crees que por disfrazarte de mujer y chupar una polla te vas a convertir en homosexual?

—No, supongo que no.

—Tendrás que acostumbrarte a que te vista de chica de tanto en tanto. Quiero ver desparecer de tu mente estos prejuicios trasnochados sobre tu autoconcepto de macho de toda la vida. Pero si no estás de acuerdo, borramos esta posibilidad del contrato. ¿Qué opinas?

—Que lo dejamos tal cual. Seguramente tienes razón en lo de mis prejuicios al respecto y quiero acabar con ellos. Seguro que me sentiré más libre.

—Pues entonces, decidido, y ya se me ocurrirá algo para que dejes de ser tan vergonzoso con eso de que te vean así vestido. De hecho, ya se me acaba de ocurrir. Ya verás cuando lleguemos a casa.

—¡Ay, Dios mío! ¿Qué se te ha ocurrido?

—Un poco de paciencia, que también te falta un montón. Ya lo verás, si ya casi hemos llegado.

Al llegar a casa, deshicimos los paquetes y lo pusimos todo sobre nuestra cama para verlo en su conjunto.

—Saca el látigo, la fusta y el arnés que compré la primera vez que entré en esa tienda y ponlo junto a esto, que quiero hacer una foto para mandársela a Susan. Así sabrá que he vuelto a las andadas. Ella tiene muchísimas más cosas, pero nosotros empezamos a estar bastante equipados. Quiero que lo vea. Seguro que se alegrará de verme recuperada.

Una vez que hube mandado la foto con el móvil, le dije a Daniel:

—Ha llegado el momento de poner en práctica mi ocurrencia.

—Ya me parecía a mí que tenía que ser algo más que mandar una foto a tu amiga. ¿Qué has pensado?

—De momento, vuélvete a disfrazar de criada, pero esta vez ponte la peluca rubia, que yo no estoy tan segura como Judith de que te estropee el disfraz. Quiero asegurarme. Y cuando estés, vente al baño, que te voy a maquillar un poco. Mientras, yo me pongo algo sexy… El conjunto de nuestra primera sesión, por ejemplo.

Una vez que cambié y maquillé a Daniel, le dije:

—Ahora sales al pasillo de la escalera, llamas a la puerta de la vecina y le dices de mi parte que quiero que venga aquí. Venga, no vaciles. ¡Date prisa!

—¡Mi ama! ¿De verdad tengo que hacer esto?

—Ya estamos otra vez con la vergüenza. ¿No hemos quedado en que deseabas dejarla atrás?

—¡Sí, mi ama! ¡Ya voy!

Al cabo de un rato, Daniel regresó diciendo que Maribel le había dicho que estaba con una amiga en casa y que preguntaba si tenía que venir sola o podía traer a su amiga con ella.

—Dice que su amiga también es aficionada a estas cosas.

—¡Fantástico! ¡Mucho mejor! Vuelve y dile que se vengan las dos. Así podrás mostrarte ante tres mujeres en lugar de dos. Esto va a ser un cursillo de desinhibición acelerado.

Al rato:

—Pasad por aquí. Mi ama Laura está en nuestra habitación.

—¡Hola, ama Laura! ¡Qué bien te veo! ¡Pareces muy animada! ¡Y estás muy sexy con ese conjunto! Te presento a Rosa, una compañera de trabajo de la que me he hecho muy amiga. Le he contado que eres mi ama y desde que se lo conté quiere conocerte. Ella también es sumisa y me ha confesado que le encantaría servirte si tú lo deseas y como a ti te plazca.

—Encantada, Rosa. Un verdadero placer conocerte. Yo soy Laura, y a Daniela ya la conocéis. Es mi marido y mi sumiso, o sumisa, según. Pero sentaros aquí en la cama, que Daniela quiere mostraros cómo se contonea. ¡Venga, Daniela! Ponte aquí delante y empieza a moverte de forma seductora, que queremos ver cómo lo haces. Voy a poner un poco de música para que nos des un espectáculo.

Daniel empezó a moverse seductoramente al ritmo de la música y ya no parecía tan avergonzado. Poco a poco, se fue soltando más y más hasta contonearse de forma absolutamente descarada. Lo estaba disfrutando.

—¿Qué os parece el espectáculo?

—¡Fantástico! —respondieron al unísono.

—Se mueve extraordinariamente —dijo Rosa.

—Así que tú también eres sumisa. ¿Desde cuándo lo sabes?

—He sido la sumisa de mi pareja durante más de cinco años, pero me he peleado con ella hace unos meses y ahora he empezado una nueva relación con Maribel. Pero como las dos somos sumisas, no tenemos ese tipo de relación, y a mí me falta algo. Si de tanto en tanto me admitieras como sumisa junto a Maribel, me encantaría.

—¡Ajá! Podría suceder… ¿Y eres tan zorrita como Maribel?

—¡Sí, igual o más!

—Entonces, si ella es mi zorrita, tú puedes ser mi putita. ¿Te parece?

—Estaré encantada de ser su putita.

—Muy bien pues, ahora mismo vamos a comprobarlo. A ver quién lo es más. Poneros todas aquí con las manos sobre el borde de la cama y levantaros la falda, que quiero ver vuestros culos al aire. Tú, Daniela, también. Y bajaros las bragas hasta las rodillas.

Todas se colocaron tal como les había indicado en la parte frontal de la cama, con las manos apoyadas en el colchón. Entre las tres ocupaban todo el espacio. La visión de sus culos en pompa era fascinante.

—Voy a azotaros a todas, a ver quién aguanta más y la declaramos la más puta. La que se raje primero tendrá que chupar el ano a la siguiente y la última tendrá el honor de chuparme a mí. La señal de rendición será arrodillarse en el suelo. ¿Lo habéis entendido?

—Sí, mi ama —respondieron a coro.

Empecé con diez latigazos con el *flogger* en cada culo por turnos y nadie se quejó demasiado. A continuación, vinieron veinte azotes con la fusta, bastante más intensos, y Daniela parecía empezar a flaquear, pero los soportó estoicamente a pesar de llevarse en dos ocasiones una mano a su culo para aliviar el escozor.

Seguidamente, agarré la vara de abedul. Esta vez, los fui repartiendo de uno en uno en cada culo y todas empezaron a gritar tras cada golpe, pero seguían aguantando. En el quinto varazo, Daniela se incorporó sollozando y a continuación se arrodilló, sin poder soportar más. Maribel aguantó cuatro más y Rosa parecía no tener límite. Casi ni gritaba; tan solo emitía un quejido ahogado tras cada impacto. Cuando vi aparecer una diminuta gota de sangre en su culo, dejé de azotarla. Había llegado hasta el número diecinueve.

—Venga, ahora arrodillaros todas una tras otra. Daniela, tú detrás de Maribel. Y solo tienes derecho a chupar su ano, recuérdalo. Maribel, detrás de Rosa. Lo mismo que le he dicho a Daniela vale para ti. Y Rosa, ponte frente a mí, que me tumbo con las piernas abiertas para que me hagas un buen cunnilingus. ¡Venga, daros prisa! ¿O es que no os seduce la idea?

—¡Sí, ama! —respondieron todas.

—¡Muchísimo! —agregó Rosa, la más entusiasmada, aunque también la que parecía más agotada.

—¡Venga, Rosa!, ¡putita! Empieza, que eres la más puta de todas.

—¡Sí, mi ama! ¡Soy su puta y estoy encantada de serlo!

—¡Venga! Empezad todas a lamer a vuestra compañera de adelante y que nadie se toque hasta que os dé permiso, si es que os lo doy. Ya veremos.

Rosa lamía todo mi coño con pasión, pasando su lengua de arriba abajo desde el ano hasta el clítoris. Parecía muy experta en este quehacer y yo me estaba mojando por momentos. Maribel también gemía con los lametones de Daniela. Él era el menos complacido por no tener a nadie que se ocupara de su culo, pero también emitía gemidos, aunque menos intensos.

Cuando notaba que estaba a punto de correrme, apartaba a Rosa de mi coño unos momentos y después la dejaba que volviera a chupármelo. El movimiento de su lengua había cambiado. En lugar de moverse de arriba abajo, lo hacía en círculos alrededor de mis labios vaginales y de mi clítoris, alternando una y otra zona cada poco rato. Poco después, me introdujo dos dedos en la vagina y concentró su lengua en mi clítoris. Yo empecé a gemir frenéticamente mientras escuchaba los gemidos crecientes de todas ellas.

—Ahora podéis tocaros, pero no os corráis hasta que os dé permiso. Si no me hacéis caso, os azotaré hasta que aprendáis a obedecerme. Tú, Daniela, no puedes correrte. Estás castigada por haberte arrodillado la primera, pero tócate hasta llegar al límite.

Me estuve aguantando cuatro o cinco minutos más, oyendo los gemidos de placer de todas al unísono, haciendo los mismos esfuerzos que yo para no correrse hasta que les diera mi autorización.

—¡Correros, Rosa y Maribel! ¡Correros ahora conmigo! ¡Obedecedme u os castigaré con dureza! ¡Me corro! ¡Me corro! ¡Me coooorro! ¡Ah! ¡Ah! ¡Ah! ¡Ah!

—¡Ah! ¡Oh! ¡Ah! ¡Oh! ¡Oh! ¡Ah! ¡Ah! ¡Oh!

Todas menos Daniela estábamos dando un auténtico concierto de gritos y exclamaciones diversas mientras nos corríamos. Después, todas nos fuimos relajando poco a poco.

—¡Ha sido fantástico, Rosa! ¡Mi putita! ¡Me has chupado divinamente! Y vosotras también habéis disfrutado de lo lindo, a juzgar por vuestros gritos.

—Sí, ama Laura. Ha sido extraordinario y me he sentido muy feliz de poder lamer el coño de mi ama. Ya ni me acuerdo de mi culo, que seguro lo tengo bien marcado. Me lo miraré con orgullo durante toda la semana, acordándome de usted y de lo que me ha permitido degustar esta tarde.

—¿Y tú, Maribel? ¿Qué tal?

—¡Muy bien, ama Laura! Pero he sentido mucha envidia de Rosa, aunque se lo merecía. Daniela me ha lamido extraordinariamente y también he disfrutado de comerme el culo de Rosa. ¡Maravillosa la sesión!

—Pues venga, levantaros todas. Daniela, lo siento por ti, pero otra vez será.

—No, si yo también lo he pasado muy bien y me agrada que me castigues con no correrme. Después te deseo más.

—Pues entonces, todos satisfechos. Si queréis, sacamos cuatro cosas y cenamos un poco, que seguro que estáis todas hambrientas después de esto.

—¡Sí, de acuerdo! —asintieron Maribel y Rosa, encantadas de la invitación.

—A mí no me espera nadie —dijo Rosa.

—Daniela, ya puedes volver a ser Daniel. Quítate este disfraz y lávate la cara, que quiero volver a ver a mi hombre de siempre.

—Sí, Laura, ya voy.

—Bueno, pues todo el mundo vuelve a ser quien era antes de la sesión: Daniel, Maribel, Rosa y Laura. Lo de zorrita, putita y ama, para otro día. Vamos a la cocina, a ver qué encontramos para cenar.

Durante la cena, le comenté a Maribel lo contenta que me hacía ver que había superado sus problemas de relación social y que Rosa parecía encajar muy bien con ella.

—Yo también estoy muy satisfecha de cómo me va todo y es gracias a ti, que me impulsaste a ir a esa psicóloga. Es extraordinaria. Ha conseguido que me abriera un montón y que me sintiera segura de mí misma: Me he arrancado de cuajo muchas tonterías. He dejado completamente de fisgonear todo el día y ahora estoy pendiente de mí y no de los demás.

—En ese caso, ya no serás más mi zorrita fisgona, sino solo mi zorrita.

—Tu zorrita lo seré siempre, aunque esté con Rosa o con quien sea. No quiero renunciar a serlo por nada del mundo. Fue lo primero que le dije a Rosa cuando empezamos nuestra relación. Una cosa no quita la otra. Y me siento muy feliz de ver que pareces totalmente recuperada de tu depresión. Me angustiaba no saber cómo ayudarte a salir de ella.

—Bueno, a partir de hoy no volveremos a tener una sesión privada tú y yo. No quiero interferir entre tú y Rosa, y provocar sus celos.

—Pero ella está de acuerdo.

—Aún así. Prefiero jugar con las dos juntas a hacerlo por separado. Creo que es más honesto tanto por mi parte como por la tuya.

—En ese caso, estoy totalmente de acuerdo. Por un momento me he pensado que no querías seguir siendo mi ama y me ha entrado el pánico. ¿Tú qué opinas, mi amor? —preguntó, dirigiendo su mirada interrogativa a Rosa, a quien cogía de la mano.

—¡Que me encanta la perspectiva de ser sometidas juntas por el ama Laura! Nos sentiremos unidas hasta en eso. Compartiremos el placer y el dolor, y se lo ofrendaremos a ella. No sé si sería capaz de soportar los celos de verme excluida, aunque no me quedaría más remedio si así lo decidiera nuestra ama.

—Tú, en cambio, Daniel, has aceptado que yo pueda tener a otras sumisas o sumisos. ¿No es cierto?

—¡Por supuesto! Esto ya lo hemos discutido. Está en nuestro contrato y no vamos a rectificarlo ahora.

—Pues entonces todos de acuerdo. Y en cuanto a que no sabías cómo ayudarme, Maribel, esto es lo que tú te crees. Me has ayudado un montón, ¿o piensas que no me servían tus visitas con tu té y tus pastas?

—¡Ay, me alegro si te complacían! No soportaba verte así de mal. ¡Gracias a Dios que ya has vuelto de donde estuvieras!

—¡Sí!, gracias a Dios, al psiquiatra, a la psicóloga y sobre todo gracias a todos vosotros y a todas las personas que me han apoyado en este trance. He notado vuestro cariño durante todo mi penar. Pero ya está. Yo estoy bien y mi madre también está empezando a vivir de verdad con su hermana en Castellón. Se llevan divinamente y se hacen mucha compañía. Esta misma mañana, he hablado con ella y me lo ha confirmado.

La cena trascurrió charlando relajadamente y después todavía continuamos haciéndolo sentados en el sofá de la sala-comedor durante una media hora más. Finalmente, Rosa y Maribel se fueron a casa de Maribel a pasar la noche y nosotros nos fuimos a dormir, pero antes Daniel se fue al ordenador a hacer las últimas modificaciones en el contrato que habíamos acordado por la tarde y me lo trajo a la cama para que lo firmáramos. Ambos estampamos nuestras rúbricas en él y lo sellamos con un beso apasionado durante largo rato a los pies de nuestra cama matrimonial. A continuación, nos acostamos y muy pronto me quedé dormida entre los brazos de Daniel, que me decía al oído lo mucho que había disfrutado esa tarde tan llena de emociones y que la vergüenza que le había hecho pasar también formaba, extrañamente, parte del placer de sentirse absolutamente subyugado a mí. Quizá me dijo algo más, pero yo ya no le escuché.

El domingo, tuve que trabajar todo el día en casa para acabar asuntos pendientes que llevaba retrasados. Daniel se ocupó de adecentar la casa durante toda la mañana y lo hizo vistiendo el uniforme de criada, tal como le ordené nada más despertarme.

Le dije:

—¡Escúchame bien, Daniel! Ayer noche, tuve una idea fugaz mientras estaba disfrutando de la lengua de Rosa y más tarde la fui madurando. He pensado que, a partir de hoy, siempre que te ocupes de las tareas domésticas, los sábados y los domingos, por lo menos, te vestirás con el uniforme de criada. Quiero que experimentes tu rol de sumiso profundamente, convirtiéndote en mi más sumisa chacha. ¿Qué te parece la idea?

—Me parece genial. Creo que me sentiré muy realizado haciéndote de criada sumisa. Solo te pido una cosa: poder quitarme los zapatos de tacón cuando ya no los resista más y realizar las tareas con calzado más cómodo.

—¡Vale! Sin problema. Ya te compraré unas manoletinas o algo parecido. Hoy empiezas con los tacones para que te vayas acostumbrando. Cuando no resistas más, me pides permiso para quitártelos y seguirás descalza, Daniela. ¡Recuérdalo! Los sábados y domingos, eres mi chacha Daniela, y quiero verte bien guapa y bien maquillada. A ver si consigues disimular lo más posible a ese macho ibérico que sigues llevando dentro a pesar de todos tus deseos de sumisión y que se te escapa a la menor ocasión. Y te advierto que te voy a castigar como no hagas tu trabajo perfectamente.

Así transcurrió la mañana, yo con los papeles del despacho y Daniel, o mejor dicho, Daniela, perfectamente uniformada y maquillada, ocupándose de la casa. Por la tarde, Daniel se fue a jugar al tenis con Franc, su compañero de pista de los últimos meses. Últimamente, ya le ganaba algún set, aunque, hasta el momento, no le había arrebatado ningún partido completo. Estaba mucho más en forma y su barriga casi había desaparecido. Parecía rejuvenecido y estaba muy atractivo, casi igual que cuando le conocí.

Capítulo 21

El lunes por la mañana, me fui a trabajar con un ánimo muy diferente al de los meses pasados. Andando por la calle, de camino a mi despacho, consulté el móvil. Tenía un mensaje de Susan en mi correo, en el que me felicitaba por mi vuelta a las andadas:

¡Hola, Laura! Por lo que veo, ya estás entre nosotras de nuevo. ¡Felicidades! Tu Daniel está divino con ese disfraz de criada descarada. Casualmente, yo también he tenido a Hugo disfrazado así todo el fin de semana como castigo por cuestionar la dureza del trabajo de las amas de casa. El viernes me dijo que era normal que en el pasado las mujeres se quedaran en casa ocupándose de los hijos y de todos los trabajos domésticos, porque los hombres tra-

bajaban muy duro y llegaban agotados a sus casas, y que, además, no se podía comparar la dureza del trabajo de un albañil, por ejemplo, con la de un ama de casa.

"Muy bien", le dije. "Vamos a comprobarlo experimentalmente: tú haces durante todo el fin de semana los trabajos propios de un ama de casa de toda la vida y después me lo cuentas".

Total, que para que la cosa fuese más realista, le hice poner el uniforme de chacha, muy parecido al que se ve en la foto de Daniel, y le ordené limpiar a fondo la casa de arriba abajo, quitar el polvo de los muebles, pasar la aspiradora, fregar el suelo, lavar la ropa a mano, plancharla, hacer la cama, poner orden en el garaje, barrer el jardín, preparar la comida, fregar los platos, ir a hacer la compra —sin uniforme, claro—, etcétera. El domingo por la tarde, después de fregar los platos y arreglar la cocina, me reconoció que estaba agotado y que retiraba todo lo que había dicho, absolutamente convencido. Como premio a su honradez, le ordené que se arrodillara ante mí y se masturbara hasta correrse. ¿Puedes creer que no fue capaz de llegar al clímax a pesar de llevar dos semanas en abstinencia? Se le aflojó antes de conseguirlo de lo cansado que estaba. Le he dado una lección de campeonato.

Pero a lo que iba. Estoy muy contenta de tu recuperación, aunque ya me lo esperaba, pues la última vez que comimos juntas, hace casi un mes, con Cristina, ya se te veía más puesta en la realidad. Tu mirada ya no era tan de zombi. Supongo que vendrás el jueves a comer con nosotras. Ya nos contarás los detalles.

¡Un beso de tu amiga Susan! ¡Nos vemos!

"Pobre Hugo", pensé. "Hoy tendrá unas agujetas de aúpa, pero bien empleado le está por bocazas".

Al llegar al despacho, saludé de una manera que Raúl y Raquel notaron enseguida mi nuevo estado de ánimo. Lo supe porque les vi mirarse entre sí con una mirada cómplice y sonriente. Al poco rato, entró mi secretaria Raquel en mi despacho y me confirmó lo que había intuido.

—Te veo hoy mucho más animada, Laura. Te sientes mejor, ¿verdad?

—Sí, Raquel, mucho mejor, y en parte gracias a ti, que me has aguantado durante todos estos meses sin quejarte del trabajo extra que te ha caído encima por mi culpa. Soy consciente de que tenías que andar todo el día repasando mis escritos para corregir mis lagunas mentales. Te lo agradezco mucho; pero se acabó. Ya vuelvo a ser capaz de concentrarme en lo que hago sin que me distraiga ese monstruo depredador que fagocitaba mi cerebro.

—¡Me alegra un montón oír eso!

—¿Y tú, qué tal? ¿Cómo te van las cosas con tu marido?

—Bien, muy bien. De tanto en tanto, repetimos lo que te conté, pero sin pasarnos. He descubierto que a mí me gustan estos juegos, pero no constantemente. Él, en cambio, siempre lo está esperando. Se vuelve loco cuando le digo que voy a atarle y a tratarlo como se merece por seguir siendo tan cabezota.

—Me parece fantástico. Cada cual ha de seguir el ritmo que le pide el cuerpo. Si lo fuerzas, pierde todo el sentido y resulta una cosa grotesca. Eso me lo dejó claro Susan el día que estuve en su casa con su sumiso y con Cristina, con el ejemplo de un espejo cóncavo en el que aparece tu imagen deformada. Esas cosas se hacen bien y cuando a uno le apetece o no se hacen.

—Por cierto, Laura, no quiero presionarte, pero te recuerdo que tienes una promesa pendiente conmigo.

—Me acuerdo, y no la retiro, Raquel. Pero ahora quiero hacer las cosas de otra manera. No quiero seguir mis impulsos de forma instintiva sin tener en cuenta las consecuencias y, en nuestro caso, si provocara que tú te liaras conmigo, estarías engañando a tu marido sin su consentimiento y no me parece honesto. Mi caso es diferente, porque Daniel está de acuerdo y me da total libertad.

—Por eso no te preocupes en lo más mínimo, que se lo he contado a Alex y le excita pensar que me gustaría estar con otra mujer. Además, quiere que se lo cuente en caso de que llegase a suceder.

—¡Ah! Eso es diferente. Así no hay engaño. Pero no le habrás dicho que deseas acostarte conmigo...

—No, por supuesto. Solo le he dicho que se me había ocurrido hacerlo con una mujer en abstracto, pero no con nadie en concreto. ¿Te molestaría que se lo contara?

—Bueno, no sé qué va a pensar de mí si lo haces.

—Pero si no te conoce.

—Tienes razón. No me importa. Mientras no vaya publicando por ahí que la abogada Garmendi se folla a su secretaria, supongo que no pasa nada.

—Pues ¿entonces cuándo quedamos? Hace seis meses que me muero de ganas y ya no aguanto más. ¿Por qué no vienes a mi casa esta tarde, al salir de aquí? Álex está en Madrid hasta mañana por la tarde. Se fue el sábado a una comida de antiguos compañeros de promoción y ha aprovechado para ir a ver a sus padres, que viven en Toledo.

—Me parece bien. Me apetece un montón y ya no voy a poder pensar en otra cosa el resto de la jornada. Dame un beso rápido antes de que vuelva Hugo de comprar tinta para la impresora.

Raquel acercó sus labios a los míos y lo que tenía que ser un beso relámpago duró más de un minuto. Mi deseo por ella retornó a mí de forma intensa, pero tendría que esperar a consumarlo en un lapso de tiempo que me pareció interminable.

Muchas horas más tarde, estábamos las dos desnudas en su cama, haciéndonos todo tipo de caricias y besándonos en toda la superficie de nuestra piel. Con los cuerpos entrelazados, nos besamos largamente, disfrutando de enroscar nuestras lenguas con un sinfín de tiernas y cálidas sensaciones. A continuación,

Raquel fue descendiendo con su boca hacia mi pecho y, tras chupar mis pezones erectos un buen rato, se dirigió por fin hacia mi sexo, que ardía de deseo. Yo también me di la vuelta y conseguí alcanzar el suyo para hundir mi lengua en lo más profundo de su vagina.

Ella estaba encima de mí y yo, desde abajo, podía disfrutar de la vista de su culo, mientras lamía sin parar toda su zona genital, llegando hasta su ano, moviendo mi cabeza de arriba abajo y a la inversa. No quería perderme ni un milímetro de sus mucosas abundantemente lubricadas por el líquido vaginal que su fuerte excitación hacía fluir. Ella gemía tanto o más que yo, y su lengua, en mi clítoris y en mi coño, me llevaban al cielo. Nos estuvimos chupando así más de media hora hasta que las dos explotamos en un cúmulo de sensaciones imposible de ser descrito. Nos agitamos, gemimos, temblamos, gritamos y tuvimos un orgasmo simultáneo que parecía no acabar nunca. La meseta sostenida del mío fue larguísima y la del suyo, más intermitente, con vaivenes de aparente relajación y retornos de intensidad eléctrica insoportable que le producían espasmos musculares. Cuando nos relajamos, las dos estábamos agotadas y sudorosas, pero muy felices por lo que por fin había sucedido.

—¡Vamos a hacernos una *selfie*! —dijo de repente Raquel, sorprendiéndome con su ocurrencia—. Voy a buscar el palo para enfocarnos más de lejos y que se nos vea del todo.

Me quedé sonriendo, divertida, mientras la veía incorporarse de la cama desnuda, en busca de su palo.

—¡Venga! Mira a la cámara y sonríe, que quiero recordar este momento —dijo, mientras me pasaba el brazo por detrás de mi espalda, enlazándose a mí y sosteniendo el palo de *selfie* con la otra mano.

Nos hicimos un montón de fotos en distintas posturas, incluso una que le hice yo con ella colocando su boca entre mis muslos entreabiertos y sacando la lengua, a punto de tocar mi sexo. Después, nos reímos un buen rato mirándolas hasta que una pregunta suya me demudó la expresión:

—¿Quieres que le mandemos algunas a mi marido para que se muera de envidia?

—¿Qué dices, loca? ¿Quieres mostrarme desnuda a Álex?

—¿Por qué no? ¿Sientes pudor?

—¡Ay, no sé! No le conozco —contesté, pero al mismo tiempo me daba morbo la idea de que un hombre desconocido me viera desnuda con otra mujer en una escena lésbica.

—Puedes enviarle una en la que no se me vea la cara —dije finalmente.

—En muchas no se te ve. Mira esta, por ejemplo. Solo te coge hasta la barbilla. Y en esta otra, el pelo te cubre el rostro. Si te dejas hacer una con tu cara entre mis piernas como la que me has hecho tú, también se la mandamos junto a la mía. ¡Venga, colócate que te la hago!

Yo, cada vez más seducida por la idea, le hice caso.

—Pero... ¿y si se las enseña a alguien? —objeté como último bastión de resistencia.

—Seguro que las enseña, aunque no se atreverá a decir de quién son. Y no le mandaré ninguna en que se me pueda reconocer a mí tampoco.

Para mí, esto fue definitivo. No sé por qué me excitaba pensar que sería multiexhibida a la mirada lasciva de un montón de tíos y que incluso circularía de un móvil a otro en una cadena sin fin.

Acababa de descubrir una nueva parafilia en mí: el gusto por el exhibicionismo.

—¡Venga, envíalas! —dije finalmente, con entusiasmo—. Pero asegúrate de no equivocarte y enviar las que salimos a rostro descubierto. Y también mándamelas todas a mi móvil, que quiero enseñárselas a Daniel. Bueno, me refiero a las mismas. No a las que se nos ve.

—No, si a mí no me importa que las vea todas con tal de que no se las pases a su móvil. Te mando el reportaje completo y después tú escoges las que le enseñas y las que no.

—¡De acuerdo! Después de enseñárselas, borraré las reconocibles, que no quiero perder el móvil y circular por la red sin control.

—Eso se arregla con la huella digital. Si pones de contraseña de apertura tu huella digital en tu móvil, solo tienes acceso a su contenido tú. Nadie más puede ver tus fotos. Da igual si lo pierdes. Es la protección más segura que existe, porque eso del dibujo geométrico o una contraseña escrita te la pueden *hackear*, pero tu huella, si no te cortan el dedo y se lo llevan con el móvil, no hay manera. Bueno, supongo que un *hacker* de verdad sería capaz. Pero es mucho más improbable. Yo lo tengo así por ese motivo.

Después de enviar las fotos, Raquel me enseñó cómo hacer lo de la huella digital y así me fui a casa mucho más confiada y sin necesidad de llevar el móvil agarrado en mi mano todo el camino por si acaso me daban un tirón al bolso.

Cuando volvió Daniel del trabajo, le mostré las fotos y le conté cómo había sucedido todo. Él no me reprochó nada con sus palabras, pero no pude evitar percibir un resquemor en su mirada. Sospeché que estaba terriblemente celoso. Su expresión lo denotaba y yo no deseaba que se disgustara por mi culpa. Eso me hizo sentir mal el resto del día y por la noche quise demostrarle lo mucho que le quería haciendo el amor con él de la forma más convencional. Me folló con ganas y yo lo disfruté como nunca, sintiendo, aparte de las sensaciones físicas normales, un gran cariño por él mientras lo hacía. Después, cuando ya me estaba durmiendo, decidí moderar mis encuentros sexuales con otras personas. Sabía que Daniel me autorizaba a hacerlo, pero no quería por nada del mundo poner en peligro su afecto por mí. Él seguía siendo una persona verdaderamente importante en mi vida y la última que deseaba perder. Todo lo demás era divertido y muy excitante, pero perfectamente prescindible. Por lo menos de momento. Con estos pensamientos, me dormí una vez más entre los brazos de mi adorable marido.

Capítulo 22

El jueves, fui a comer con Susan y Cristina tal como solía hacer el primer jueves de cada mes. Nada más llegar, ambas me felicitaron muy efusivamente por la recuperación de mi ánimo. Se ve que Susan ya se lo había contado a Cristina y ella fue quien más me festejó con besos, palabras y abrazos.

—Sí, chicas. He vuelto de un viaje a las profundidades oscuras de mi alma y creo que, a pesar de lo mal que lo he pasado, me he reconciliado conmigo misma.

—Una depresión a veces puede ser hasta positiva —replicó Susan—. Eso si no se recae en ella de forma reiterada —añadió—. Pero eso a ti no te va a pasar, porque no eres de ánimo tristón. En tu caso, han sido las circunstancias las que en un momento dado te han superado, pero ya te has enfrentado a ti misma y has salido victoriosa. Puedes estar tranquila.

—Confío en ti, que eres la experta. Si te equivocas, te pondré una demanda por engañarme —le respondí, riendo.

—¡Venga, entremos! —nos animó Susan—. Tenemos el reservado para nosotras solas. He llamado esta mañana. Así podremos hablar de todo tranquilamente sin preocuparnos de quién nos escucha, que seguro que salen temas poco aptos para oídos delicados.

Cristina y yo reímos al mismo tiempo. Y efectivamente, salieron. Susan fue la que abrió el melón sadoerótico.

—El mes que viene es mi cumpleaños y he pensado en montar una fiesta en mi casa de lo más subida de tono. Quiero invitar a toda la gente que conozco aficionada al *femdom* con sus parejas. Supongo que vendréis con vuestros maridos.

—Bueno, el mío no es aficionado —dijo Cristina—, pero quizá no tenga inconveniente en asistir como espectador si se admiten *voyeurs*.

—Por supuesto que se admiten, mientras no sean mayoría. Y tú, Laura, ¿no puedes traerte a nadie aparte de Daniel?

—Es posible que me venga con dos parejas o hasta con tres.

—¿Cómo dices? ¿Conoces ya a tres parejas aficionadas al tema? Tú no corres, tú vuelas. Ya puedes ir contando cómo las has conocido, que nosotras estamos en la inopia —dijo Susan—. O por lo menos yo.

—Bueno, se trata de mi vecina y su amante, ambas sumisas. También están mi secretaria y su marido, ella ama y su marido sumiso. Y, por último, Judith, una sumisa a la que conocí en un sex-shop y con la que he compartido una sesión con mi marido en su propia tienda. Su marido es amo.

—¡A ver, a ver! Cuéntanos, que nos has dejado patitiesas. ¿Cómo has conocido a tanta gente de ese mundo en tan poco tiempo? No entiendo nada —inquirió Cristina.

—Veréis. A mi secretaria, la inicié yo, contándole lo mío con Daniel. Nos tenemos mucha confianza y yo le expliqué por qué había estado nerviosa la temporada aquella en que todavía no sabía si aceptar las propuestas que me hacía Daniel de convertirme en su ama. Le desperté el gusanillo y ella se lo propuso a su marido, que resultó sentirse encantado con el tema. No es que jueguen tan fuerte como hacemos nosotras, pero ya les vale.

—¡Anda con tu secretaria! —exclamó Cristina.

—Y no lo sabéis todo.

—¿Qué más tenemos que saber? —me preguntó Susan, llena de curiosidad.

—Os voy a mostrar unas fotos y vosotras mismas sacáis las conclusiones.

A continuación, abrí mi móvil y les mostré el reportaje con Raquel y yo en la cama. No se lo podían creer. Ninguna de las dos dijo ni media palabra, pero sí pronunciaron un montón de exclamaciones mientras pasaban las fotos con los ojos totalmente abiertos y la mandíbula caída.

—Estoy hecha una lesbiana de campeonato, ¿o no? —les interpelé.

—¡Ni que lo digas! Yo no sabía que te iban las mujeres en ese plan —dijo Cristina—. De haberlo sabido antes, te habría tirado los tejos en la facultad.

—No, si yo tampoco sabía nada de eso hasta que tú te ocupaste de mi sexo aquel día, en casa de Susan.

—Y hasta que justo a continuación tú hiciste lo mismo conmigo en la bañera —añadió Susan para rematarlo.

—Ya me pareció a mí que tardabais una barbaridad en daros una simple ducha —intervino Cristina con expresión celosa dirigida a Susan—. Me engañas con todas —le reprochó— y nunca me lo cuentas.

—No te enfades, Cristina —replicó Susan—, que entre Laura y yo no hay nada. ¡Confírmalo, Laura!, que la Cristina se me pone celosa.

—¡Nada de nada! Solo sexo y solo una vez. No te preocupes, que no te la voy a robar.

—Bueno, si es solo eso, ya me quedo más tranquila. Pero podríais habérmelo contado. Si lo escondéis, parece otra cosa.

—Perdona, Cristina, que no te dijera nada…, pero como sé cómo te pones cuando te cuento mis devaneo lésbicos, preferí no decírtelo. Ojos que no ven, corazón que no siente. Y a ti te cuesta entender que cuando estoy con una tía es sexo y solo sexo. Además, después de ese día no he vuelto a tener ningún otro contacto con nadie que tú no sepas.

—Te perdono, pero prefiero que no me ocultes nunca nada de eso, a pesar de lo que me haga sentir mi corazoncito.

—Lo haré. Te lo prometo. Pero ¿y la vecina esa quién es? —preguntó Susan, volviendo al tema.

—Tú la conoces.

—¿Cómo que la conozco? ¿De quién me hablas?

—De Maribel. La Maribel a la que has estado tratando durante esos últimos meses.

—¡Anda! ¡Esa Maribel! Es un encanto de persona. Con sus neuras, pero un encanto. ¿Y cómo te la camelaste?

Les conté la historia con ella y se quedaron boquiabiertas de nuevo.

—Todavía falta esa Judith, la sumisa de su marido —recordó Cristina en cuanto se repuso de la sorpresa de mi historia con mi vecina.

—La conocí justo el mismo día que salí de tu consulta, Susan, cuando te fui a ver para explicarte mis dudas.

—¡Saliste lanzada, por lo que veo! —replicó.

—Totalmente, pero fue ella la que, motu proprio, me contó lo suyo con su marido para ilustrar mejor las bondades de los artículos de sado que fui a comprar en su sex-shop. Me explicó qué tipo de fustas le agradaban y cuáles no, y cómo disfrutaba de esos juegos cuando su marido la azotaba adecuadamente.

—¿Y ya está? ¿Solo la conoces de hablar de eso con ella?

—No. El otro día, volví con mi marido a esa tienda y pasó lo que pasó.

—¿Qué pasó? —preguntaron las dos simultáneamente, intrigadas.

Les conté lo sucedido en el sex-shop con Daniel, Judith y los dos tíos que entraron por casualidad y ya no supieron qué responder. Solo me restaba narrarles lo sucedido en mi casa con Maribel y Rosa, pero ellas ya no eran capaces de reaccionar con palabras a tanta promiscuidad. Solo sus rostros sorprendidos, exclamaciones diversas y miradas perplejas hacia mí y entre sí revelaban la auténtica medida de mi conducta sadoerótica. En ese momento, fui consciente de que me había pasado de vueltas.

—Ya sé que voy muy pasada de revoluciones y que tengo que moderarme un poco bastante, pero ha sido la novedad la que me ha disparado. Para mí todo esto es muy nuevo y muy excitante, pero me doy cuenta de que no puedo seguir este ritmo y he decidido frenar. Quedaros tranquilas, que ya veréis cómo la próxima vez que nos veamos no os escandalizo tanto.

—¡Hombre! Un poco sí que creo que debes frenar o corres el riesgo de agarrar una adicción al sexo *sadomaso* —contestó Susan—. Pero si lo controlas, ningún problema. Tan solo se trata de que no sea tan seguido y de que tengas otras cosas para entretenerte en tus ratos libres.

—Lo haré, no te preocupes. Finalmente, he decidido apuntarme a un gimnasio y voy a recuperar el hábito de la lectura, que con todo esto lo tengo apartado. Con lo lectora que soy de toda la vida y hace más de medio año que no agarro un libro.

—Pues si quieres, te pasaré la lista de libros que he leído últimamente que me han fascinado. Bueno, no todos. No te la digo de memoria porque soy un auténtico desastre para los títulos. Nunca me acuerdo ni del autor cuando quiero decirle a alguien lo que acabo de leer —dijo Cristina—. A ti te gustaba la novela negra, ¿no?

—Si es buena, sí, aunque últimamente me gusta casi más la novela histórica. Me he leído tres tochos sobre la Guerra Civil de Almudena Grandes y he flipado. Y también los tochazos de Ken Follet sobre la Primera y la Segunda Guerra Mundial y Posguerra, que no me ha gustado tanto, pero me he enterado de un montón de cosas que no sabía de una forma muy amena. Aunque he encontrado la narración paralela un poco forzada.

—¿Has leído *Los médicos de Hitler*, de Moros Peña? —preguntó Susan.

—No me suena.

—No es una novela. Es más bien un informe y es tremendo lo que narra. Explica la ideología que llevó a eliminar a un montón de niños discapacitados, ancianos, enfermos psíquicos, etcétera, ejecutados por médicos afines al nazismo. Una auténtica barbaridad que a mí no me cabe en la cabeza.

—De tema nazi, me he leído todos los libros de Primo Levi y otros, pero ese no. ¿Lo tienes?

—Sí, te lo prestaré. Recuérdamelo el día que vengáis a mi fiesta tú y tu séquito de honor.

—¡Ja, ja, ja! Bueno, yo no sé si querrán venir. Te diré cuántos somos un par de días antes.

—Basta el día anterior. Así sé qué preparar de comida y de bebidas.

—Pero ¿por qué no propones a los invitados que cada uno traiga algo y así te ahorras trabajo y, sobre todo, dinero?

—No. Prefiero hacerlo todo a mi gusto, que después es un lío y hay trastos por todo. Además, siendo mi cumpleaños, todo el mundo me traerá algún detalle por mucho que les diga que no lo hagan. De hecho, se los diré por compromiso. ¡Me encantan los regalos! Y no precisamente los caros, ¡sino los originales! Ya os podéis romper la cabeza pensando, que espero de vosotras algo digno de vuestra imaginación. ¡Ja, ja! ¡Es broma! Cualquier chorrada será bienvenida, y si no se os ocurre nada, pues nada, que hay confianza.

—Pero, a ver… ¿En qué va a consistir esa fiesta? ¿La típica fiesta de cumpleaños de toda la vida o algo más sofisticado? —pregunté, con cara de inocente ironía.

—Al principio, como todas. Pero después tiene una segunda parte y hasta una tercera, si hay disposición por parte de los asistentes.

—¿Puedes ser más concreta? Que me inquieta, sobre todo la posible tercera parte.

—Te explico. Después de que todo el mundo se haya puesto morado y estemos un poco piripis con el champán… Por cierto, espero que nadie se pase, porque me da igual que sea ama o sumiso, que lo pondré sobre el potro igual. Lo digo en tono de broma, pero hablo en serio. Al BDSM no se puede jugar borracho o drogado. No controlas una mierda y puedes provocar auténticas lesiones sin enterarte. Se han dado casos trágicos de gente asfixiada por error o trombos por apretar las cuerdas de *bondage* de forma desmedida, cortando totalmente la circulación de un brazo o una pierna. El trombo se produce después de que desatan y vuelve a circular la sangre, arrastrando lo que haya quedado coagulado por ahí.

—¡Ay, no me asustes! —dije yo—. Solo falta que Raquel le provoque un trombo a su marido y sea mi culpa por haberla incitado a eso sin darle ese aviso de precaución. Dice que siempre que juegan lo ata a la cama con cuerdas en los tobillos y las muñecas.

—No, si no pasa nada cuando las cosas se hacen normalmente y con control. De todas maneras, las muñequeras esas que venden en las tiendas de *sadomaso* son mucho más seguras y adecuadas para la práctica normal. El *bondage* no es algo que todo el mundo sepa hacer bien. El problema se da cuando el sumiso pide que se le ate más fuerte, porque no nota ni las cuerdas de borracho que va, y el ama las aprieta tanto sin enterarse de que, también, lo hace por falta de sensibilidad en las manos. Pero perdonad la divagación, que se me ha ido la olla.

A lo que iba: que después de picar cuatro cosas, os propondré una especie de debate entre todos. Bueno, a lo mejor hacemos un juego antes para que no sea tan formal, una dinámica de grupo o lo que sea. Todavía no lo he pensado bien. Así nos conocemos todos mejor y compartimos ideas y puntos de vista diferentes.

—Interesante —dijo Cristina y yo asentí.

—¿Y después? —pregunté, ansiosa por llegar al punto fuerte.

—Después, solicitaremos voluntarios para que nos ofrezcan una sesión en público y quien quiera sumarse lo hará, y quien no, mirará. Esa parte ya depende de si salen o no voluntarios. Yo, en principio, no tengo pensado presentarme, por lo menos a la primera, pero tú, Laura, quizá te animas.

—No cuentes conmigo, que soy muy vergonzosa si no conozco a la gente, y seguro que habrá mucha que no conozca.

—Bueno, no tantos. Yo solo invitaré a tres o cuatro parejas, y no sé si vendrán todas. No pretendo que sea una cosa multitudinaria. Mi salón tampoco es tan grande.

—No se queda corto —repliqué—. Tendrá unos cuarenta o cincuenta metros cuadrados.

—Así y todo. Lo que sí pienso hacer es decorarlo adecuadamente para la ocasión. Hugo me subirá el potro del sótano y, si es posible, también instalaremos la cruz, que parece fácil de desmontar de sus anclajes. Hugo dice que se puede sujetar entre la columna y la barandilla de la escalera que sube a la segunda planta. Tapará un poco la puerta de acceso al baño de la planta baja, pero solo parcialmente. Estoy segura de que lo conseguirá sin hacerme ningún destrozo. Es muy apañado para esas cosas. Dice que solo precisa de prensas de carpintero y que no es necesario clavar ningún clavo ni hacer agujeros en la pared. Ya veremos. También pienso colocar velas y candelabros por todos lados, además de telas de terciopelo. Quiero que todo quede muy aparente y sugestivo.

—Pero tú cumples los años el 10 de setiembre, que cae entre semana.

—Cierto. Cae en jueves, pero la fiesta pienso hacerla el sábado para que a todo el mundo le vaya bien.

—Mejor, que si hay que trabajar al día siguiente y se alarga la velada es un problema.

—¿Sobre qué hora venimos?

—¿A las 8.30 o 9 os va bien?

—A mí me va genial. Y si quieres vengo antes para prepararlo todo —dije yo.

—No creo que haga falta. Cristina, tú me ayudarás, ¿verdad?

—Por supuesto. ¿Cómo puedes pensar que tu sumisa no te ayude un día así? A las 9 de la mañana puedo estar allí.

—Bueno, ya te diré. Quizá basta que vengas después de comer, sobre las 3.

—De acuerdo, como te parezca. Ya me dices el día antes.

—Yo intentaré convencer a Maribel, a su amiga y a Raquel para que se venga con su marido. Con Daniel, puedes contar seguro. ¡Me hace mucha ilusión! ¡Ah!, también puedo telefonear a Judith, la dueña del sex-shop, a ver si se anima.

Después de esta conversación, charlamos de cosas más banales durante un rato más y sobre las 3.30 nos despedimos cada una camino de su trabajo. A Cristina le habían hecho un nuevo contrato en la misma empresa editorial de antes, después de que esta hubiera remontado la crisis. La vi marcharse a trabajar muy contenta.

Capítulo 23

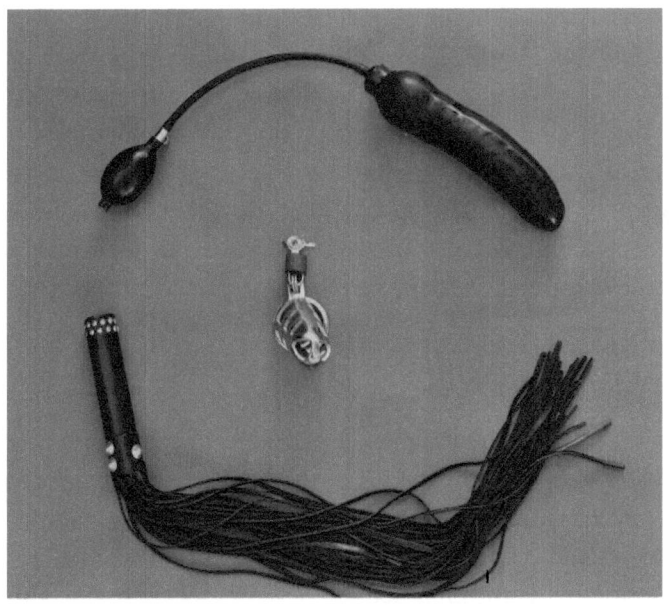

El viernes por la tarde, después de salir de mi despacho, me dirigí al gimnasio que me había sugerido Raúl y allí me esperaba Daniel con su bolsa de gimnasia y la mía, que ambos habíamos preparado la noche anterior para apuntarnos juntos y empezar nuestra primera clase deportiva.

Tal como había dicho Raúl, no nos cobraron la matrícula y, a continuación, nos mostraron las instalaciones. Después, nos indicaron dónde estaban los vestuarios y, cuando estuvimos listos, el gerente nos presentó a un monitor para que le explicáramos cuáles eran nuestros objetivos y así prepararnos un programa de actividades semanal adecuado.

—De momento —nos indicó—, podéis hacer diez o doce minutos de bicicleta estática para calentar. Después venís conmigo y os enseño a manejar las máquinas correctamente. Las dos primeras semanas, empezaremos suave, con poco peso y pocas repeticiones, que no quiero que cojáis agujetas y no volváis a aparecer por aquí al segundo día de venir. Por cierto, ¿cuántos días pensáis venir por semana? Mejor que no apuntéis demasiado alto, por lo menos de momento.

—Tres días —dijo Daniel—. Lunes, miércoles y viernes.

—Perfecto —contestó—. Así os preparo un programa para tres días a la semana y el próximo lunes ya os lo tendré escrito en estas fichas de entrenamiento que se dejan aquí, en este mostrador, ordenadas por número de socio. Aquí, en este cajero. Cuando vengáis, la cogéis y al salir la dejáis. Fácil, ¿no? De todas formas, yo siempre estoy por aquí y cualquier duda me preguntáis.

—De acuerdo. Pues nos vamos a las bicis.

—Mejor que venga con vosotros y os ajusto la altura del sillín, que sino os podéis lesionar. No quiero que pongáis mucha resistencia en el rodillo. Cuatro o cinco está bien por ahora. No se trata de subir el Turmalet. Solo se trata de aumentar un poco de pulsaciones y desentumecer los músculos.

La sesión de entrenamiento no me pareció excesivamente dura, pero así y todo me notaba algo dolorida al salir de las instalaciones y caminar hacia el coche, que estaba a dos manzanas. Daniel, en cambio, se quejó de que le había parecido una mariconada y que el próximo día pensaba poner el doble de peso en cada aparato.

—¡Esa boca, Daniel! ¿No puedes emplear otra expresión para decir lo mismo?

—Quería decir tenue y relajada sesión de entrenamiento gimnástico.

—Bueno, tampoco hace falta que hables como una monja. Con decir que te ha parecido demasiado suave, ya te entiendo. Tendré que recordarte con la fusta cómo se habla correctamente. Apúntate diez, que sumados a los noventa que llevas apuntados esta semana por dejar la bañera llena de jabón y no hacer la cama el martes ya suman cien. Mañana, antes de que te vayas a jugar al tenis, te los aplicaré. Ya puedes bajarme la fusta de sus clavos-gancho de nuestro dormitorio y me la dejas sobre la mesa de centro de la sala para que la vea y me acuerde. Y también puedes bajarme la caña de bambú, que a lo mejor también la utilizo, que últimamente te estás relajando.

—¡Sí, mi ama!

—Esta noche, tengo preparada una sorpresa para ti.

—¿De qué se trata?

—Si te lo dijera, no sería una sorpresa, pero te daré una pista. En cuanto lleguemos, te pones el *plug* anal mediano en el culo y haces tus tareas domésticas con él insertado, y, por supuesto, correctamente uniformada. Quedamos que las harías hoy, ¿cierto?

—Sí, te dije que hoy lo haría para poder tener la mañana del sábado libre e ir a intentar ganar mi primer partido de tenis. Casi ya tengo a mi compañero agarrado por los cojones.

—Los cojones te los voy a poner a ti por corbata si sigues siendo tan grosero. Cuando te hayas puesto el *plug*, me traes el cordón de cuero y te haré un *bondage* de testículos que te vas a enterar. ¡Venga!, conduce, que ya tengo prisa de vértelos aprisionados. ¿O es que también quieres que los martirice con el latiguillo que me he hecho con cuatro tiras de cuero atadas por un extremo con un cordel para que me sirva de mango?

Al llegar a casa, Daniel se fue al baño a colocar el *plug* en su culo, pero tras un buen rato intentándolo, salió diciéndome que le resultaba imposible.

—A ver, no puede ser. Tampoco es tan gordo. Déjame a mí. Agáchate y levanta el culo. Pero antes, bájate los pantalones, hombre, que así sí que es imposible.

—Si ya lo he intentado y no me entra.

—Porque no lo haces bien. Lo primero es poner un montón de lubricante más tanto en tu ano como en el *plug*. Dame el tubo.

Unté su ano con una buena ración y también embadurné el falo en forma ovalada y terminado en un tramo cilíndrico más estrecho para que la parte que quedara alojada en el interior de su ano lo hiciera sobrepasando el esfínter y no pudiera salirse resbalando.

—¡Ay! —gritó al primer intento.

—Espera, que voy a ponerme los guantes de látex y te iré dilatando ese agujero con mis dedos poco a poco.

Una vez que tuve puesto el guante en mi mano derecha, introduje un dedo en su agujero y lo fui volteando en todas direcciones, notando cómo su esfínter se iba relajando. Daniel apenas se quejaba, y si lo hacía, era más por el susto que llevaba que por dolor real. A continuación, metí un segundo dedo y pasó sin problema. Repetí la operación y Daniel la soportó estoicamente, sin gemir apenas nada. Seguidamente, saqué mis dedos y metí el *plug* sin ninguna dificultad.

—¡Ya está! Ya lo tienes dentro. ¿Te duele?

—No, solo que noto el culo lleno y me molesta un poco.

—Pues venga, ponte el traje de criada y a trabajar con todo el equipo puesto. No se te ocurra quitarte el *plug* sin mi permiso. ¿Entendido?

—¡Sí, mi ama!

—Quiero ese culo bien abierto. Hoy llevarás ese, pero todavía quedan dos tamaños más. Espero que te esfuerces y el mes que viene ya seas capaz de soportar el más grande. Tiene unos ocho centímetros de diámetro o más, para que te hagas una idea. El que llevas, solo tiene cuatro y medio.

Los hay más grandes, pero creo que será suficiente con los que tenemos.

—Lo intentaré.

—Vamos a hacer una cosa. Cada día, te metes ese *plug* al llegar del trabajo y lo retienes dos o tres horas. Ya te daré permiso para quitártelo cuando lo crea oportuno. Después de una semana, pasas al tamaño siguiente, y a la tercera o cuarta semana, te meto el grandote, a ver si entra.

—Bien, así será progresivo. Lo haré al volver del trabajo cada día solo llegar a casa y los fines de semana cuando no tenga que salir de casa.

—Ni lo vayas a pensar. Los fines de semana, te lo pondrás cuando vayamos a pasear, al cine o lo que sea. Quiero pasearte pensando que vas insertado. Será más divertido verte cómo intentas disimular la incomodidad en público. Y espero que no se te salga y aparezca un bulto sospechoso en tu trasero en plena cola del cine, por ejemplo. Ya puedes aprender a retenerlo con firmeza que, de lo contrario, vas a pasar una vergüenza de aquí te espero.

—Seguro que lo aguantaré todo lo firme que pueda y no se me saldrá ni un centímetro.

—Pues basta de charla. Ponte con el baño, que te van a dar las tantas. Ya sabes todo lo que te toca hacer. No te queda nada y ya son las 8.30. Hasta las 11, tienes tarea por delante. Si te portas bien, de aquí a dos horas te doy permiso para quitarte el *plug*.

—Voy a ello.

—Espera un momento, que no te he atado los huevos. Dame ese cordón que he dejado sobre el lavabo y gírate hacia mí, que te los amarro. Estírate los huevos hacia abajo con la mano, que paso el cordón alrededor de la base. ¡Así! Bien apretados... Dos vueltas más, un lazo para que no se suelte y listo... ¿Te duelen?

—No mucho. Creo que lo podré soportar.

—Pues recuerda por qué los llevas así.

—¡Sí, mi ama! ¡Por ser tan grosero!

—¡Eso! Yo me voy a leer un rato y después preparo la cena. Te aviso cuando esté y después ya acabas lo que te quede por hacer.

—De acuerdo.

A las 10.30, vino Daniel a la sala a pedirme permiso para quitarse el *plug*. Se le notaba bastante tenso y no había tardado ni un minuto más de la cuenta para solicitármelo, pero mi respuesta no fue exactamente la que esperaba.

—Primero cenas conmigo y después te lo quitas todo. He preparado una ensalada y dos huevos hervidos. No sé por qué se me habrá ocurrido hervir huevos hoy —dije con ironía—. Voy a traerlo todo. Tú, pon la mesa.

Una vez que estuvo todo dispuesto, nos sentamos a cenar, pero Daniel lo hizo de una forma muy rara, posándose solamente sobre una nalga e inclinando el cuerpo de forma forzada.

—¿Te quieres sentar como las personas? —le dije.

—Es que así no se me mete tanto.

—Quiero que se te meta del todo. ¡Venga!, abre las dos piernas bien y levanta los pies del suelo. Así apoyarás el *plug* sobre la silla y entrará hasta el fondo.

—¡Ooooh! Ya está. Ya me lo he insertado hasta el estómago.

—No será para tanto, que no es tan largo; doce centímetros como máximo. Ya verás cuando te metas el grande. Creo que el estuche pone que tiene diecinueve centímetros de largo.

Tras la cena, di permiso a Daniel para que se lo fuera a quitar y no le costó lo más mínimo obedecerme.

—Lávate bien el culo —le dije antes de que se marchara al baño—. Si te das una pequeña lavativa con la ducha, mejor, pero sin presión.

—¿Cómo hago eso?

—Desenroscas la alcachofa de la ducha, te introduces un poco la manguera en el ano y con muy poco caudal, poquísimo, te metes agua clara en el culo. La retienes todo el rato que te duches y después la evacuas en el inodoro. Fácil, ¿no? En el sex-shop esa al que fuimos venden unas mangueritas a propósito para ducha anal y vaginal que tienen una rosca que encaja con la de la manguera de la ducha. Si no te va bien así, vas mañana y te compras una. ¿No te fijaste?

—No, ni idea. Estaba tan perplejo escuchando las cosas que le decías a Judith que casi no vi nada, pero ya preguntaré. Espero no encontrarme a los dos tipos del otro día.

—¡Ay, qué vergonzoso eres! No hay manera de que se te quite ese pudor.

A las 12.30, nos fuimos al dormitorio, donde quería poner en práctica mi sorpresa con Daniel, aunque me imagino que él ya había adivinado de qué se trataba. Mientras Daniel estaba en el baño limpiándose los dientes, me desnudé y me ajusté el arnés a la cintura, con el dildo que guardaba en mi mesilla de noche enganchado a la altura de mi pubis. También me puse unas sandalias de tacón alto negras y con remaches plateados, muy cañeras, que había comprado una tarde al salir del despacho. Abrí la puerta del ropero y me miré en el espejo vertical que reflejaba mi cuerpo entero. Me sentí muy seductora, pero faltaba algo para completar mi imagen de ama dominante. Fui a buscar el látigo y así sí parecía una auténtica *mistress*, sosteniendo el látigo por el mango con una mano y agarrando las tiras de cuero con la otra, a la altura de mi vientre.

Cuando Daniel salió del baño y me vio de esta manera, se quedó fascinado.

—¡Venga, no te quedes ahí mirando! ¡Quítate el albornoz y ven a arrodillarte delante de mí, que quiero que me chupes la polla!

—¡Estás espectacular, mi ama! —exclamó, mientras se desnudaba.

A continuación, se arrodilló frente a mí y empezó a hacer lo que le había ordenado. Al cabo de un rato, le ordené parar e ir a por un preservativo.

—¿Quién te ha dicho que te levantaras? —le interrumpí cuando se estaba empezando a incorporar—. Ve a buscarlo a cuatro patas y vuelve enseguida aquí. Están en el cajón del tocador. ¡Vamos! ¡Date prisa!

—Aquí está, mi ama —dijo al regresar con él.

—Muy bien. Ahora, quiero que me lo deslices con tu boca sobre esa polla, y procura no romperlo con los dientes. Cuando la tengas totalmente enfundada, me la sigues chupando como si quisieras ponérmela bien dura, que quiero follarte el culo como si yo fuera un tío y tú, una puta.

Daniel estaba excitadísimo con la perspectiva de ser follado por mí. Sus ojos acuosos y su erección lo denotaban.

—Para ya. ¿Dónde has dejado el lubricante?

—En el baño, mi ama.

—Pues ve a por él igual que antes, gateando, y balancea las caderas, que quiero ver ese culo deseoso de ser penetrado.

Al verlo regresar gateando, sosteniendo el tubo de lubricante con sus dientes, dirigiéndose hacia mí, me sentí excitada.

—¡Aquí está, mi ama! —dijo al llegar hasta mí.

—¡Bien! Ahora, levántate y ponte de rodillas sobre la cama con el culo mirando hacia mí… Así, muy bien. Abre más las piernas para que me pueda colocar entre ellas… Baja un poco más el culo… Así está perfecto. No te muevas, que te lo lubrico.

—No me muevo, mi ama. Ya estoy preparado para que me folles.

—¡No tan deprisa! Primero, diez latigazos intensos para que te relajes y para verte el culo bien rojo mientras me lo follo. ¡Cuéntalos!

—¡Tras! ¡Uno! ¡Tras! ¡Dos! ¡Traas! ¡Tres! ¡Trasss! ¡Cuatro! ¡Traaaass! ¡Ay, mi ama! ¡Cinco! ¡Traaaasss! ¡Ay! ¡Ay! ¡Seis! ¡Traaaasss! ¡Ay! ¡Ay! ¡Ay! ¡Estoy llegando al límite, mi ama! ¡Traas! ¡Siete! ¡Traaas! ¡Ocho, mi ama! ¡Trasss! ¡Nueve, mi ama! ¡Traaass! ¡Ay! ¡Diez! ¡Gracias, mi ama! ¡Uf!

—Así me gusta. Tu culo está que arde y me está pidiendo a gritos que lo folle. Prepárate, que ya voy.

Coloqué la punta de mi falo artificial sobre su ojete y empecé a empujar mis caderas con cuidado. Su ano esta vez se dilató con rapidez y mi falo fue entrando sin dificultad. Cuando ya había introducido algo más de la mitad, hice un último movimiento rápido con mis caderas y se lo inserté hasta el fondo de un golpe.

—¡Ay, mi ama! ¡Qué dolor!, pero... te noto del todo dentro de mí... Me gusta sentir cómo me partes en dos.

—Pues ahora verás lo que es bueno de verdad. Siente cómo te follo como a una puta. Soy tu ama y te follo el culo. Te lo follo porque eres mi sumiso y quiero que lo percibas de esta manera. En realidad, deseas ser mi puta y te excita pensar que te trato como tal. ¡Dime si es o no verdad!

—¡Sí, mi ama! ¡Soy tu puta y quiero sentir tu polla dentro de mí, follándome! ¡Fóllame duro, por favor, que quiero sentirla atravesándome!

—¡Pues toma polla, zorra! ¡Siéntela bien cómo entra y cómo sale! ¡Y tócate la polla como si fueras una tía con el clítoris hinchado, excitada al ser follada por su ama!

Así, estuve follándole durante más de quince minutos y el golpeteo del arnés en toda mi zona púbica me produjo una gran excitación, pero no conseguía la estimulación suficiente como para llegar al orgasmo, así que decidí parar y salirme de Daniel, que no había parado de gemir ni en una sola embestida de mis caderas. Me quité el arnés y le dije a Daniel que se arrodillara frente a mí y, desde esta posición incómoda, me chupara el coño.

Para que le fuera más accesible, levanté una pierna y la coloqué sobre la cama. Así, la apertura entre ellas era mayor y su lengua podía llegar mucho mejor a toda mi zona genital. Al poco rato, estaba gimiendo de placer y mi excitación estaba llegando al límite.

—Mastúrbate mientras me chupas, puta. Más que puta... Pero no te corras, que te quiero excitada toda la semana.

Le decía estas cosas porque, en ese momento, me excitaba pensar que yo era el macho y ella, la hembra. Sabía que era solo una fantasía, pero resultaba excitante considerarlo así, y me sorprendía a mí misma hablando a Daniel de esa manera tan soez e impropia de mí. Se trataba, como me había dicho Susan en su casa, de que me había metido totalmente en el rol del personaje que representaba en nuestra propia obra de teatro, en la que ambos éramos actores y público a la vez, y no fingíamos sentir lo que sentíamos, sino que lo sentíamos de verdad durante todo el tiempo que duraba la representación.

Por fin, estallé en un intenso orgasmo más lleno de sensaciones psíquicas que físicas. Durante todo el tiempo en que había estado follando a Daniel, lo había sentido más mío que nunca y también él se había sentido absolutamente lleno de mí, según me confesó después. Debía ser verdad que ese tipo de práctica, la de follar al sumiso con un pene sujeto a un arnés, era esencial para consumar la relación de dominio entre ama y sumiso, tal como se decía en multitud de páginas dedicadas a la dominación femenina. Por lo menos en ese momento experimentaba esa sensación de absoluto dominio sobre Daniel y no me sentía a disgusto, porque sabía que justo esto era lo que él deseaba. Me había dicho: "No solo anhelo sentirme tuyo, sino, sobre todo, que tú me sientas así. El día que perciba que tú sientes esto, habré llegado a consumar mi sueño". Quizás ese día ya había llegado o quizá tendríamos que repetir infinitas veces la misma escena para volver a sentir lo mismo. No sé por qué me acordé de las corridas de toros sobre las que me había hablado Daniel hacía meses para ilustrar su concepción de por qué gustan ese tipo de relaciones sadomasoquistas. ¿Era yo la torera que dominaba con sus pases al toro Daniel o era el toro que embestía y corneaba al torero? ¿O quizás, el público que contemplaba el espectáculo de la lucha por la vida representada en la plaza por ambos protagonistas? En todo caso, la corrida había terminado y ambos habíamos salido triunfantes de la plaza de nuestro dormitorio con las dos orejas y el rabo por trofeo. Era la hora de irse a dormir y recuperar fuerzas para futuros festejos, que seguro se volverían celebrar en nuestro particular ruedo.

Esa noche, fui yo la que abracé a Daniel para que se durmiera en mi regazo. Cuando al poco rato lo oí roncar suavemente, acurrucado en posición fetal entre mis brazos, me dio por pensar que quizás estuviera soñando que yo era su madre, la que nunca había conocido por haber muerto en un accidente cuando tan solo tenía dos años. Le di con ternura un beso en la nuca y me dormí.

Capítulo 24

Las siguientes semanas transcurrieron bastante tranquilas. Daniel cada día llevaba el *plug* durante dos o tres horas, y cada vez que lo follaba, una o dos veces por semana, me resultaba más fácil. Había llegado el momento de comprar un dildo más grueso, cosa que hice en el sex-shop de siempre, un viernes por la tarde al salir del despacho, y con el cual le follé el sábado por la tarde, haciéndole sentir de nuevo llena de mí. Al final, no quise que se colocara el *plug* más grande durante las dos horas de cada día después de llevar el de tamaño anterior dos semanas, porque no deseaba que su ano se dilatara tanto y dejara de sentir la penetración como una auténtica invasión de mí dentro de él.

Nuestra vida en pareja resultaba muy estimulante y a mí ya se me había pasado el furor sexual de los primeros días, en que parecía desbocada por las experiencias recién descubiertas.

En el sex-shop, aproveché la ocasión para invitar a Judith a la fiesta de Susan y aceptó encantada. Estaba segura de que su marido le acompañaría, pero de todas formas me llamaría para confirmarlo.

A Raquel, ya hacía días que se lo había propuesto, y aunque estuvo un poco reticente al principio, al día siguiente me confirmó que vendría con Álex, al que le había sugestionado la perspectiva.

Todavía me quedaba hablar con Maribel y con Rosa. Lo hice el mismo día, al llegar a casa. Antes de entrar en la mía, llamé a su puerta y las dos, que ahora vivían juntas, se mostraron entusiasmadas con la invitación. Después de invitarme a pasar, me ofrecieron un té y Maribel se quejó de que nunca les llamara para repetir una escena como la de la última vez en mi casa, con Daniel. Estuvimos charlando bastante rato sobre el tema y yo les expliqué que no era porque no me apeteciera en absoluto, sino porque pensaba que ahora ellas tenían que vivir su propia historia de amor y buscar la manera de satisfacer sus impulsos de sumisión entre ellas.

—Quizás os podáis alternar en el papel de amas —les dije—. Una vez una y otra vez la otra. Seguro que poco a poco le cogéis el gusto —añadí.

Me contestaron que ya lo habían pensado, que todavía no lo habían puesto en práctica y que lo harían esa misma noche. Además, que si oía ruidos extraños, ya sabría por qué.

—Elige tú quién será la primera en ser la dominante —me propuso Rosa.

—Tú misma —le respondí—. Tienes más experiencia en ese terreno y llevas mucho tiempo de sumisa. Ahora, te toca ver las cosas desde el otro lado del espejo. Serás el ama de Maribel durante un mes. Ya me contaréis cómo os va. Es más, dale unos azotes ahora mismo delante de mí y que mañana vaya Maribel a comprar una fusta y un látigo. Después te doy la dirección de un sex-shop al que puedes ir de mi parte. Seguro que te atienden estupendamente. Preguntas por Judith y le dices que vais a ir a la fiesta de Susan conmigo como mis sumisas. Ella también es sumisa y seguramente acudirá con su marido dominante. La he invitado hace un rato. ¡Venga, Maribel! ¡Prepárate!

Maribel se quitó la falda y resultó que no llevaba nada debajo.

—Vaya… Veo que estás accesible en todo momento.

—A Rosa le gusta saber que voy sin bragas. Así, puede levantarme la falda en cualquier momento y tener acceso a mi sexo sin impedimentos. Incluso, me voy a trabajar cada día sin ellas. El otro día, en el trabajo, Rosa me hizo una paja con su pie, sentándose delante de mi mesa, a la vista de todos los compañeros. Nadie se dio cuenta de nada, pero yo estaba que no podía aguantarme sin dar pequeños gemidos, disimulados con toses. Fue muy excitante tener un orgasmo a la vista de todos, mientras simulaba estar concentrada en mi ordenador.

—¡Qué bárbaro! ¿Y si alguien se da cuenta, qué?

—Ya procuramos por todos los medios que eso no pasara, pero…

—Hay una forma más segura de vivir la misma situación con menos peligro.

—¿Cuál?

—Con un vibrador con control remoto.

—Ya sé a cuáles te refieres. Esos que tienen forma de huevo y te lo metes en el coño, mientras tu compañera tiene el mando a distancia y lo activa cuando le parece, sin previo aviso. Podríamos probarlo. ¿No te parece, Rosa?

—Sí, claro. Cómprame uno mañana y lo probamos. Ya te estoy viendo roja como un tomate, diciéndole al jefe que pongan el aire acondicionado más fuerte porque estás acalorada.

—¡No me lo activarás cuando venga el jefe a darme instrucciones como hace siempre nada más llegar!

—No se me ocurre mejor momento.

—Me voy a morir del susto si lo haces. Te juro que me portaré súper bien contigo durante este mes, pero, por favor, no me hagas esto. Si quieres, llevo las bolas chinas todos los días, como me las hiciste llevar el martes.

—¡Ah! Eso fue muy divertido. Cada vez que andabas por la oficina en busca de un archivo, parecías un pato andando por el esfuerzo que hacías para retenerlas y que no se te cayeran al suelo en un despiste.

—Ni que lo digas. Al día siguiente, tenía agujetas del esfuerzo.

—Lo haré o no... Depende de lo sumisa que seas. Ya veremos. Ahora, colócate sobre mis rodillas para que te azote tal como ha dicho el ama Laura.

Rosa dio una buena azotaina a Maribel y ella pareció disfrutarla. Rosa reconoció después que le había gustado tener el culo de Maribel a su entera disposición.

—Creo que vamos a disfrutar ese mes —dijo a continuación.

—Bueno, Maribel —le dije, mientras todavía estaba sobre las rodillas de Rosa—. He podido entrever que vuelves a tener el coño muy peludo. No quiero llevarte a la fiesta de Susan con esa pinta, o sea que ya lo estás arreglando. Lo mismo te digo a ti, Rosa. Os quiero a las dos con el chocho totalmente depilado. ¿Qué clase de ama van a pensar los invitados que soy si llegan a veros tan *pelipuestas*?

—Nos depilaremos a conciencia —respondió Rosa—. A veces, por pereza, nos vamos dejando y en cuatro o cinco semanas de no hacerlo ya tienes un bosque.

—También os mandaré a mi marido para que lo depiléis. Tú, Maribel, me dijiste que eras una experta.

—Bueno, sí, lo era, pero he perdido la práctica.

—Esas cosas no se olvidan. Es como ir en bicicleta. Al principio, puedes vacilar un poco, pero al rato rememoras todos los movimientos de forma mecánica.

—Sí, supongo que es así. Mañana sábado por la mañana es un buen momento, porque si no ya tendría que ser el jueves o el viernes, porque el lunes y el martes tengo cursillo de reciclaje, y llego muy tarde a casa.

—Pues mañana por la mañana está aquí sobre las 10. ¿Va bien?

—Perfecto. Por lo menos, una semana le durará sin que se le vea un pelo. Y es exactamente lo que queda para el día de la fiesta de Susan.

—Pues nada, chicas. Que os vaya muy bien en este juego que justo ahora acabáis de inaugurar en mi presencia. Nos vemos el sábado que viene sobre las 7.30. Os quiero bien guapas. Y ya que ha salido el tema, os quiero a las dos sin bragas ni sostén de ningún tipo. Por supuesto, minifalda, y cuanto más mini, mejor. Antes de salir para su casa, la de Susan, quiero decir, os tengo preparada una sorpresa que creo que os gustará llevar durante todo el rato.

—¿De qué se trata? —preguntó Rosa.

—Ya lo veréis. A lo mejor vais un poco incómodas, pero así os acordareis todo el rato de quién os hace llevar tal cosa.

—Creo adivinar qué es, pero no digo nada por temor a equivocarme y darte ideas —replicó Maribel.

—¡Ala, me voy!, que Daniel ya se estará preguntando dónde me he metido a estas horas y tenemos que ir al gimnasio ya mismo. Os habréis fijado que me estoy poniendo en forma.

—El otro día se lo dije a Rosa —comentó Maribel—, que te habías adelgazado un par de kilos o más.

—Sí, es cierto —se sumó Rosa—. Lo pensamos, pero no estábamos seguras. Podía ser el vestido negro que llevabas aquel día que te hacía aparecer más estilizada, pero hoy está clarísimo. ¿Cuántos kilos te has quitado?

—Tres y medio, o quizá ya cuatro.

—Pues sí que te aprovecha el gimnasio ese.

—Sí, y sin hacer régimen ni nada. Un poco alerta sí voy, pero ya lo hacía antes de ir y no había manera. Os lo recomiendo. Además, me siento como rejuvenecida. Bueno, ahora sí que me voy. Nos vemos.

Capítulo 25

Por fin era el día de la fiesta de aniversario de Susan y yo me sentía muy ilusionada en ir. Seguro que viviría experiencias interesantes y conocería a mucha gente relacionada con el tema de la dominación, con distintos enfoques. Y el debate que preparaba Susan auguraba ser muy interesante. Me pasé la mañana eligiendo y descartando distintos atuendos para la ocasión. Ninguno me convencía, así que a mediodía decidir ir al sex-shop de Judith a ver si encontraba algo adecuado. Recordaba haber visto vestidos de vinilo y de cuero muy sugerentes.

—¡Hola, Judith! Vengo de urgencia para ver si encuentro algo que ponerme esta noche para la fiesta de Susan. Tú vienes con tu marido, ¿no?

—¡Sí, claro! ¡Ay, se me ha olvidado confirmártelo, tal como quedamos! Supongo que no habrá inconveniente.

—No, qué va. Ya le dije a Susan que casi seguro que veníais y cuenta con vosotros.

—¡Qué despiste! Soy un desastre, pero es que esta semana, con la vuelta de vacaciones, he tenido un montón de clientes y se me ha ido el santo al cielo. ¿En qué has pensado?

—No sé, algo elegante y sugerente, pero no exagerado.

—Ven, que te enseño lo que hay… Mira, estas perchas son de trajes de cuero de dómina; esos de detrás son de vinilo; y los de aquí, de PVC.

—A ver ese… Parece muy sexy y no es del todo indecente.

—Es de vinilo y se ajusta muy bien a la silueta. Ahora que te has adelgazado, te marcará la cintura y estarás divina. Es muy elástico y deja la espalda al descubierto. Muy adecuado para llevar después del verano, en que estamos morenas. Además, el pecho es de un tejido transparente para que puedas lucir tu ropa interior o dejar tus pechos al descubierto, si te atreves. Pruébatelo, a ver qué tal te queda. Ese mismo debe ser de tu talla.

Me lo probé y me gustó, aunque era muy corto y mostraba más de medio muslo. Por otra parte, incluía unos guantes del mismo material que llegaban hasta prácticamente el codo.

—¡Te queda que ni hecho a propósito! Y no es caro: 35 euros. Si lo prefieres, lo tengo en color granate, pero creo que el negro es el ideal, sobre todo para una fiesta nocturna.

—Sí, vale, este me va bien. Un poco atrevido, pero supongo que estaremos entre gente que vestirá de forma mucho más exagerada. No quiero pensarlo más ni enredarme mirando otros, que todavía tengo muchas cosas que hacer hoy.

—Si te sirve de consuelo, yo misma iré de escándalo. Mi marido quiere lucirme y voy a intentar darle esta satisfacción. Estas fiestas son para soltarse un poco y la gente que asiste a ellas es muy liberal.

—Sí, supongo que sí. ¡Va! Pónmelo en una bolsa cualquiera y me voy pitando.

—Toma. Aquí tienes tu cambio y el vestido. Que lo disfrutes.

—¡Adiós! Nos vemos esta noche. Y seguro que me escandalizarás, por lo que dices.

—¡Hasta luego! ¡Ya verás, ya!

Por la tarde, Daniel y yo nos vestimos para la ocasión. Daniel llevaba una camisa de seda granate, unos pantalones de cuero muy ajustados de color grisáceo y unas botas tipo *cowboy*, pero lo interesante de su indumentaria no se veía. En su aparato genital, llevaba un cinturón de castidad y yo guardaba la llave prendida de una gargantilla hecha con cordón de cuero.

A las 7.15, llamaron a nuestra puerta las vecinas Maribel y Rosa. Iban espectaculares, las dos igual. Parecían gemelas. Llevaban unos minivestidos de vinilo negros, acabados en una cortísima falda con volantes y un amplio escote que dejaba al descubierto casi la mitad de sus pechos, que se medio transparentaban, desnudos, tal como les había ordenado.

—¡Estáis fantásticas! —dije al verlas entrar—. A ver, venid aquí, que tengo una sorpresa para vosotras. Supongo que no lleváis bragas, como os dije.

—¡No, claro! ¡Mira! —dijeron las dos a un tiempo, alzándose la falda.

—¡Estupendo! Agacharos, que os tengo que meter esto en el culo —mandé, mientras les mostraba dos joyas anales consistentes en unas piedras brillantes engarzadas en la base de dos *plugs* de metal plateado de tamaño mediano.

—¡Ostras! ¡Son enormes! —exclamó Maribel, mientras Rosa se quedaba con la boca abierta, sin poder articular palabra.

—¡Qué va! Son normalitos. Si os enseño el que a veces le hago llevar a Daniel, sí que os hubierais caído redondas del susto. ¡Venga!, que no tenemos todo el día y esto puede tardar un rato en entrar correctamente. Daniel, trae el lubricante ese que lleva gel dilatador y un par de guantes de látex por si los necesito.

—¡Voy!

—Mirad, ya lo tenemos aquí. Poned el culo en pompa, que os los meto.

Lubriqué abundantemente el ano de cada una y la superficie de ambos *plugs*.

—¿Quién quiere estrenar el invento?

—Yo misma —dijo Maribel.

—¡Pues venga! Procura relajarte —dije, al tiempo que empezaba a empujarlo dentro de su ano.

Me costó lo suyo y Maribel se quejaba con intensidad progresiva a medida que iba penetrándola más profundamente, pero finalmente el *plug* sobrepasó su esfínter y ella se relajó.

—¡Ya está dentro! ¿Qué tal lo sientes?

—Noto el culo lleno, pero ya no me duele; por lo menos de momento.

—¡Bien! Ahora te toca a ti, Rosa. ¡Prepárate!

Los quejidos fueron similares, pero no dejé de empujarlo hasta lograr alojarlo por entero en su interior. También ella se relajó una vez que el *plug* hubo sobrepasado en su parte más ancha el anillo anal.

—¿Estáis bien?

—¡Sí, ama Laura! Creo que lo aguantaremos —dijeron las dos, una tras otra.

—Pues vayámonos ya, que quiero ser de las primeras en llegar por si Susan necesita de nuestra ayuda para los últimos preparativos. Bajaremos directamente al garaje de la finca y así no tendremos que dar explicaciones a nadie de nuestras pintas. El garaje estaba vacío y no tuvimos ningún encuentro no deseado con nadie. Media hora más tarde, llamábamos a la puerta del chalet de Susan y Hugo.

—¡Hola! Pasad. Sois los primeros en llegar. Muchas gracias por venir. ¿Qué tal, Laura? ¿Daniel? ¡Hola, Maribel! ¿Cómo, tú por aquí?

—El ama Laura, que nos ha invitado. Creía que lo sabías.

—Sí, por supuesto. Estaba bromeando. Y tú debes ser Rosa. ¡Encantada! Pero pasad. No os quedéis en la puerta.

Todos nos quedamos con la boca abierta al ver la decoración del salón. En el centro, el potro forrado de cuero. Al fondo a la derecha, al lado de la escalera, la cruz de San Andrés en aspa. En el otro lado, en un rincón, la jaula de hierro, en la que solo cabía una persona de pie, y encerrada dentro de ella estaba precisamente Cristina con los ojos vendados y totalmente desnuda. Por todo el espacio había velas encendidas de distintos tamaños y grandes candelabros también encendidos en su totalidad. En el salón no había ninguna luz encendida y, sin embargo, estaba bien iluminado con la luz procedente de las velas. Las paredes estaban cubiertas con telas de terciopelo y a distintas alturas colgaban todo tipo de látigos, fustas, pinzas, cadenas e instrumentos de tortura. No sabías dónde mirar, porque en cada rincón te sorprendía un nuevo detalle. En una mesa lateral, bastante larga, había muchos canapés y platos de comida para servirse uno mismo, más toda la cubertería necesaria. En una gran cubeta, llena de agua y hielo, había todo tipo de latas de refrescos y cuatro botellas de cava.

—Toma, Susan. Un pequeño detalle. No sabía qué comprarte y al final solo se me ha ocurrido traerte unos bombones.

—¡Gracias, Laura! No tenías que haber traído nada.

—¡Veo que tienes a Cristina castigada! —le dije a Susan, mientras admiraba su mono rojo de *catsuit*. "Está guapísima", pensé.

—¡No, qué va! En realidad, ha sido ella quien me ha pedido por favor que la metiera allí dentro, a la vista de todos. Es una exhibicionista total y yo no he tenido inconveniente en concederle este premio por haberme ayudado a prepararlo todo. Id a saludarla, que estará encantada de saber que ya estáis aquí y que la estáis observando. Si te apetece darle algún fustazo, sírvete tú misma. En las cortinas hay colgado de todo y es muy fácil de coger. Yo os dejo, que aún tengo cosas que hacer.

—¿Te ayudamos?

—Gracias, pero no. Ya está casi todo. Ahora mismo vuelvo.

—¡Venga! Vamos a saludarla —les dije a mis acompañantes—, pero antes mostrarle a Susan qué lleváis metido en vuestros culos. Y tú, Daniel, desabróchate los pantalones para que pueda ver la jaula en la que está encerrado tu pajarito.

Maribel y Rosa se giraron de espaldas hacia Susan, y se agacharon, al tiempo que alzaban sus cortísimas faldas para mostrar sus joyas anales.

—¡Oh, qué maravilla! Parecéis auténticas esclavas de vuestra ama y lucís fantásticas. Tendréis mucho éxito en la fiesta. Y, por supuesto, mostrareis vuestras joyas a todos los invitados. Supongo que estás de acuerdo, Laura.

—Por supuestísimo. De hecho, os diré cómo debéis comportaros cuando os presenten a alguien. Tras la presentación de cada invitado, os giráis y os agacháis, levantando vuestra falda, al tiempo que decís: "Nuestra ama Laura desea que le mostremos nuestros adornos traseros". ¿De acuerdo?

—¡Entendido, ama Laura! —dijo esta vez Rosa, adelantándose a Maribel, que asentía con la cabeza.

—Lo haremos así aunque nos avergüence —añadió Maribel.

—Y tú, Daniel, quiero que lleves la bragueta abierta para poder presentarte como ya te imaginas.

—¡De acuerdo, Laura! Quiero decir, mi ama.

—¿Ya se lo has mostrado a Susan?

—Sí, mi ama, pero está distraída con los preparativos y no me ha mirado.

—Bueno, ya se lo enseñarás después, que ahora tiene cosas que ultimar. Vamos a saludar a Cristina.

—¡Hola, Cristina! Soy Laura, y conmigo vienen mi marido Daniel y mis dos sumisas, Maribel y Rosa.

—¡Hola, Cristina!, encantada de conocerte —agregaron Maribel y Rosa tras mi presentación.

—¡Encantado de volverte a ver después de tanto tiempo! —dijo Daniel.

—¡Hola a todos! Encantada de oír vuestras voces, porque veros, de momento, no puedo.

—Debes estar muy incómoda ahí metida —le dije yo.

—No te creas. De hecho, siempre había fantaseado con ser exhibida ante todo el mundo de esta manera o parecida. Y Susan hoy me ha dado la oportunidad de ver cumplido mi sueño.

—Veo por las rayas de tu culo y de tu espalda que Susan te ha azotado a conciencia para la ocasión —añadí al fijarme—. ¿Puedo tocarte?

—Sí, por favor. Mi deseo es que todo el mundo pueda tener libre acceso a mi cuerpo. Tocadme todos si queréis, donde os apetezca, y notad las marcas que me ha dejado el castigo aplicado por Susan, a petición mía, hace tan solo media hora.

Todos nos pusimos alrededor de la jaula y alargamos nuestras manos hacia distintas partes de su cuerpo para acariciarlo con suavidad.

—Acerca tus pechos a los barrotes, que Maribel y Rosa te los lamerán un rato, si te apetece.

—Por supuesto —respondió, mientras se pegaba a los barrotes de la jaula y sus pechos sobresalían entre ellos.

Maribel y Rosa obedecieron mi orden encantadas, acercando sus bocas a cada uno de sus pezones, y los lamieron con fruición durante unos minutos hasta que les dije que ya tenían suficiente.

—Bueno, Cristina, nos vamos a saludar a los invitados que ya están llegando. Acaba de llegar una amiga mía, Judith, que viene con su marido, que es su amo. Después te la presento.

—De acuerdo. Yo de aquí no me moveré. Soy fácil de encontrar.

—Y, por cierto, ¿dónde anda tu marido? —le pregunté antes de alejarme.

—No ha querido venir. Dice que no le van estas cosas y que se sentiría como un pulpo en un garaje.

—¡Ah! ¡Pues qué lástima! ¡Me hubiera gustado conocerle! ¡Hasta luego!

—¡Hola, Judith! ¡Vaya! Sí que vas de escándalo.

—¡Hola, Laura! Y tú no veas lo elegante que estás con este vestido y esas medias de rejilla. Al final, veo que te has atrevido con unos sostenes casi transparentes. Muestras más de lo que ocultas… Y decías que no pretendías ir indecente. Ja, ja.

—Bueno, al final me he lanzado pensando que no sería la única que iría provocativa.

Judith iba vestida con una gasa absolutamente transparente que le cubría hasta medio muslo y debajo no llevaba nada, excepto un tanga minúsculo. Iba sin medias y calzaba unas sandalias rojas con tacón de vértigo. Para venir de casa, se había cubierto con un abrigo de primavera que se había quitado tan solo cruzar el umbral de la puerta, colgándolo en el perchero de la entrada.

—Os presento a mi marido, Miguel, mi amo.

—Es un placer conoceros. Parece que va a ser una fiesta fantástica. Muchas gracias, Laura, por invitar a Judith y, de paso, a mí.

—No hay de qué —respondí—. En poco tiempo, nos hemos cogido mucha confianza, compartiendo opiniones y gustos sobre el tema que nos ha traído aquí.

—Y algo más que opiniones, creo —replicó Miguel.

—Supongo que lo dices por Daniela.

—Exacto.

—Hoy es Daniel, mi marido. Lo del otro día solo fue algo temporal.

—Por cierto, os presento a mis sumisas, Maribel y Rosa. Vamos, saludad y presentaros como os he dicho.

—¡Oh, qué maravilla! —dijo Miguel al observar sus culos desnudos y la bisutería que los engalanaba.

Continuamos charlando un rato amigablemente hasta que, poco a poco, fueron llegando el resto de los invitados, que uno a uno nos presentó la anfitriona, Susan.

—Os presento a Dalila y a Thomas, la pareja alemana que ha venido expresamente de Múnich a mi fiesta de cumpleaños. Es la pareja que me vendió todo el material sado del que dispongo. ¿Te acuerdas que te lo expliqué, Laura?

—Sí, por supuesto. ¡Encantada!

Yo les presenté a todos mis acompañantes y después seguimos saludando a los demás invitados.

Parecían una pareja entrada en años, muy simpática. Él iba trajeado y ella, con un largo vestido color rosa, muy elegante.

Nos llegaron a presentar hasta seis parejas más, a cual más elegante y provocativa. En total, conté veintitrés personas, incluyéndonos a mí y a Susan.

Los últimos en llegar fueron Raquel y Álex, y se quedaron pasmados al ver la decoración.

—¡Hola, Raquel! ¿Qué tal? Ya pensaba que os habíais rajado.

—Álex, te presento a mi jefa, Laura.

—Jefa y, sobre todo, amiga.

—¡Encantado! Tenía curiosidad por saber qué rostro tenías. El resto ya lo conocía.

—¡Ja, ja, ja! Lo dices por las fotos. No te preocupes, que no te voy a robar a tu Raquel. Solo fue un deseo incontrolable que teníamos pendiente, solo por probar.

Mis amigas Maribel y Rosa se miraron entre sí extrañadas y creo que un poco celosas. Se las presenté, repitiendo todo el ceremonial descrito anteriormente, y esta vez ya parecían menos avergonzadas que con el resto de los invitados. Después hice lo mismo con Daniel, a quien le ordené que mostrara su cinturón de castidad a través de la bragueta.

—De hecho —le dije—, puedes dejar bajada la cremallera de tus pantalones y así se verá y no se verá lo que llevas puesto.

—Sí, mi ama —respondió Daniel, totalmente ruborizado.

—¡Raquel! ¡Nunca te había visto tan elegante! Estás estupenda con esas gasas.

—No sé si me he pasado, pero como que me dijiste que me vistiera para la ocasión…

—No es nada escandaloso. Además, fíjate cómo viste todo el mundo. Algunas sí que van de escándalo. Yo misma te supero con esas transparencias.

—Tienes razón, pero ese vestido tan ajustado de vinilo te queda de fábula. Has adelgazado un montón. ¿Cómo lo haces?

—Ya te contaré, pero hoy no pienso reprimirme, que un día es un día.

Seguidamente, todos nos fuimos a coger un plato y cubiertos para dar cuenta de lo que Susan y su marido habían dispuesto para cenar. Todo estaba riquísimo y todo el mundo felicitó a la anfitriona efusivamente. A Susan se le veía muy satisfecha por cómo estaba saliendo todo. Entretanto, Cristina seguía encerrada en su jaula y varios invitados se acercaron a ella, ofreciéndole llevar a la boca algo para entretener el hambre, pero ella lo rehusó. Ser observada y tocada llenaba todas sus apetencias.

Transcurrida una hora u hora y media, entró gateando Hugo, vestido de criada francesa y con una peluca rubia muy parecida a la que le había comprado a Daniel. Se dirigió al centro del salón, mientras Susan se acercaba a él para presentárnoslo. Todos callamos, mientras observábamos la sorprendente escena.

—Este es Hugo, mi marido y sumiso, pero hoy es vuestra criada y se llama Patricia. Cualquier cosa que necesitéis, pedídsela y os atenderá al instante. Ya puedes levantarte, Patricia. Y atiende a los invitados.

—¡Sí, mi ama!

Hugo empezó a recoger los restos que los invitados había ido dejando en la mesa y sobre otros muebles del salón hasta que todo quedó inmaculado. Andaba con mucha soltura sobre sus altos tacones. Se veía que estaba acostumbrado a llevarlos.

Dirigiéndome a Daniel, le dije al oído:

—A que te gustaría estar en su lugar…

—¡No, en absoluto! —respondió—. Para mí, esto sería demasiado. No entiendo cómo admite hacer una cosa así.

—Pues ya ves, parece encantado con su rol de criada. Este chico es mucho más sumiso que tú y está más entrenado. Quizás algún día tú también disfrutes de hacer algo semejante.

—No lo creo, pero no digas nunca jamás de esta agua no beberé.

—Pues eso.

A continuación, Susan nos pidió que trajéramos cada uno una silla y las colocáramos en círculo, en torno al centro del salón. También los sofás fueron movidos de su sitio para completar la amplia circunferencia. Algo iba a suceder en el centro del salón y todos nos sentamos expectantes.

—Ya os he presentado antes a René y a Sofía. René nos quiere hacer una demostración de cómo se hace un buen *bondage* y después está dispuesto a enseñar a quien lo desee a hacer nudos con cuerdas para lograr inmovilizar a alguien sin ningún peligro de producir lesiones. Adelante, por favor.

Todos aplaudimos su aparición en escena. A continuación, Sofía se despojó del vestido que llevaba puesto. Se descalzó y se quitó las medias y el sujetador, dejándose puesto únicamente un diminuto tanga que apenas cubría nada. René abrió un gran maletín en el que había un montón de cuerdas y lo que parecía un aparato eléctrico, que de momento no identifiqué, del que salía un cable de acero por un extremo, que terminaba en un gancho o mosquetón, y un cable eléctrico por el otro.

Seguidamente, René empezó a entrecruzar una larga cuerda sobre el cuerpo de Sofía hasta lograr dibujar una red con nudos totalmente simétricos. El dibujo era espectacular. Después, Sofía se tumbó en el suelo boca abajo y René sujetó sus brazos entre sí a su espalda. A continuación, con otra cuerda, ató sus tobillos para finalmente unirlos a sus muñecas, obligándole a arquear la espalda para lograrlo. Sofía estaba en el suelo totalmente inmovilizada, pero todavía faltaba lo más espectacular.

Hugo, o mejor dicho, Patricia, trajo desde la cocina un montón de barras metálicas que René fue acoplando entre sí hasta formar una estructura idéntica a las utilizadas para colgar uno o dos columpios. A continuación, la situó sobre el cuerpo tumbado de Sofía y ató una última cuerda a la que sujetaba sus muñecas a sus tobillos, y la pasó por debajo de su vientre, dando varias vueltas. Finalmente, sacó el aparato eléctrico del maletín y lo enchufó a la corriente con un alargador. Después, pasó el cable de acero por una anilla de la barra superior de la estructura y con un nudo ató la cuerda sobrante que había pasado por debajo de Sofía al mosquetón del cable. Seguidamente, enganchó el aparato a una barra lateral del columpio y activó el aparato de tal forma que Sofía empezó a ser izada en el aire. La subió hasta casi llegar a la barra superior y, de esta manera, quedó suspendida a un metro ochenta del suelo, más o menos.

Todos aplaudimos entusiasmados el espectáculo ofrecido, pero ahora vendría el componente erótico que faltaba.

—Ahora invito a quien se atreva a servirse de la boca de mi sumisa —dijo en voz alta, dirigiéndose a todos—. Chupará la polla a cualquiera que se la ofrezca, sean amos o sumisos.

Nadie parecía decidirse, pero las risas y las miradas cómplices estaban al cabo de la calle entre todos nosotros y unos animaban a los otros. Finalmente, Susan propuso un sorteo para elegir por suerte a los más predispuestos y darles el empujón final.

Se presentaron cuatro voluntarios y el agraciado resultó ser Miguel, el marido de Judith.

—Perfecto. Ven aquí, Miguel —dijo René—, que voy a bajar a Sofía hasta tu altura.

Miguel se abrió la bragueta y le ofreció su polla totalmente erecta a Sofía, que la acogió en su boca con deseo. Se la estuvo mamando más de cinco minutos hasta que Miguel no pudo aguantar más y se derramó en el interior de su boca. Ella tragó su leche ávidamente, cosa que a mí no me gustó por razones de salud.

Seguidamente, los perdedores se animaron también y todos fueron uno tras otro a correrse en su boca. Cada corrida era jaleada por el público. A nuestro lado, Rosa y Maribel estaban entusiasmadas con el espectáculo, pero Daniel y yo misma nos sentíamos algo incómodos y nos mirábamos de tanto en tanto con una disimulada expresión de aprensión.

Cuando ya no aparecieron más voluntarios, René bajó a Sofía del armatoste y procedió a desatarla paulatinamente. Había estado suspendida más de media hora, pero no parecía ni dolorida, ni demasiado cansada.

Después, René se ofreció a enseñar a hacer nudos de *bondage* a quien quisiera. Yo y varias personas más nos acercamos y estuvimos practicando algunos nudos sencillos un buen rato, atándonos unos a otros de distintas maneras no demasiado complicadas.

—Una cosa es vital en este tipo de prácticas —aseveró René—. Jamás de los jamases debe pasarse una cuerda alrededor de la garganta. Un nudo puede estar mal hecho y correrse. Las consecuencias pueden ser letales. Os lo digo porque ha habido más de un accidente y más de dos por no hacer las cosas como toca. Y lo que os he mostrado hoy de suspender a una persona, solo se puede hacer después de haber practicado mucho. De lo contrario, aprisionas las venas de las muñecas por no repartir los pesos y las consecuencias también pueden ser no tan graves, pero sí importantes, como dejar insensibilizada una mano de por vida por haber lesionado un nervio o haber dejado sin riego sanguíneo un dedo, toda la mano o un pie durante demasiado tiempo. No hagáis nunca nada de lo que no estéis totalmente seguros. Al principio es más que suficiente inmovilizar con esos nudos que os estoy enseñando a hacer.

Tras esa clase práctica, Susan anunció el inicio del debate indicado en la invitación. El tema propuesto era los límites a respetar en las prácticas BDSM. La única condición establecida para su desarrollo era que se respetaran los turnos de palabra. Podían intervenir tanto amas y amos como sumisos y sumisas, sin ninguna restricción. También se recomendaba que no se hicieran largos discursos para que fuera más ágil. Todo esto lo dijo Susan a modo de apertura. A su lado ahora estaba Cristina, que ya había sido liberada de su jaula y aparecía ante nosotros cubierta con un salto de cama negro casi totalmente transparente. Ella sería la encargada de dar los turnos de palabra en caso de solapamientos. Rápidamente, hubo varias intervenciones breves.

—No hacer nada que ponga en peligro al sumiso o sumisa —dijo René, que fue el primero en intervenir.

—No hacer nada que suponga un peligro para la salud —agregó Miguel, lo que en mi opinión él no había respetado tan solo hacía un rato.

—Tener sexo seguro sin correr el riesgo de transmitir enfermedades venéreas o el virus del sida si se tiene contacto con personas ajenas a tu pareja habitual —dije sin poder reprimirme.

—Eso lo dices por mí —replicó Miguel—. Pues que sepas que estoy perfectamente sano y que Sofía puede estar totalmente tranquila. Nunca me acuesto con nadie sin tomar precauciones.

—Lo digo en general, no por nadie en especial. Nunca puedes estar seguro de que la otra persona no haya realizado prácticas de riesgo si no la conoces profundamente. Es mi opinión.

Varios asistentes asintieron, dándome la razón, pero los cuatro machos que se habían corrido en la boca de Sofía pusieron cara de no estar de acuerdo. Uno de ellos, del que no recuerdo el nombre, me refutó, afirmando que el peligro lo había corrido Sofía por haberse tragado su leche y no él.

En ese momento, Cristina nos llamó al orden, sugiriendo que no personalizáramos el debate para no entrar en discusiones personales. La cosa pareció calmarse de momento.

Susan resumió lo que habíamos dicho hasta el momento con la consabida frase:

—Debe ser consentido, sano y seguro. ¿Estáis de acuerdo?

—Yo no —dijo una tal Ulema, un ama que iba pintada de forma muy exagerada y parecía toda una vampiresa—. Yo no estoy de acuerdo en que tenga que ser consentido.

—¿Entonces? —preguntó Susan.

—Si tu sumiso te ha dado todo el poder, tú tienes derecho a hacer lo que te plazca con él. No tienes que pedirle permiso para nada. Lo puedes insultar, humillar, azotar cruelmente, ponerle los cuernos y todo lo que se te ocurra para que sepa de verdad quién manda. Yo misma no hago ni caso cuando mi sumiso me llora, me suplica o incluso se deprime. Él es mi esclavo y yo lo trato como tal. A mí eso de las palabras de seguridad me parece una solemne tontería.

Se armó un tumulto, con intervenciones simultáneas de todo el mundo al mismo tiempo y hasta se escuchó algún insulto que no supe de quién procedía; solo sé que era una mujer.

—¡A ver! ¡A ver! Un poco de orden, por favor. Que levante la mano quien quiera responder a la intervención de Ulema.

Se alzaron más de ocho brazos. Pero Cristina le dio la palabra a quien le pareció que había sido el más rápido.

—Dalila, tienes la palabra. Después intervendréis los demás.

—Eso que dices, Ulema, es una barbaridad desde mi punto de vista. En el BDSM, un esclavo no lo es nunca de verdad en el sentido estricto, porque siempre conserva el derecho de acabar en cualquier momento con la relación de sumisión, cosa que no sucede con un esclavo real.

—En nuestro caso, mi esclavo ha renunciado por escrito a ese derecho. Por tanto…

—Es un derecho inalienable y no tiene ninguna validez legal ese contrato que habéis firmado. Si en un momento dado él decide marcharse de tu lado, no podrás evitarlo exhibiendo ese documento ante ningún juez.

—¡Bueno, ya veremos!

—No tiene validez legal. Ninguna validez —dije yo—. Soy abogada y te aseguro que de esas cosas sé algo.

—En todo caso, tenga o no tenga validez, sigo diciendo que no tengo que respetar ningún límite con mi esclavo. Yo tengo todo el poder para hacer lo que me dé la gana.

—¿Incluso producirle heridas o lesiones físicas? —preguntó Rosa.

—Incluso eso, aunque procuro no lastimarlo porque no quiero un monstruo deforme a mi lado.

—Una monstruosidad es lo que dices —respondió Judith—, y no creo que lo puedas pensar realmente en serio. Además, sería un delito si lo hicieras.

—¡Venga, anda! Estáis llenos de prejuicios. Si se juega a esto, se juega de verdad o no se juega.

—Tú lo has dicho —saltó Daniel—. Se trata de un juego y todos los juegos tienen reglas que hay que respetar. Si no se respetan las reglas, se convierte en puro sadismo. Tiene razón Dalila: eso es un delito perseguible de oficio. ¿No es verdad, Laura?

—Por supuesto. Recordad aquel caso que se hizo famoso hace ya años de un tipo que había castrado a otro con su consentimiento y que después se habían comido a la plancha los despojos. ¿Os acordáis?

—¡Sí! —respondieron varios invitados.

—La policía intervino y desconozco cómo acabó el caso, pero seguro que el tío ese fue condenado, y la víctima, internada en un psiquiátrico.

—En mi opinión —intervino una nueva contendiente, Sandra—, cada cual tiene que hacer lo que le parece. Por ejemplo, lo de sano es algo muy relativo. En nuestro caso, mi sumiso disfruta de que le atraviese con agujas los pezones y hasta el pene ¿Quién se atreve a decir que eso no deberíamos hacerlo? Si este es su gusto, ¿por qué debería privarle de este placer?

—Mientras lo hagáis con agujas hipodérmicas y desinfectéis la zona a pinchar a conciencia no tiene por qué pasar nada —replicó Arturo, que después me enteré de que era médico—. Pero lo de atravesar el pene sí que tiene peligro. Si por mala pata se produce una infección en determinado nervio, tu sumiso se podría quedar impotente y supongo que eso no lo deseáis ninguno de los dos.

—Bueno, en realidad no se lo atravieso a lo bestia; solo el prepucio o la piel que rodea el cuerpo principal.

—Tened cuidado, que sin conocimientos anatómicos suficientes...

—Además, ¿qué pasa si mi sumiso acepta ser azotado hasta sangrar o desea ser quemado con un cigarrillo?

—Pues lo mismo que te he dicho antes, que no me parece sano —volvió a intervenir Arturo—. Pero vosotros mismos.

—Para mí —afirmé—, no hace falta llegar a estos extremos. Se puede jugar perfectamente a esto y disfrutar a tope sin producir ningún tipo de lesión. Incluso se puede producir mucho dolor sin necesidad de lacerar o quemar la piel. Pero si este es vuestro gusto, yo no me meto.

—Nuestro caso es diferente —dijo una tal Isabel, que venía con su sumiso, Paco—. Nosotros nos limitamos a ataduras, vendas en los ojos y cosas así. A mí, lo de azotar a mi marido no me va en absoluto, y menos eso que oigo que algunos hacéis, que me tiene escandalizada. Nosotros disfrutamos del *femdom* a un nivel mucho más suave. Y el único castigo que le aplico a Paco es la denegación del orgasmo y, como máximo, ponerle de rodillas con los ojos vendados para que medite durante un buen rato. A veces, durante más de media hora o una hora. En nuestro contrato, establecemos cuáles son sus obligaciones para conmigo y cómo puedo castigarle. Lo que más disfruto es que se arrodille a mis pies y me los lama durante un buen rato. Y, por supuesto, que me dé masajes y me haga sexo oral, pero nada más. Bueno, a veces también le castigo a llevar bragas de encaje durante toda una semana para que se comporte de forma menos machista, que el tío lo es un rato y no consigo quitarle el complejo de superioridad sobre las mujeres en general. En cuanto me descuido, las anda criticando.

El debate poco a poco fue languideciendo hasta que Cristina lo dio por terminado, agradeciendo a todos nuestra participación. Pero todavía faltaba la intervención sorpresa final. Fue Susan quien la hizo:

—Os tengo que confesar una cosa. Todo lo que ha dicho Ulema ha sido fingido. Ella no piensa eso en absoluto. De hecho, ni siquiera es dómina, ni su marido, sumiso. Es una amiga mía, también sexóloga, a la que he invitado para crear polémica. Ella y yo hemos preparado su intervención esta mañana y solo estábamos al tanto Cristina, ella y yo. Os pido disculpas en su nombre y el mío propio. Nuestra única intención ha sido animar el debate.

—Eres unas manipuladora de tres al cuarto —repliqué con expresión enfadada, también fingida.

—¡Eso, eso! —dijeron otros, sumándose.

—Pues lo has hecho de coña —dijo Raquel—. Yo me he tragado tus palabras sin dudar que las decías con absoluto convencimiento. Deberías ser actriz en lugar de sexóloga.

—Gracias. Siento haberos engañado, pero no podía negar ese favor a Susan. Espero que no me pongáis sobre el potro y me deis una tunda entre todos.

Después de varios comentarios más, acompañados de risas, Susan nos invitó a pasar al siguiente capítulo de la fiesta, pidiendo voluntarios para realizar en público algún juego de dominación:

—¿Quién se anima?

Nadie parecía estar por la labor. Como nadie se animaba, finalmente Susan preguntó si alguien se quería follar a la criada Patricia, fuera hombre o mujer.

—Ven aquí, Patricia, y túmbate sobre el potro con la falda levantada, a ver si viéndote ese culo respingón que tienes alguien se anima. Estás cachonda, ¿verdad?

—¡Sí, mi ama! ¡Mucho! Deseo que me follen el culo hasta no poder más.

Sorprendentemente, la primera que se animó fue Raquel.

—A mí me gustaría follármela, pero ¿cómo?

No sé si lo preguntó inocentemente, porque pensaba que, al no tener polla, su propuesta caería en saco roto, o conocía en realidad la respuesta que le daría Susan.

—Puedes elegir el arnés que más te apetezca. Aquí, colgados, tienes varios. ¿Cuál quieres?

—No sé. Ese mismo, el que tiene el falo más grande, si tiene que entrarle.

—Por supuesto que le entrará. Tiene el culo muy abierto de tantas veces que le he follado yo. Te lo descuelgo y te ayudo a ponértelo.

Todos aplaudimos la iniciativa con más o menos entusiasmo.

Susan ajustó el arnés a la cintura de Raquel, que se levantó el vestido para que le resultara más cómodo, mostrando unas braguitas de fantasía muy sexis y, después de colocarse un preservativo que le ofreció Susan, dirigió su falo artificial a la entrada del culo de Patricia. Antes, Patricia se lo había ensalivado con los dedos para facilitar su entrada.

De un solo golpe de caderas, el falo penetró hasta el fondo y Patricia dio un grito, pero después se relajó y Raquel empezó a bombearlo rítmicamente, mientras *nuestra criada* gemía de placer sintiéndose follada delante de todos. Al rato, se cansó y tomó el relevo Miguel, que volvía a estar en plena forma después de correrse en la boca de Sofía. Esta vez, tomó las precauciones de rigor, poniéndose un preservativo, y la folló con fuerza hasta correrse otra vez en su interior.

Tras de él, todavía lo follaron dos tíos más y otra dómina, Sandra, que confesó hacerlo por primera vez en su vida. Después de hacerlo, dijo que lo probaría con su Paco, porque le había gustado la sensación.

Por mi parte, le pedí permiso a Susan para retirarme con Maribel, Rosa y Daniel a una habitación más discreta. La verdad es que las escenas contempladas me habían excitado tremendamente y ahora deseaba follarme a mis dos sumisas, y que Daniel se ocupara de mi coño mientras lo hacía. Ver cómo follaban repetidamente a Hugo en su rol de Patricia me había puesto muy cachonda y necesitaba aliviar mi calentura, pero no delante de todo el mundo.

—Toma ese arnés. Te servirá —me respondió Susan, adivinando mis intenciones—. Subid al piso de arriba y utiliza la primera habitación que encontrarás a la derecha. Quizá de aquí a un rato suba para veros, si no te importa.

—Será un placer si lo haces. No te demores.

Subimos los tres a la habitación y la primera en follarme fue a Rosa. El *plug* que todavía llevaba insertado hasta ese momento le había dilatado el esfínter y no me fue nada difícil penetrarla. La estuve follando unos cinco minutos, mientras Daniel y Maribel me observaban bombear a Rosa, que apoyaba su pecho sobre el respaldo de una silla y con las piernas abiertas situaba su culo a la altura de mi falo. Gimió de placer y dolor en una mezcla desigual que inclinaba la balanza más del lado del placer.

Después, le tocó parar el culo a Maribel y tampoco tuve ninguna dificultad para penetrarla. En ese momento, le dije a Daniel que se arrodillara detrás de mí y aplicara su lengua a mi culo y a mi coño en la medida en que llegara. Empecé a sentir espasmos de placer y al poco rato entró Susan en la habitación, festejando lo que veía. Ella se situó en un lateral muy cerca de mí y buscó mi boca para besarla. Volví a sentir las mismas sensaciones gratificantes del primer día en que tuve su lengua enroscándose con la mía.

—Rosa, tú colócate detrás de Daniel y le lames el culo con tu lengua. ¿Te apetece?

—¡Sí, mi ama Laura! ¡Mucho!

—Demuéstrale lo puta que eres.

Los cuatro estábamos gimiendo de placer. Cuando me cansé de follar a Maribel, le propuse a Susan hacer un 69 a la vista de mis sumisos, a los que ordené que se masturbaran arrodillados alrededor de la cama mientras nos veían.

De repente, me acordé de que Daniel no tenía acceso a su sexo y le di la llave para que se quitara la jaula que lo atenazaba y así pudiera disfrutar igual que todos y correrse cuando les diera permiso, cosa que sucedería solo cuando Susan y yo lo hiciéramos.

Disfruté de chupar el coño de Susan tanto o más que la primera vez que lo hice arrodillada en su bañera. Seguramente, más por el hecho de hacerlo ante mis sumisos, que no paraban de gemir.

En un momento dado, separé la cara de la entrepierna de Susan y vi cómo Maribel y Rosa se estaban besando, al mismo tiempo que se masturbaban. Susan protestó inmediatamente por haber abandonado su coño por unos instantes y me pasó una pierna por detrás de la nuca para volver a empujarme hacia él. Ella no paraba de gemir agitadamente y poco tiempo después dijo que se iba a correr. Le pedí que esperara un rato a que yo estuviera a punto de hacerlo también, lo cual sucedió casi inmediatamente.

—¡Córrete, Susan, que me corro contigo! ¡Correros todos ahora mismo o no os correréis si tardáis!

Y volví a chupar el coño de Susan con mayor frenesí. Las dos explotamos simultáneamente, gritando, y unos segundos después, oímos cómo también gritaban Rosa, Maribel y Daniel. El orgasmo simultáneo de los cuatro seguro que había superado en decibelios la intensidad de ruido permitido a esas horas de la noche, pero ningún vecino vino a quejarse.

Después, nos fuimos tranquilizando, y cuando estuvimos del todo relajados, volvimos con los invitados de la planta principal.

Ahora, en el salón se producía una nueva escena: Cristina había sido ligada a la cruz en aspa y estaba recibiendo latigazos aplicados de forma muy diestra por Thomas. Se le notaba todo un experto, con años de experiencia. Según me contó Susan, fue ella misma quien, antes de subir a vernos, la ató a la cruz para que fuera disciplinada una vez más ese día.

—¡Mírala! Se retuerce de placer. Le encanta ser azotada, y si es con público, mucho mejor. Está en éxtasis.

Después de esa azotaina, la fiesta fue languideciendo y llegó la hora de que todos nos marcháramos y dejáramos descansar a Susan, a Cristina y a Hugo de ese día tan agotador para ellos, que habían estado preparándolo todo desde las 9 de la mañana sin casi tener tiempo de parar ni para comer.

Nos despedimos felices de haber asistido a ese evento, satisfechos por todas las experiencias acumuladas y las emociones vividas. Y no digamos nada de la traca final en la habitación de arriba.

Durante el domingo, Daniel y yo rememoramos y comentamos todo lo que había sucedido; lo que nos pareció bien y lo que nos pareció pasado de vueltas. Al final, estuvimos de acuerdo en que nuestra forma de vivir este tipo de relación era la que más se ajustaba a nuestra forma de ser y entender las relaciones humanas.

Si otros las entendían de otra manera, allá ellos con sus enfoques particulares. Nosotros pensábamos seguir igual y no nos iba nada mal. Nuestra vida en pareja había ganado mucha intensidad y la rutina en la que suelen caer muchos matrimonios después de llevar tanto tiempo, estaba muy lejos de nuestro hogar.

Esa misma tarde, sentí la necesidad de poner por escrito todo lo que había sucedido en mi vida en el último año. No sabía si algún día decidiría publicar mis experiencias para que otras personas supieran lo feliz que se puede ser con ese tipo de relación, pero, por si acaso, decidí no dar datos concretos sobre mí ni sobre ninguno de mis amigos que pudieran dañar nuestra reputación. Ni siquiera citaría el nombre de la ciudad en que vivo y hasta cambiaría o intercambiaría los nombres de cada uno para que jamás nadie supiera quién soy yo ni nadie de los que pudieran aparecer en mi relato.

Casi dos años después de aquella tarde de domingo en que Daniel y yo jugamos aquel juego que lo inició todo, finalmente, hoy he acabado mi narración. ¡Ojalá durante muchos años más Daniel y yo podamos vivir juntos con estas sensaciones tan fuertes!

Laura

Setiembre de 2018

Índice

Editorial LibrosEnRed

LibrosEnRed es la Editorial Digital más completa en idioma español. Desde junio de 2000 trabajamos en la edición y venta de libros digitales e impresos bajo demanda.

Nuestra misión es facilitar a todos los autores la edición de sus obras y ofrecer a los lectores acceso rápido y económico a libros de todo tipo.

Editamos novelas, cuentos, poesías, tesis, investigaciones, manuales, monografías y toda variedad de contenidos. Brindamos la posibilidad de comercializar las obras desde Internet para millones de potenciales lectores. De este modo, intentamos fortalecer la difusión de los autores que escriben en español.

Ingrese a www.librosenred.com y conozca nuestro catálogo, compuesto por cientos de títulos clásicos y de autores contemporáneos.